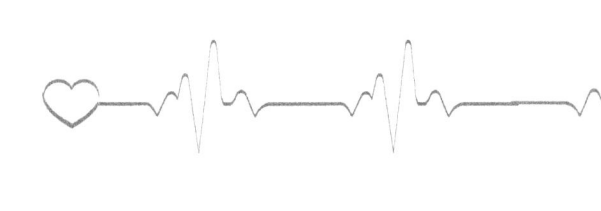

spiritbooks

Heike Stadelmann

Herzschlag
DER ERDE
AHOTES RUF

© 2020 Heike Stadelmann · www.heike-stadelmann.de
Verlag: spiritbooks · www.spiritbooks.de · 70771 Leinfelden-Echterdingen
Lektorat: Gabi Schmid · www.buechermacherei.de
Satz & Layout: Gabi Schmid · www.buechermacherei.de
Covergestaltung: OOOGRAFIK · www.ooografik.de
Fotos/Bilder/Grafiken: Privat (Autorin); #46323909, #10337625, #50248901, #73794161, #101239528, #126492767, #216336234, # 289351699 | AdobeStock; Privat (Cover Ulrike Dietmann und Mariana Boscaiolo)

Druck und Vertrieb: tredition GmbH, Halenreie 40-44, 22359 Hamburg
www.tredition.de
1. Auflage

978-3-946435-76-1 (Paperback)
978-3-946435-77-8 (Hardcover)
978-3-946435-78-5 (e-Book)

Für Mutter Erde

Mutter Erde spricht:
Seht ihr nicht, wie ich leide?
Ganz und gar.
Spürt ihr nicht die Gefahr?
Warum tut ihr mir weh?
Und damit euch selbst.
Ich bin doch eure Mutter,
Heimat und Nest.

Prolog

Die wahren Hopi behüten das heilige Wissen
über den Zustand der Erde,
denn die wahren Hopi wissen,
dass die Erde eine lebende …
sich entwickelnde Person ist …
und dass alle Dinge darauf ihre Kinder sind …

Aus der Friedenserklärung der Hopi*

* Zitiert aus dem Buch von Alexander Buschenreiter: „Unser Ende ist euer Untergang: Die Botschaft der Hopi an die Welt",
Authal Verlag 2018, S. 317, mit freundlicher Genehmigung des Autors

26 Jahre zuvor, Arizona, Colorado-Hochplateau,
Hocavi im Hopi-Indianerreservat

„Du hast gesagt, es wird ein Junge! Wie kannst du jetzt, da es ein Mädchen ist, an dem Namen „Ahote – Ruheloser" festhalten?", werden Stimmen um Hania, dem Kikmongwi (Dorfvater) des Hopidorfes Hocavi laut.

Der Alte aber lächelt wissend und fährt unbeirrt fort: „Vor ihr liegt eine schwere Zeit, sie wird einsam und ruhelos sein – wie ein Wolf. Möge sie stark wie ein Krieger sein, um daraus unversehrt hervorzugehen, bis sie mit dem Einen, der ihr Herz und ihre Seele berührt, Großes bewirken wird für ihr Volk."

1. Kapitel

Der Schmerz in meiner Brust spricht Sehnsucht.
Stimmen von Familie, Geruch von heißem Stein in
lauem Sommerwind – Heimat.
Wenn der Schmerz der Sehnsucht Flügel verleiht,
bist du bereit zu fliegen,
wohin der Wind dich trägt.

$\mathcal{W}$o ist ihr Kompass, ihr Stern am Himmel, der ihr den Lebensweg zeigt? Ahote starrt auf die weiß brodelnde Gischt der Nordsee, unzählige Schaumbläschen zerplatzen beim Aufprall der tosenden Wellen vor ihr im Sand. Windböen zerren an ihrem Körper. Ihr schwarzes Haar umweht ihren Oberkörper wie ein flatterndes Schutzschild – ein Schutz, den sie mehr denn je braucht. Die quälenden Fragen in ihr lassen sich nicht länger unterdrücken. *Wer bin ich? Wo gehöre ich hin?* Brennende Sehnsucht nach Antworten wühlt in ihrer Brust, heiß durchglühend und klirrend kalt zugleich. Dazugehören, ankommen.

Tief im Inneren fühlt sie sich steinalt, zerbrechlich wie eine alte Frau. Alles verbraucht, abgestorben in ihr drin.

Wenigstens kann sie hier atmen – weit weg von Hamburg, der Seelenlosigkeit der Stadt entflohen.

Ihre Lungen weiten sich, füllen sich mit rauer, salziger Luft. Gierig saugt sie mehr von diesem elementaren Lebenselixier ein.

Eigentlich hat sie Grund zum Feiern. Seit gestern hat sie den Abschluss des Bachelors in Umweltwissenschaften in der Tasche, mit Auszeichnung. Doch allenfalls statische Zufriedenheit schwingt in ihr drin. Gefühle durch Watte gedämmt.

Hat sie sich jemals im Leben so intensiv gespürt, wie jetzt die vom Wind gepeitschten Sandkörner im Gesicht? Tief gefühlt, was Glück ist?

Hat sie ein Herz aus Eis, wie Daniel, ein Studienfreund, ihr gestern vorgeworfen hat, als sie ihm auf der Abschlussfeier hat abblitzen lassen? „Eisprinzessin" wird sie manchmal genannt. Das ist ihr egal. Wie ihr so vieles egal ist. Was ist nur falsch mit ihr? Auf einmal spürt sie Tränen in ihrem Gesicht. Doch in ihrem Herzen fühlt sie nichts. Es ist wie immer – auf Distanz. Außen wie innen.

Nur bei den Pferden ist es anders. Sie lächelt unter Tränen, als sie an Furtato denkt, den stolzen Araber, den sie reitet, wann immer sie Zeit hat. Niemand kann ihn reiten außer ihr, seit er den Unfall hatte. Sein Fell schimmert rotgolden, wie die Sonne am Abend kurz vor ihrem Abtauchen im Meer. Seine Farbe ist ganz besonders. So besonders wie sie, hat Mareike, die Besitzerin, zu ihr gesagt. Verlegen hat sie es abgetan. Was ist an ihr schon besonders, bis auf ihr indianisch angehauchtes Äußeres, das sie dem Erbe ihres Hopi-Vaters zu verdanken hat?

Auf einmal hat sie einen dicken Kloß im Hals. Sie hustet, kriegt keine Luft. Heiße Panikwellen reißen sie mit. Sie würgt, ihr Herz zieht sich schmerzhaft zusammen. Sie wehrt sich gegen den Schmerz, will sich ihm nicht hingeben. Nicht diesem Schmerz, der mit ihrem Vater zu tun hat. Das bringt nichts, das nützt nichts. Er ist tot! Aus und vorbei! Sie legt ihre Hand an ihren Hals und versucht, sich zu beruhigen. Tief ein- und ausatmen.

„Vater, warum musstest du so früh gehen?", krächzt sie in den Wind, der ihr die Worte von den Lippen reißt und mit sich trägt hinaus in die unendliche Weite des Meers. „Warum hast du mich allein gelassen? Mutter versteht mich nicht, hat mich nie verstanden. Ihre Heimat ist hier."

Plötzlich singt eine Stimme im Wind, sie weiß nicht wovon. Sie kennt die fernen Worte nicht, sie verschwimmen im Nebel. Hufe trommeln auf steinigen Boden, ihr Echo wird tausendfach von den roten Felsen des Canyons zurückgeworfen, der vor ihrem inneren Auge erscheint. Pferdeleiber galoppieren dicht gedrängt dem Ausgang des Tals, der grenzenlosen Freiheit der Halbwüste, entgegen. Die schrillen Schreie des Adlers begleiten sie, er schwebt über die Herde hinweg.

Die staubige Luft ist durchdrungen vom herben Geruch der Wacholderbäume, rote Blütenrispen leuchten in der Sonne. Maisblätter rascheln im Wind, erzählen ihr Lied vom trockenen Sommer.

Auf einmal weiß sie, der Mais wurde von einem Hopi-Indianer mit traditionellem Pflanzstock in die karge Erde gepflanzt. Der Natur im Wissen anvertraut, dass seinem Volk die Macht über Regen innewohnt.

Ein Mann mit faltigem Gesicht, halblangem Haar, schwarz glänzend wie ihres, um den Kopf ein schmales rotes Tuch gebunden, lächelt sie voller Liebe und Güte an. Mit all der Liebe, der ein Mensch je fähig ist.

Ein heiserer Schrei entweicht ihrer Kehle: „Großvater!" Die Antwort auf ihre Sehnsucht – ihr Volk, ihr Land, Freiheit in unendlicher Weite. Urplötzlich sind da so viele Tränen in ihr, sie kommen mit aller Macht, fließen in Strömen aus ihr heraus. „Wo bist du, Großvater?" Schluchzend sinkt sie in den Sand, ihre Fäuste trommeln auf den Boden. Doch sie spürt nicht den körperlichen Schmerz, der Schmerz ihrer Seele ist mächtiger, reißt alles mit.

Und sie weiß, sie muss dorthin, um Antworten zu finden.

Wenig später sitzt sie im Auto, auf dem Weg nach Süddeutschland zu ihrer Mutter. *Sie muss zu ihr. Jetzt!* Bevor sie den Mut verliert, die Zuversicht, dass sie ihr diesmal die lebenswichtigen Informationen preisgibt. Und sie weiß – heute wird sie sich nicht abspeisen lassen mit wertlosen Nichtigkeiten und blumigen Ausreden. Die Zeit ist reif. Sie hat ein Recht darauf.

Endlich – nach stundenlanger Autofahrt, die heute kein Ende zu nehmen schien, schließt Ahote mit zitternden Händen die Wohnungstür ihrer Mutter auf und stürmt hinein. Wut, die sie jetzt braucht.

Sophie kommt aus der Küche und sieht sie überrascht an. „Ahote, wie schön. Warum hast du nicht gesagt, dass du kommst?" Ihr Gesicht strahlt, sie hebt die Arme, um sie zu begrüßen, doch dann hält sie inne, das Lächeln verschwindet. „Ist etwas passiert?"

„Sag mir endlich, wo Papas Familie wohnt!", stößt Ahote hervor. Sie legt all ihre Wut, Enttäuschung hinein, bisher mit Leere abgespeist worden zu sein. Sie muss, sonst wird sie nicht finden. Nicht die Antworten, die sie dringend braucht.

Sophie zuckt zurück, ihr Gesicht erstarrt zur Maske.

„Ist es für dich eine Schande, dass sie Indianer sind? Warum hast du Papa dann geheiratet?"

„Ahote, das ist es nicht, das weißt du genau", sagt Sophie mit von Trauer verschleierten Augen. „Ich wollte dich schützen."

„Schützen! Wovor? Vor meiner Familie? Das sind doch keine Wilden, vor denen du mich beschützen musst! Es ist meine Familie." Ahotes Herz pocht bis zum Hals.

Sophie legt ihre Hand auf die Stirn und lehnt sich an die Wand. Jegliche Farbe ist aus ihrem Gesicht gewichen.

„Komm mir jetzt nicht wieder damit, dass dich dieses Gespräch aufregt und du wieder Migräne kriegst. Dieses Mal nehme ich keine Rücksicht. Immer hab ich versucht, es dir recht zu machen. Aber das konnte ich sowieso nie.

Hast *du mich* je gefragt, wie es *mir* geht? Hier in Deutschland oder damals nach Papas Tod? *Nicht nur du* hast darunter gelitten! Ich bin seine Tochter, ein Teil von ihm. Hast du das vergessen? Oder vielleicht war genau *dies das Problem* und du konntest ihn wegen mir nicht vergessen?"

„Ahote, warum sagst du so was? Ich wollte ihn nie vergessen", flüstert Sophie. Ihre Unterlippe zittert.

„Es hat sich aber so angefühlt. Warum hast du ihn dann immer totgeschwiegen? Nicht mal Erinnerungen durfte ich an ihn haben.

Nichts hast du mir über ihn erzählt. Schon mal überlegt, wie es mir damit ging? Ich war sechs Jahre alt, als wir hier nach Deutschland kamen. In dieses fremde, kalte Land." Ahote kann nicht aufhören, es ist wie ein Zwang, es muss alles raus – endlich. „Weißt du, wie mich die anderen Kinder in der Schule angestarrt haben, weil ich so anders aussah als sie?"

„Ich dachte, es sei das Beste für dich, dein früheres Leben so schnell wie möglich zu vergessen. Damit du dich hier besser einleben kannst."

„Hast du nicht gesehen, wie ich leide?", stöhnt Ahote. Ihre Kehle fühlt sich an wie zugeschnürt.

Sophies Augen schimmern tränenfeucht, sie geht einen Schritt auf Ahote zu. Aber sie weicht zurück. Sie kann jetzt die Berührung ihrer Mutter nicht ertragen. Nicht jetzt!

„Ahote, bitte versteh", fleht ihre Mutter heiser. „Ich habe dir doch Mingan geschenkt."

Ein Wärmeschauer huscht über Ahotes Rücken. Mingan, ihr geliebter Wolfshund, ihr Schatten und treuer Begleiter.

„Ich musste mein Pony Takala und meinen Hund Kojote zurücklassen. Das hat mir fast das Herz rausgerissen. Nicht nur, dass Papa nicht mehr da war."

„Ich weiß. Wo du warst, waren sie auch. Sie waren deine Schatten." Sophie blinzelt eine Träne weg und schaut sie voller Mitgefühl an. „Deswegen habe ich dir die Reitstunden bezahlt, obwohl wir nie genug Geld hatten."

Ahote schluckt. Da ist immer noch dieser Kloß im Hals. „Dann sag mir jetzt, wo ich meine Familie finde. Bitte, es ist wichtig für mich."

Bittere Stille schwebt über dem Raum. Ahotes Augen suchen die ihrer Mutter, bohren sich tief in sie hinein.

„Ich muss Antworten finden – endlich leben, mich fühlen, mich spüren ganz und gar. Mich verstehen. Begreif doch, meine Wurzeln, meine Heimat. Die ist hier nicht." Nun laufen Tränen über ihr Gesicht.

Ihre Mutter geht zu ihr und umfängt sie mit den Armen, streicht ihr über den Rücken und den Kopf. Dazu summt sie eine leise Melodie. Ahote kennt sie, die Melodie findet den Weg in ihr Herz. Sie murmelt: „Vater hat mich mit diesem Lied in den Schlaf gesungen und mich beruhigt, wenn ich mir weh getan habe."

Sophie nickt, Ahote weiß, dass sie lächelt. Auf einmal klammert sie sich an ihre Mutter, wie an einen rettenden Strohhalm, fühlt deren Liebe, die sie tröstend umhüllt.

Ihre Liebe – die Versuchung, Vergangenes zu vergessen.

Alles könnte sein wie früher. Früher hat sie mit dem Nebel gelebt. Was wäre so schlimm, es wieder zu tun? Sich von ihm einlullen zu lassen, wie ein Kind vom Schlaflied der Mutter? Sie wird geliebt. Ist das nicht genug? Ihr Vater ist tot. Auch die Worte ihrer Mutter können ihn nicht wieder zum Leben erwecken.

Plötzlich tauchen abermals Fetzen der Erinnerung in ihr auf. *Ihr Großvater mit seinem gütigen Lächeln, flackernde Feuer in der Dunkelheit, stampfende Füße zu rhythmischem Gesang, heiliger Salbeiduft umfängt ihre Nase.*

Erneut ist da diese Sehnsucht. Schmerzhaft zieht sich ihr Herz zusammen, wie von einer Faust umspannt. Sie stöhnt, zuckt zurück. Sie kann das nicht! Sie will mehr! Die Zeit ist reif, sie muss endlich wissen! Sie muss. Unsanft befreit sich aus der Umarmung.

„Bitte sag mir, wo ich sie finde."

Sophie wird bleich. „Das kann ich nicht."

„Warum?", faucht Ahote.

„Dein Vater … Ich weiß, … damals, das war kein Unfall." Sophies Stimme versagt. Sie räuspert sich und krächzt: „Niemand konnte es beweisen. Sie haben mir gedroht … Ich habe uns in Sicherheit gebracht."

„Was? Wer?" Ahote starrt sie fassungslos an. Ihr Kopf dröhnt.

„Lass die alten Dinge ruhen! Du bringst dich in Gefahr, wenn du dort hingehst."

„Sag mir, was passiert ist! Ich habe ein Recht darauf, zu wissen, was mit Papa war!" Mit gewaltigem Druck schießen die Worte aus ihrem Mund, sie kann sie nicht steuern. Alles in ihr will endlich wissen.

Aber ihre Mutter schüttelt nur den Kopf.

Das erträgt sie nicht, sie kann das Schweigen nicht länger hinnehmen. Heiße Wut steigt in ihr auf. Hilflos hebt sie die Arme, wie um Sophie zu schütteln. Doch dann wendet sie sich ab und stürmt aus der Wohnung.

Weg, einfach nur weg.

Kein Unfall? Wie man ihr jahrelang vorgemacht hatte! Ihr Vater ermordet! Diese Worte hämmern unaufhörlich in ihrem Kopf, treiben sie unbarmherzig an. Kopflos rennt sie durch die Gegend.

Ermordet – von wem? Warum? Hatte es damit zu tun, dass er oft tagelang unterwegs war? Irgendwie war immer alles so geheimnisvoll und tiefe Schwere lag in der Luft, wenn er nicht da war. Sie dachte, nur sie würde das so empfinden, weil er ihr fehlte. Weil er ihr geliebter Papa war.

„Geschäftlich unterwegs", wie ihr gesagt wurde. Welche Geschäfte? Er hat Pferde gezüchtet. Und Mais angepflanzt – wie alle dort. Soweit sie sich erinnern kann. Die Erinnerung ist dunkel, von Angst und Trauer überschattet. Nur wenn sie sich lang genug auf diesen dunklen Schmerz konzentriert, sich nur ein bisschen, am Rande darauf einlässt, dann kommt auch Licht, Wärme irgendwoher. Lachen, ein Gefühl von Unbeschwertheit und Geborgenheit. Sie weiß, Lachen ist eine wichtige Medizin, das hat Großvater Hania zu ihr gesagt. *Ja, das Leben ist schwer, aber wenn wir*

nichts mehr zu lachen haben, haben wir gar nichts mehr. Genießen
wir das Leben, das wir haben.

Früher stand sie manchmal am Spiegel und versuchte, zu lachen, doch nur eine seelenlos verzerrte Fratze starrte sie an. Also ließ sie es bleiben, irgendwann – und vergaß.

Auf einmal reißt sie ein Pferdewiehern aus ihren Gedanken und sie findet sich an den Pferdekoppeln wieder. Dort, wo sie früher geritten ist. Dort, wo die Welt für sie in Ordnung war. Dort, wo sie ihre erste wahre Freundin hatte. Ein Pony namens Schneeflocke.

Auf der hintersten Weide entdeckt sie im Schein der Abendsonne eine golden schimmernde Herde von ungefähr zehn Pferden, die gierig am frischen Frühlingsgras rupfen. Sofort spürt sie, wie etwas von der friedlichen Ruhe der Tiere auf sie überschwappt. Pferde mit ihrer magischen Anziehungskraft. Sie lächelt, wie oft war sie früher morgens vor der Schule mit ihrem Fahrrad noch kurz im Stall vorbeigefahren, um beim Füttern zu helfen oder die Pferde auf die Koppeln zu bringen. Nachmittags war sie hier zur Reitstunde oder, um ihre Hausaufgaben bei den Pferden zu erledigen. Außerdem hatte sie sich zusätzliche Reitstunden durch Mithilfe bei der Stallarbeit verdient.

Auch jetzt kann sie nicht anders, sie muss dorthin – zu den Pferden. Ganz nah.

Da entdeckt sie ein weißes Pony mit Hängerücken, es steht etwas abseits der Herde, am anderen Ende der Koppel. Ihr Herz pocht heftig, könnte es … Wäre es möglich, dass es Schneeflocke ist? Wie in Trance klettert sie über die Holzstangen.

Je näher sie kommt, desto sicherer ist sie sich. Das Fell des Ponys ist lang und struppig, doch – ihr Herz macht einen Satz – auf der ihr zugewandten Seite kann sie an der Schulter deutlich einen breiten Streifen ohne Fell erkennen. Dort, wo Schneeflocke bei ihrem Vorbesitzer im Stacheldrahtzaun hängengeblieben ist. Deswegen ist das geschundene Pony beim Schlachter gelandet, von dem der Reitverein es zu einem Spottpreis gekauft hat.

Nicht gerade umgänglich war Schneeflocke damals. Aber ihr hat sie vertraut. Sie hat geholfen, sie gesund zu pflegen.

Als Ahote noch ungefähr zehn Meter entfernt ist, ruft sie deren Namen. Keine Reaktion. Schritt für Schritt geht sie sie näher zu dem Pony.

„Schneeflocke."

Plötzlich ruckt der Kopf des Ponys hoch und zwei seelenvolle dunkle Augen schauen sie an. Scheinen in die Tiefen ihres Seins vorzudringen. Nichts bleibt diesem Blick verborgen. Genau wie früher. Kein Kummer, keine Freude. Alles sichtbar.

Ihr Herz macht einen Satz. Sie will zu ihm, es umarmen, es nie wieder loslassen. Weil hier bei ihm die Welt in Ordnung ist. Doch sie muss sich zurückhalten, wie immer. Sie darf das Pony nicht überfordern!

Zitternd hält Ahote ihr die Hand hin. Warm schnuppert das Pony daran, die weichen Haare um sein Maul kitzeln zart auf Ahotes Handfläche. Tränen schießen in ihre Augen, aber sie zwingt sie zurück, blinzelt sie weg. Ihre Hand sucht die Stirn des Ponys, krabbelt weiter zu den Ohren, sucht die Stelle dort, die es besonders mag. Auf einmal spürt sie Schneeflockes Kopf an ihrem Bauch, ein sanfter Druck, ein vorsichtiges Reiben. Blubberblasen des Glücks breiten sich in ihrer Brust aus. Ein Glück, das sie lange nicht kannte.

Erst jetzt fühlt sie, wie sehr das Pony vermisst hat. Seufzend beugt sie sich über Schneeflockes Hals und vergräbt ihr Gesicht in der buschigen Mähne. Sofort umfängt sie der heimelige Geruch nach Pferd. Hier ist ihr Zuhause. Hier kann sie sie selbst sein. Wenigstens ein bisschen, für kurze Zeit. Wie früher.

Früher – Papa! Warum hat ihre Mutter nie darüber mit ihr gesprochen?

Weil sie zu nett, zu angepasst war? Keine Fragen gestellt hat? Aber welche Fragen hätte sie stellen sollen?

Doch heute, heute kann sie Fragen stellen. Und sie weiß auch, welche. Sie muss zurück zu ihrer Mutter und nochmal mit ihr reden.

Das Pony brummelt sanft und stupst sie an.

„Du hast gut reden, das ist nicht so leicht, wie du denkst." Sie schluckt. Auf einmal ist da wieder dieser Kloß in ihrem Hals, wie immer, wenn sie an ihre Mutter denkt.

Sie lässt das Pony los und setzt sich vor ihm ins Gras. Schneeflocke beginnt abermals an den Grashalmen zu rupfen.

„Was ist mit dir? Geht es dir gut? Bist du noch so frech wie früher? Kaum zu glauben, dass du so manchen Reiter in den Reitbahnsand gesetzt hast."

Das Pony prustet, als wolle es seine Unschuld beteuern. Ahote lacht. „Ich weiß, du kannst kein Wässerchen trüben. Du bist ein Schlitzohr und wirst es wohl immer bleiben. Recht hast du, möglicherweise kommt man so besser durchs Leben, wenn man nicht nur brav und nett ist."

Zärtlich streichelt sie den Hals des Ponys. „Vielleicht hätte ich früher auch mal die Ellenbogen ausfahren sollen. Mal anecken, nicht nur glatt vorbeijonglieren. Vor allem zu Hause. Vielleicht hätte Mutter dann meinen Kummer ernster genommen. Aber, wenn man eine brave Tochter hat, die es allen recht macht, muss man sich nicht mit ihr befassen. Sie ist ja glücklich, warum sollte man etwas ändern?"

Ihr Herz wird schwer und traurig. Das Pony stupst sie sanft in den Bauch. „Ach, Schneeflocke."

Auf einmal merkt sie, wie schon wieder Tränen hinter ihren Lidern brennen. All die Jahre hat sie nicht geweint.

„Was nützt es, jetzt zu weinen, das ändert auch nichts mehr an der Vergangenheit." Trotz all ihrer Anstrengung, die Tränen zu unterdrücken, perlen sie über ihre Wangen. Sie setzt sich auf und presst ihr Gesicht erneut in die Mähne des Ponys.

„Bei dir konnte ich weinen", schluchzt sie. „Wie machst du das? Ich will das nicht. Ich will stark sein."

Ihr Körper wird von einem Weinkrampf geschüttelt. All das Leid der vergangenen Jahre muss raus. Ebenso der Groll gegen ihre Mutter, den sie all die Jahre mit sich herumgeschleppt hat. Die Schuldgefühle, dass sie diesen Groll empfindet, sie nicht unbeschwert ihrer Mutter begegnen kann. Ihr nichts davon erzählen konnte, wie es wirklich in ihr aussieht.

Nicht davon, wie schwer das Studium tatsächlich war, dass sie es kaum ertragen konnte, in diesen überfüllten Hörsälen zu sitzen, wo sie doch ihr Herz ganz woanders hintreibt. Aber wohin genau? Raus in die Stille der Natur, jede freie Minute. Diese Qualen, die keiner verstehen kann, wenn draußen die Sonne lacht und der Wind sanft mit den Zweigen der Bäume spielt, die Vögel sie zu rufen scheinen.

Wie könnte ihre Mutter all das verstehen, wenn noch nicht mal sie sich versteht? Wenn sie sich falsch gefühlt hat. Immer. Genau darum muss sie wissen. Muss sie alles wissen über ihre indianische Familie und ihren Vater. Vielleicht sind sie der Schlüssel zu diesem fremden Teil in ihr. Sie wird jetzt zu ihrer Mutter gehen und mehr Informationen von ihr fordern. Sie wird keine Ruhe geben, bis sie alles weiß. Das Pony prustet.

„Ich weiß, ich muss mich öffnen, ihr sagen, zeigen, wie es mir geht. Vielleicht wird sie dann verstehen. So wie du. Wenigstens ein bisschen."

Wenig später schließt Ahote erneut die Wohnungstür auf. Ihr Herzschlag pocht im ganzen Körper. Plötzlich steht Sophie wie aus dem Nichts vor ihr.

„Gott sei Dank, Ahote. Ich dachte schon, du bist wieder gefahren."
Sie hebt die Arme, um sie mit einer Umarmung zu begrüßen.
Doch Ahote zuckt zurück. Sie kann nicht. Noch nicht. Ihre Mutter versteht, ihre Arme fallen ins Leere, das Lächeln erstarrt.

Ahote fühlt noch den warmen Druck von Schneeflocke auf ihrem Bauch. Er scheint sie zu ermahnen. Sie weiß, es ist Zeit, sich zu zeigen. Kurz schließt sie die Augen, dann sucht sie den Blick ihrer Mutter.

„Lass uns reden, bitte." Sie legt all ihr Herz hinein, so wie sie es kann. Sie muss Sophie erreichen, die Schichten des Schmerzes durchbohren. Die Augen ihrer Mutter sind groß. Zu groß, das Blau zu dunkel, um leuchten zu können. Angst verschleiert die Schönheit ihres Gesichts. Ahote kennt es nicht anders. Nicht hier in diesem Land ...

Sophie kann den Blick nicht halten, sie schaut auf den Boden und nickt. „Ich mach uns einen Tee. Setz dich schon mal aufs Sofa, ich komme gleich."

Am liebsten würde Ahote mit ihr in die Küche gehen und sofort mit ihr reden. Tief atmet sie ein und aus und zwingt sich zur Ruhe.

Langsam geht sie ins Wohnzimmer. Hier hat sich nichts verändert, seit sie ausgezogen ist. Sie setzt sich in den abgewetzten Sessel, in den sie sich früher zum Fernsehen gekuschelt hat. Ihre Hand tastet nach dem Muschelanhänger ihres Autoschlüssels in ihrer Sweatjacke. Kühl und glatt schmiegt er sich in ihre Handfläche. Sie versucht, sich auf die Form und die einzelnen Rillen zu konzentrieren, die sie unter ihren Fingerkuppen spürt.

Aus der Küche hört sie das Klirren von Geschirr. Kurz darauf erscheint ihre Mutter mit einem Tablett im Zimmer und stellt es auf den kleinen Tisch vor ihr. Der Duft von Zitronenmelisse und Lavendel zieht durch den Raum. Auch Kekse hat sie mitgebracht, mit viel Schokolade, außen und innen. Ganz wie sie es früher mochte.

„Meine Lieblingskekse?", fragend schaut sie ihre Mutter an. „Ich dachte immer, sie seien dir zu süß?"

Verlegen zieht ihre Mutter die Schultern hoch. „Ich weiß ja nie, wann du kommst."

Diese unerwarteten Worte vibrieren ihn ihr, rütteln an dem Panzer um ihr Herz.

Schweigen liegt in der Luft, erst tröstend, dann lastend.

„Was willst du wissen?"

„Alles", platzt Ahote heraus. „Was ist mit Papa passiert?"

„Er kam bei einem Autounfall um."

„Das weiß ich."

„Aber es war kein Unfall."

„Woher weißt du das?", will Ahote wissen.

„Sie haben es mir geschrieben. In einem Brief – danach. Als alles vorbei war."

„Wer sind ‚sie'? Warst du bei der Polizei?"

Sophie schüttelt den Kopf.

„Warum nicht?"

„Sie hätten mir nicht geglaubt. Nicht glauben wollen."

„Aber du hattest doch den Beweis – den Brief."

Sophie zögert und sagt dann leise: „Ein Brief, der zugleich ein Drohbrief war. Eine Drohung, dir etwas anzutun, wenn ich darüber rede."

„Aber die Polizei hätte uns schützen können!"

„Du hast keine Ahnung, wie das dort funktioniert," fährt Sophie auf. „Indianer sind nichts wert. Schon gar nicht solche, die der Regierung in die Geschäfte pfuschen. Dort, wo es um viel Geld geht."

„Wer sind sie?" Ahote kann nicht aufhören.

„Feinde. Mächtige Feinde."

„Wer?"

Doch Sophie schüttelt nur den Kopf.

„Bitte, Mutter, sag es mir!"

Sophie steht auf. „Nein, Ahote. Je weniger du weißt, desto besser."

Ahote springt aus dem Sessel und geht zu ihrer Mutter. „Bitte. Ich muss es endlich wissen."

„Lebe du dein Leben – unbeschadet und ohne Angst!"

Diese Antwort bohrt sich wie ein Stachel in ihr Herz.

„Was weißt du schon über mein Leben und wie es mir geht?"

Verständnislos schüttelt Sophie den Kopf, ihre Stimme wird laut und ungehalten. „Es geht dir doch gut. Du bist gesund, jung, hübsch, hast deinen Abschluss in der Tasche. Was willst du mehr?"

Ahote fühlt, wie ihre Mutter ihr entgleitet, ihr nicht folgen kann. Oder will.

„Richtig leben. Mich fühlen, dazugehören. Weißt du, wie das ist, wenn man sich immer wie eine Ente unter Schwänen fühlt? Ich muss meine Wurzeln kennen, um mich vollständig zu fühlen."

Traurigkeit schimmert in den Augen ihrer Mutter.

„Leb du dein Leben und lass die alten Dinge ruhen. Du kannst Papa nicht wieder lebendig machen. Du bringst dich damit nur in Gefahr."

„Was ist mit unserer Familie dort? Haben sie auch nichts unternommen?"

„Ich weiß es nicht. Ich hatte keinen Kontakt."

Ahote spürt, ihre Mutter hat genug. Aber sie hat noch so viele Fragen. Sie kann nicht aufhören. Noch nicht. „Du weißt nicht, ob sie die Mörder zur Rechenschaft gezogen haben?"

Sophie seufzt. „Ach, Ahote. Du weißt nichts über die Lebensweise der Indianer."

Wütende Bitterkeit steigt in Ahote auf. „Und warum? Wer wollte mir nicht die Farben meiner Erinnerung zurückgeben?! Papa ist tot. Doch du hast auch die Erinnerungen an ihn totgeschwiegen. Es ist, als ob mit seinem Körper auch die Erinnerungen begraben wurden. Was ist mir von ihm geblieben?" Ihre Augen füllen sich mit Tränen.

Sophie geht auf sie zu, aber Ahote weicht zurück.

„Ich wollte dich schützen. Verstehst du das nicht? Vor der Vergangenheit. Dass sie dich nicht einholt."

Ahote starrt sie an. „Warum hast du ihnen nicht wenigstens geschrieben? Wir hätten Kontakt haben können. Wolltest du nicht wissen, wie es ihnen geht?"

Sophie schließt kurz die Augen. „Ich bin damals mit dir einfach verschwunden, als du sechs Jahre alt warst."

„Das heißt, sie wissen noch nicht einmal, wo wir sind? Wie es uns geht?" Ahote steht auf, geht zum Fenster und schaut hinaus, ihr Blick sucht den Halt der Bäume. „Weißt du, am Anfang habe ich mir gewünscht, dass Großvater mir schreibt, dass ich etwas von ihnen höre. Jeden Tag bin ich zum Briefkasten gegangen und habe geschaut. Erinnerst du dich?" Sie dreht sich wieder zu Sophie.

Hilflos zuckt ihre Mutter mit den Schultern. „Ich hatte Angst. Große Angst. Dein Vater ermordet. Du warst alles, was ich noch von ihm hatte." Sie hält kurz inne und flüstert: „Ich musste deinem Vater versprechen, dass ich dich in Sicherheit bringe, falls ihm etwas passiert." Tränen laufen über ihre Wangen.

Ahote blinzelt, fühlt den Schmerz ihrer Mutter wie ihren eigenen. Sie versucht, zu verstehen. Sie muss. Um damit zu leben. „Ich will unsere Familie kennenlernen."

Sophie reißt die Augen auf und keucht: „Das ist zu gefährlich."

„Das ist doch alles lange her. Außerdem weiß keiner, wer ich bin."

„Du hast keine Ahnung!"

Die Wut in Ahote wartet nur darauf, zuzuschlagen, sie spürt sie in ihrem Bauch als Feuerball. „Natürlich nicht! Wie auch!", schleudert sie ihrer Mutter entgegen.

Um Verständnis bittend schaut Sophie sie an. „Du bist etwas Besonderes."

Ahote schnaubt. „Für dich vielleicht!"

„Nicht nur." Sophie beißt sich auf die Lippen, als hätte sie zu viel gesagt.

In Ahotes Kopf schrillen Alarmglocken. „Wie?"

„Lass gut sein", wiegelt ihre Mutter ab.

„So besonders, dass ich einen Jungennamen habe. Wer heißt schon ‚Ruheloser'? Was für ein beschissener Name! Suchen Eltern den Namen ihres Kindes nicht mit Liebe aus?"

Ihre Mutter ringt nach Luft. „Wie kannst du so etwas sagen! Du bist ein Kind der Liebe!"

Ihre Mutter geht zu ihr und zieht sie in eine Umarmung.

Ahote zittert, sie weiß nicht, ob sie das will.

„Aber – warum dieser Name?"

„Dein Großvater Hania wollte es so."

„Hatte er keine Augen im Kopf, dass ich ein Mädchen bin?"

„Er hatte seine Gründe."

„Welche?" Ahote versteht es nicht.

„Lass es einfach gut sein!"

Ahote befreit sich aus der Umarmung. „Das kann ich nicht! Versteh doch, ich kann nicht alles auf sich beruhen lassen. Nichts kann bleiben, wie es war. Ich muss endlich wissen! Alles! Von dir oder von Großvater. Egal. Ich fahre sowieso zu ihnen. Also frage ich ihn selbst."

Ihre Mutter ist blass, ihr Gesicht verzerrt. „Tu das nicht. Bitte!"

„Wo finde ich sie?"

„Das kann ich dir nicht sagen. Bitte versteh doch! Dein Vater wurde umgebracht, sie schrecken auch vor einem weiteren Mord nicht zurück." Sophie hält sie am Arm fest. Ahote reißt sich los.

„Ich muss!"

„Nichts musst du! Bleib hier!" Die Stimme ihrer Mutter klingt schrill.

„Nein! Versteh doch!" Ihr wird heiß, ihre Kehle wird eng.

„Bitte geh nicht! Ich habe Angst um dich." Die Stimme ihrer Mutter hämmert in ihrem Kopf. Sie spürt, wie die Angst die Krallen nach ihr ausstreckt, in sie hinein kriecht. Sie will das nicht! Das ist nicht ihre Angst. Sie tritt einen Schritt zurück.

„Ich muss gehen. Ich muss endlich meine andere Familie finden. Sie sind ein Teil von mir. Ein Teil tief in mir, den ich noch nicht kenne. Ein Schlüssel zu etwas …"

„Die letzten Jahre sind wir auch ohne sie ausgekommen." Sophies Stimme überschlägt sich.

„Du vielleicht. Aber ich – ich will mich endlich vollständig fühlen."

Tränen glitzern in Sophies Augen. „Ahote, bitte!"

Ahote schüttelt den Kopf und dreht sich um. Sie will nur noch weg hier.

„Warte! Ich habe noch den Anhänger deines Großvaters für dich."

Wie erstarrt bleibt Ahote stehen, wendet sich dann langsam um. „Du hast gesagt, ich hätte ihn verloren!"

Jegliche Farbe ist aus dem Gesicht ihrer Mutter gewichen.

„Es tut mir leid", flüstert Sophie. „Ich habe dir einen anderen dafür geschenkt."

Ahote keucht, es fühlt sich an, als hätte ihr jemand seine Faust in den Bauch gerammt. „Du wolltest, dass ich wie die anderen bin. Aber das war ich nie! Nie hast du meine Andersartigkeit akzeptiert. Wie konnte *ich* das, wenn du es nicht mal konntest?"

„Ich dachte, es sei das Beste. Bitte, verzeih mir."

Ahotes Herz ist schwer und kalt. Ihre Mutter eilt ins Schlafzimmer. Es raschelt, dann kommt sie wieder, ein schwarzes Lederband mit einem silbernen Anhänger baumelt in ihrer Hand. Vorsichtig gibt sie ihn ihr. Andächtig fahren Ahotes Finger darüber. Erinnert sich, an die Form, an die Gestalt. Der silberne Flötenspieler – Kokopelli – Schöpfer, Heiler und Beschützer.

Nachts, wenn sie nicht schlafen konnte, klebte er in ihrer Hand, feucht und warm. Seine Konturen unauslöschbar in ihr Gedächtnis gebrannt.

Sie schaut Sophie an. „Danke."

Mehr kann sie nicht für ihre Mutter tun. Ahote kann ihr Herz nicht öffnen. Nicht jetzt. Vielleicht kann sie Sophie eines Tages verzeihen. Sie verstehen. Ihr nah sein. Aber jetzt muss Ahote ihr eigenes Leben leben. Sie wendet sich ab und geht zur Tür.

Plötzlich sagt ihre Mutter mit rauer Stimme: „Arizona, Colorado Hochplateau, Hocavi. Ahote, pass auf dich auf! Ich liebe dich. Vergiss das nie."

Tränen schießen in Ahotes Augen. Sie reißt die Tür auf und geht. Sie muss.

2. Kapitel

Wohin ? Wohin? Wohin?
Was habe ich mir nur dabei gedacht,
dem Mut in mir zu folgen?
Ich bin doch klein – so klein,
nur ein Micro-Atom unsichtbar im Universum.
Die Blüte meines Herzens geöffnet,
um Familie zu empfangen.
Doch werde ich willkommen,
gar angenommen sein?
Die Antwort kennt nur der Wind.

$\mathcal{D}$urch die Autoscheibe gleitet die rote Felslandschaft des Colorado Hochplateaus gesichtslos an Ahote vorbei. Gedankenverloren kaut sie an ihrer Unterlippe, die Hände fest um das Lenkrad des Jeeps gepresst, den sie in Flagstaff gemietet hat. Worauf hat sie sich nur eingelassen? So überstürzt abzureisen! Kaum dass sie nach dem Besuch bei ihrer Mutter zurück in Hamburg war, hat sie den nächstbesten Flug nach Flagstaff Arizona, gebucht. Aus Angst, den Mut zu verlieren. Dass die Vernunft und die Worte ihrer Mutter sie einholen, lähmen, jeglichen Mut aus ihr heraussaugen könnten.

Was, wenn ihre Mutter recht hat und es besser ist, nicht an Altem zu rühren? Wie kann sie wissen, ob sie hier willkommen ist? Kann sie damit umgehen, zurückgewiesen zu werden? Ihr Magen krampft sich zusammen. Sie tritt auf die Bremse, hält an. Die Mittagshitze flirrt in der Luft. Ihre Zunge klebt trocken am Gaumen. Der rote Staub der Landschaft ist erbarmungslos, dringt durch jede Ritze. Die Klimaanlage ihres Jeeps funktioniert mehr schlecht als recht, überhaupt hat er schon bessere Tage gesehen, mit all den Beulen, die seine Karosserie zieren. Sie greift nach der Wasserflasche neben sich. Fast leer. Mist, sie hat die Strecke unterschätzt, umgerechnet ungefähr einhundertsiebzig Kilometer. Das ist nicht die Welt. Aber hier, abseits der Zivilisation mit diesen löchrigen Schotterstraßen schon. Hoffentlich braucht sie nicht mehr so lange, sie wollte gegen Mittag in Hocavi sein, damit sie vor dem Abend noch genügend Zeit hat, sich dort umzuschauen – und hoffentlich zu finden, was sie sucht …

Sie wischt sich mit dem Handrücken den Schweiß von der Stirn und stöhnt.

Immer wieder erscheinen ihr die Schilder vor Augen, die sie am Anfang des Reservates empfangen haben:

WEITERFAHREN ERLAUBT, DOCH EIGENTLICH NICHT MEHR NÖTIG. FOTOGRAFIEREN, FILMEN UND ZEICHNEN IN DEN DÖRFERN STRENGSTENS VERBOTEN.

Wie konnte sie nur auf die Idee kommen, hier willkommen zu sein? Angst im Mantel der Unsicherheit windet sich trotz der Hitze feuchtkalt ihren Rücken hinauf.

Aber jetzt ist sie nun mal hier! Weil sie den Mut dazu hatte – den Entschluss gefasst hat, dort in dem Land, in dem sie sich immer fremd gefühlt hat. Deutschland, das nun jedoch angesichts dieser Feindseligkeit hier, sich seltsam vertraut anfühlt, wenn sie daran denkt.

Sie braucht eine Pause. Sie fährt rechts an, schaltet den Motor aus, reißt mit einem Ruck die Autotür auf und springt hinaus ins

Freie. Sofort umfängt sie brütende Hitze, träger Wind raschelt im Präriegras, das sich neben der Schotterpiste bis in die Unendlichkeit erstreckt. In der Ferne zeigen sich bizarre Felsformationen. Ganz vage entdeckt sie am Horizont abgeflachte Tafelberge. Ihr Herz macht einen Satz. Die Hochlandebenen – die Mesas –, Heimat der Hopi.

Ehrfürchtig wispert sie: „Dann ist das auch meine Heimat. Auch ich bin eine Hopi." Seltsam fremd fühlen sie sich an, diese Worte. „Ich bin eine von euch."

Sie lauscht und wartet auf Antwort ganz tief in ihr drin. Doch sie spürt nur die Kälte der Angst. Zittrig wandert ihre Hand zu dem silbernen Anhänger um ihren Hals. Der Kokopelli, den ihr Großvater ihr geschenkt hat. Sie weiß noch nicht einmal, ob er noch lebt. Oder irgendjemand von ihrer Familie. Hat sie Cousins oder Cousinen, Onkel und Tanten? Und wenn, werden sie kaum auf sie gewartet haben. Sie, die in der zivilisierten Welt aufgewachsen ist und dieses Land hier nicht versteht.

Auf einmal scheint der silberne Flötenspieler in ihrer Hand zu pulsieren. Ein Band der Zuversicht geht von ihm aus, wandert warm in ihr Herz, gibt ihr Mut einzusteigen und erneut das Gaspedal zu drücken. Weiterzufahren in die Ungewissheit.

Steil windet sich die schmale Straße nach oben, dem verwaschenen Blau des Himmels entgegen. Irgendwo dort auf der Höhe muss Hocavi sein, eines der letzten traditionellen Dörfer der Hopi, wie Ahote aus dem Internet weiß. Die Schatten der von farbigen Gesteinsschichten durchzogenen Felswände neben der Schotterpiste sind bereits ziemlich lang, als es ebener wird.

Endlich – sie scheint, die Hochlandebene erreicht zu haben. Als sie einen Blick über ihre Schulter wirft, wandert Gänsehaut über ihren Rücken. Der Ausblick ist atemberaubend. Sie bremst und fährt rechts ran. Die grenzenlose Weite dieses Landes ist unfassbar.

Etwas gibt nach in ihrem Brustkorb, etwas das sie noch nicht versteht. Gibt ihr Raum, die ausgereizte Grenze der Unsicherheit zu ertragen. Sie drückt erneut aufs Gas und folgt weiter der Straße, die sich als um ein Nuancen helleres Band durch die eintönige Landschaft windet.

Am anderen Ende des Horizonts ballen sich dunkle Wolkenfetzen zusammen. Grelle Blitze fressen sich in den Himmel. Ein Unwetter, das die Straßen in Schlammpisten verwandelt, hat ihr gerade noch gefehlt!

Da entdeckt sie eine terrassenartige Ansammlung von flachen Häusern, fast verschmelzen sie mit der Landschaft. Sie hält die Luft an. *Die Pueblos der Hopi!* Während sie darüber nachdenkt, ob sie sich freuen soll, dass sie ihr Ziel endlich erreicht hat, bemerkt sie eine Vielzahl parkender Autos vor dem Dorf. Sie wusste nicht, dass hier so viele Menschen wohnen. Jedoch je näher sie kommt, desto sicherer ist sie sich, dass Hocavi all diesen Menschen unmöglich Wohnraum bieten kann. Vielleicht feiern sie ein Fest? Wohl kaum zu Ehren ihrer Rückkehr. Auf einmal ist da wieder dieser Kloß in ihrem Hals.

Wenig später stoppt sie vor dem Durcheinander der wild parkenden Autos, meist rostige Pick-ups. Einen Moment zweifelt sie, ob das der Schrottplatz ist, stellt dann aber trotzdem ihren Jeep neben die verbeulten Fahrzeuge. Er hebt sich wie ein Juwel von den anderen ab.

Der Motor schweigt, doch ihr Herz pocht umso lauter. Zeit, den Erinnerungen neue Farben zu geben. Sie hat es so gewollt.

Sie fischt den Cowboyhut vom Rücksitz, den sie zuvor in Flagstaff erstanden hat. Kurz zögert sie, ihn aufzusetzen. Ist es üblich hier, so einen Hut zu tragen? Drückt ihn dann aber mit zittrigen

Händen auf ihren Kopf und öffnet die Autotür – das Tor zum Land ihrer Ahnen.

Heißer Wind empfängt sie und weht ihr schwarze Haarsträhnen ins Gesicht. In der Ferne grollt dumpfer Donner, die Sonne hat sich hinter einer dunklen Wolkenwand versteckt. Sie muss sich beeilen, wenn sie noch trocken das Dorf erreichen will.

Doch nichts in ihr will gehen. Alles in ihr schreit kehrtzumachen, einen Grund zu finden, nicht gehen zu müssen. Ihre Beine fühlen sich weich und kraftlos an.

Plötzlich dringen laute Stimmen an ihr Ohr, passen nicht zu der Stille der Landschaft, wirken seltsam fehl am Platz. So wie sie. Und doch ist da auf einmal ein Sog von Neugier in ihr. Wie von einem unsichtbaren Band gezogen, läuft sie los. Sie folgt dem Tumult der Worte in Richtung Hocavi.

Kurz vor dem Dorf steht sie jäh vor einem Schild.

WARNUNG!
KEINE WEISSEN
BESUCHER
ERLAUBT.

Sie zuckt zurück. Ihr wird heiß und kalt zugleich. Sie legt ihre Hand auf die Brust, um ihren Herzschlag zu beruhigen. Was, wenn sie einfach umdrehen, ins Auto einsteigen und zurück in die ihr bekannte Welt fahren würde? Vergessen, dass Hopi-Blut in ihren Adern fließt?

Sie schließt die Augen und atmet tief ein und aus. *Mit einem Mal erscheint vor ihrem inneren Auge ein kleines Mädchen, das mit fliegendem Haar durch schmale Gassen prescht, als hinge ihr Leben davon ab. Ein etwas größerer Junge folgt ihr, versucht, sie zu fangen. Doch sie hat keine Angst. Sie spürt freudiges Glucksen in ihrem Bauch, aus der Gewissheit heraus, dass er sie nie einholen wird. Denn sie ist schnell und wendig, wie ein Streifenhörnchen auf der Flucht vor dem Adler. Das Bild verblasst.*

Sie keucht, sie war hier schon einmal gewesen! Sie starrt auf ihre Hand. Sie ist nicht weiß, sie hat eine rotbraune Tönung. Sie hat ein Recht, hier zu sein!

Schritt für Schritt geht sie weiter, dem dunklen Labyrinth aus staubigen Gassen und dichtgedrängten Steinhäusern entgegen. Je näher sie dem Zentrum kommt, desto lauter und eindringlicher werden die Stimmen. Noch immer ist niemand zu sehen. Als würde das Dorf den Atem anhalten. Plötzlich steht sie vor einem Platz, der überzuquellen scheint von Menschen indianischer Herkunft. Sie rufen mit erhobenen Fäusten kehlige Worte, die sie nicht versteht. Explosive Unruhe schwingt in der Luft. Schnell drückt sie sich in den Schatten eines Hauses. Der raue Stein unter ihren Händen gibt ihr Halt.

Was geht hier vor? Das sieht nicht nach einem Fest aus. Sie beugt sich etwas vor, um besser sehen zu können.

Leicht erhöht in der Mitte des Platzes steht ein Indianer in Franrenhemd und Jeans und puscht mit seinen Worten die Menge auf. Er gestikuliert wild, sodass sein schulterlanges, graues Haar, das von einem roten Tuch um die Stirn zusammengehalten wird, hin und her wippt.

Doch so sehr sie sich auch anstrengt, sie versteht nichts. Sie muss näher kommen, sich unter die Menschen mischen. Werden sie merken, dass sie nicht zu ihnen gehört? Und wenn, wird sich dann ihr Zorn gegen sie wenden? Sie, die sich hier eingeschlichen hat. Trotzig schiebt sie ihr Kinn vor. Dieses Dorf ist auch ihres. Ihre Hände kennen diese rauen Steine.

Sie stößt sich von der Hauswand ab und tastet sich Schritt für Schritt voran, taucht ein in die Menge, wird ein Teil von ihr.

„… nicht zulassen, dass sie das Kohleabbaugebiet Black Mesa wieder eröffnen."

Wie gut, dass sie ihr Englisch nie vernachlässigt hatte, sie verstand sofort jedes Wort.

Zustimmendes Gemurmel um sie herum.

„Doch das ist noch nicht alles! Schon wieder sollen wir zum Spielball der Weißen werden. Das Abbaugebiet wollen sie erweitern. Umsiedeln wollen sie uns – wie Marionetten. Aber wir haben einen Vertrag. Einen sehr alten, der uns dieses Land hier zusichert. Wir lassen uns nicht vertreiben. Nicht schon wieder!"

Auf einmal kocht die Menge um sie herum. Sie wird geschoben und geschubst. Fäuste schwirren in der Luft. Füße stampfen, der Boden unter ihr vibriert. Panik kriecht ihr den Rücken hinauf, sie will schon kehrtmachen, sich irgendwie aus der tobenden Menge winden, als es ruhiger wird. Der Alte spricht weiter: „Dieses Land hier ist heilig! Es braucht uns und wir brauchen das Land. Von Massau'u dem heiligen Schöpfer haben wir einst den Auftrag erhalten, dieses Land zu schützen, an heiligen Orten heilige Zeremonien abzuhalten. Wir werden nicht …" Dann geht seine Stimme erneut in einem Tumult unter. Sie riecht den Schweiß und das Adrenalin in der Luft, doch sie zwingt sich, zu bleiben. Sie muss wissen.

Plötzlich sieht sie, wie ein Indianer in leuchtend weißem Hemd, etwa in ihrem Alter, sich Zugang zu der Bühne verschafft. Mit wellenartigen Bewegungen seiner Arme besänftigt er die Menschen auf dem Platz. Jetzt kann sie ihn hören.

„Beruhigt euch, Freunde! Nichts ist so, wie es auf den ersten Blick scheint. Wir sind das Volk der Hopi – das Volk des Friedens. Ruhe bewahren ist unsere Stärke. Schon immer gewesen. Mein Name ist Cheveyo Selestwa, viele von euch kennen mich."

Jäh vibriert etwas in ihrer Brust. Seine Worte verschwimmen, fließen an ihr vorbei. *Cheveyo* – sein Name beißt sich fest in ihrem Kopf. Doch da ist so viel Nebel in ihr drin, sie kann ihn nicht durchdringen.

„Cheveyo!" Auf einmal sieht sie wieder das kleine Mädchen in den dunklen Gassen vor sich. Diesmal ruft es einen Namen und lacht. „Cheveyo!" Sie zuckt zurück und reißt die Augen auf. Ist es möglich, dass er dieser Cheveyo ist? Der aus ihren Kindertagen?

Sie kann nicht mehr verstehen, was er sagt, aber sie weiß, sie muss zu ihm. Irgendwie.

Auf einmal sieht sie, dass er geht, wie er die Bühne verlässt und in der Anonymität der Menge verschwindet. Er ist ihr einziger Anhaltspunkt, sie darf ihn nicht verlieren! Panikwellen drohen sie zu überfluten, mit sich zu reißen. Sie muss hier weg! Sie muss hier durch! Sie muss zu ihm!

Jedoch die Menge bewegt sich nicht, ist dickfellig wie eine Büffelherde. Sie fährt ihre Ellenbogen aus, zieht Aufmerksamkeit auf sich. Sie spürt die Blicke, sie scheinen sie heiß zu durchbohren, lähmen sie. Doch die Panikwelle gibt ihr Kraft, gibt ihr Mut. Jetzt ist ihr alles egal. Sie darf ihn nicht aus den Augen verlieren!

Endlich teilt sich die Menge, macht ihr Platz. *Aber wo ist er?* Hastig boxt sie sich durch zum anderen Ende. Wohin soll sie sich nur wenden? Soll sie durch die Gassen rennen? Vielleicht ist er zum

Parkplatz? Oder ist es wahrscheinlicher, dass er hier wohnt? Auf einmal sieht sie nicht weit entfernt einen gestikulierenden Mann mit einem weißen Hemd, der sich langsam durch die Masse schiebt. *Das ist er!* Ihr Herz macht einen Sprung.

Immer wieder wird er von Menschen angesprochen. Sie lässt ihn nicht aus den Augen, verfolgt seinen Weg. Jetzt ist sie nicht mehr weit weg. Ehrfürchtig schaut sie ihn an, ihre Augen tasten ihn nach Vertrautem ab. Wie kann etwas vertraut sein, wenn sie sich kaum erinnert? Sein blauschwarzes Haar ist zusammengebunden und fällt ihm über die Schulter. Er sieht aus wie die anderen. Und doch, etwas an seiner Haltung ist anders, an seinem Blick. Sie kann nicht sagen, was es ist. Nun ist er nur noch ein paar Meter von ihr entfernt und tritt aus der Menge. Ihr Herz pocht bis zum Hals. Sie kann die Augen nicht von ihm wenden.

Er wirkt auf eine besondere Art elegant, er trägt eine schwarze Hose, keine Jeans wie die meisten anderen und sein Hemd ist rein weiß, nicht aus grobem Leinenstoff, wie sie das bei einigen Leuten hier sieht. Selbst seine Füße stecken nicht in derben Cowboystiefeln, sondern er trägt feine schwarze Schuhe, deren Glanz von einer Staubschicht verdeckt wird. Auf einmal fängt er ihren Blick auf, erwidert ihn fragend. Sie kann nicht wegschauen. Heiße Röte schießt ihr in die Wangen. Sie ist wie erstarrt, ihre Füße wie auf dem Boden festbetoniert. Da sieht sie, wie er sich abwendet und geht.

„Cheveyo", krächzt sie. Aber er hört sie nicht. Sie versucht es erneut, doch ihre Kehle ist staubig und trocken, die Zunge klebt dick am Gaumen. Außer einem Hustenanfall bringt sie kein Wort heraus. Sie muss ihm nach. Sie denkt nicht. Jetzt rennt sie, rempelt und boxt gegen Menschen. Sie merkt es nicht. Jetzt hat sie ihn erreicht! Sie legt ihm die Hand auf die Schulter. Alles in ihr zittert und bebt.

Mit einem Ruck dreht er sich um. „Was um alles in der Welt ..."

Sie zieht die Hand zurück und starrt ihn an. „Tut mir leid", sagt sie mit zitternder Stimme.

Fragend sieht er sie an. „Kennen wir uns?"

Sie zuckt mit den Schultern. „Vielleicht."

„Und?"

„Du bist Cheveyo?"

„Ja." Er klingt jetzt ungeduldig.

„Ich bin – Ahote."

Seine Augen werden schmal. Die Ungeduld in seinem Gesicht weicht Neugier. „Du bist eine Frau!"

„Ich weiß." Nun kann sie lächeln.

Sein Blick schweift verträumt in die Ferne, wird weich und sanft „Ich kannte einst eine Ahote. Doch das ist lange her."

Der Herzschlag in ihr wird lauter, dröhnt in ihrem Kopf. „Und ich kannte einen Cheveyo. Mein Freund in Kindertagen." Sie flüstert: „In einem anderen Leben."

Sie spürt Tränen über ihre Wangen laufen. Auf einmal ziehen sie starke Arme an eine breite Brust. Sie klammert sich an den Mann, als wolle sie ihn nie wieder loslassen. Ihr Körper wird von einem Weinkrampf geschüttelt. Irgendwann weiß sie nicht mehr, ob sie weint oder lacht.

Der Himmel ist in ihr. Sie tanzt, sie riecht, sie lacht. Noch nie hat ihr Herz so getanzt. Sie lässt ihn los, fasst ihn an den Händen und dreht sich mit ihm im Kreis. Die Welt um sie herum versinkt.

Auf einmal hört sie den heiseren Schrei eines Vogels. Sie schaut nach oben, er kreist direkt über ihnen.

„Ein Adler", raunt Cheveyo mit rauer Stimme und sieht sie an, vergräbt sich tief in ihren Augen. Er scheint sich in ihr festzusaugen. Plötzlich ist da ein bernsteinfarbenes Blitzen bei ihm.

Sie wispert: „Jetzt bist du so glücklich, dass Sterne in deinen Augen sprühen."

Sein Blick scheint noch tiefer in sie zu sinken, taucht ein in ihr Inneres. Sie weiß nicht, wie ihr geschieht. Als ob er ihr Innerstes nach Außen kehrt.

Zarte Lachfältchen erscheinen um seinen Mund. „Das hast du früher immer zu mir gesagt."

Auf einmal ist sie wieder da, diese innige Vertrautheit, die immer zwischen ihnen war. In die sich niemand drängen konnte. Als ob sie für einander bestimmt wären. Erneut schlingt sie die Arme um ihn, presst sich an ihn, sie kann nicht anders. Sie muss ihn fühlen, riechen, dicht an sich spüren, sich vergewissern, dass sein Traumbild nicht sofort wieder verblasst. Er riecht nach dem offenen Feuer der Pueblos und Räuchersalbei, der für heilige Zeremonien verwendet wird. Jetzt weiß sie das, sie erinnert sich.

Sie lächelt, lehnt sich in seinen Armen zurück und schaut ihn an, streicht ihm über das Gesicht. Sie weiß nicht, ob ihm das zu nah ist, aber sie muss es einfach tun. Sie tastet über seine kantigen Wangen, spürt die Narbe dort, kennt ihre Geschichte. Auf einmal spürt sie ein Flirren in ihrem Bauch, zart und warm. Wie eine Spirale dehnt es sich aus. Am liebsten würde sie ihn nie wieder loslassen. Er ist ihr Cheveyo. Ihr Freund, der ihr wie ein großer Bruder war.

Das Leben tanzt und sie tanzt mit. Wie Nachhausekommen fühlt es sich an.

Irgendwann schiebt Cheveyo Ahote von sich. „Komm, ich bring dich zu Hania, deinem Großvater. Das wird ihn aufmuntern." Er zieht sie mit sich auf den festgetrampelten Pfad, zurück ins dunkle Labyrinth der Gassen.

Ahote erschrickt. „Geht es ihm nicht gut?"

„Doch schon, aber er ist mittlerweile ein sehr alter Mann. Du weißt doch, wie das mit alten Leuten so ist, sie leben gerne in der Vergangenheit und meinen, dass früher alles besser war."

Hört sie da bittere Untertöne heraus? „Was ist hier überhaupt los? Was machen all die Menschen hier? Und du? Warum hast du zu den Leuten gesprochen?"

„So viele Fragen auf einmal. Das ist die Ahote, die ich kenne." Cheveyo lacht. „Ich bin Rechtsanwalt und versuche zu vermitteln."

Ahote starrt ihn an. „Du hast es tatsächlich geschafft! Du hast deinen Traum wahrgemacht. Schon immer wolltest du dich für unser Volk einsetzen." Kaum hat sie es ausgesprochen, merkt sie, was sie gesagt hat. Das „uns" vibriert in ihrem Herz. Cheveyo scheint es nicht zu merken. „Warum vermitteln? Was geht hier vor?"

„Bereits vor Jahren wurde auf Black Mesa nicht weit von hier Kohle abgebaut. Hier war das größte Kohleabbaugebiet Amerikas – das von der Bundesregierung erklärte „National Sacrifice Area" , das nationale Opfergebiet. Das heißt, die Interessen der USA wurden über alle anderen gestellt. Aber vor allem über unsere, die der Hopi. Doch aufgrund zunehmender Proteste wurde die Kohleförderung dann vor ein paar Jahren per Gerichtsbeschluss untersagt."

„Und jetzt wollen sie die Minen wieder öffnen? Warum? Haben sie eine Chance damit durchzukommen?"

Cheveyo seufzt. „Es geht um viel Geld. Hier in diesen Bergen liegt noch so viel Kohle. Und nicht nur das – ebenso andere Bodenschätze und es gibt Pläne, das Abbaugebiet von damals zu erweitern."

„Aber hier leben doch die Hopi! Und die Natur – die können sie auch nicht einfach zerstören!"

„Ach, Ahote, du warst lange weg. Du weißt nicht, wie es den Leuten hier geht. Wie und unter welchen harten Bedingungen sie leben. Nicht alle Neuerungen müssen schlecht sein. Manchmal ist es besser, einen Kompromiss zu finden, von dem alle profitieren. Die Zeiten ändern sich. Nichts ist Stillstand, auch nicht in der Natur. Alles ist Wandel. Wie können wir vorbehaltlos an allem festhalten, was den Hopi der Legende nach vor Tausenden von Jahren von einem Geistwesen übermittelt wurde? Wir müssen ebenso an die Zukunft denken. An das Überleben unseres Volkes."

„Natürlich, wenn es einen solchen Kompromiss gibt. Aber der Abbau von Bodenschätzen ist nun Mal ein großer Eingriff in die Natur", erwidert sie kritisch.

„Das bestreitet keiner. Aber er verschafft den Menschen hier Arbeit, eine Perspektive. Schau dich doch um, alles ist ärmlich, karg und alt."

Er bleibt vor einem Steinhaus stehen, dessen Eingangstür aus zerfressenen Holzlatten besteht. Die Treppen davor zerbröckeln, zersetzen sich zu Staub.

„Womit kann man hier schon seinen Lebensunterhalt verdienen? Was glaubst du, warum es hier im Reservat so viele alkohol- und drogenabhängige Menschen gibt?"

Er deutet auf die leeren Glasflaschen am Boden der Hauswand neben ihnen.

Seine Worte treffen sie schmerzhaft wie ein Pfeil ins Herz.

„Aber ist es nicht so, dass hier alle Landwirtschaft betreiben und davon leben?"

Cheveyo lacht bitter auf. „Du hast wirklich keine Ahnung! Glaubst du, dass die jüngere Generation in die armseligen Fußstapfen ihrer Eltern und Großeltern treten will? Die Erde dreht sich weiter, der Fortschritt geht täglich voran – nur bisher meist ohne uns. Abgehängt sind wir hier. Von allem."

„Aber sind die Menschen hier nicht glücklich?"

„Früher vielleicht, doch heute wollen die Menschen mehr. Warum sollen sie meilenweit gehen, um Wasser zu holen oder ohne Elektrizität auskommen? Man kann es sich auch ein bisschen leichter machen."

„Wenn es das ist, was die Leute hier wollen", zweifelt Ahote.

„Die Jungen schon, aber es gibt noch genug verbohrte Alte, die um jeden Preis an den althergebrachten Traditionen festhalten, für die jeder Fortschritt eine Bedrohung ist."

Abrupt stoppt er unterhalb einer Treppe vor einem der gedrungenen Gebäude aus Lehmziegeln. An die Mauer gelehnt, steht eine Holzleiter, die auf das Flachdach des Terrassenhauses führt. Oben sind Schnüre gespannt, daran hängen verschieden-farbige Maiskolben und rascheln im Wind, irdene Krüge und Körbe sind auf der Mauerbrüstung positioniert. Ahote sieht Cheveyo fragend an.

„Hier wohnt dein Großvater."

Ihr wird eng um die Brust. Jetzt ist es so weit.

Sie gehen die ausgetretenen Stufen hinauf zur hölzernen Eingangstür und warten. Der Geruch von gebackenem Brot steigt ihr in die Nase.

„Willst du nicht klopfen?", flüstert sie.

Cheveyo lächelt. „Weißt du nicht mehr, dass es unhöflich ist, zu klopfen? Man wartet, bis man bemerkt wird.

Ahote reißt die Augen auf. „Wie lange kann das dauern?"

Cheveyo zuckt mit den Schultern. „Unterschiedlich. Im besten Fall kann man hupen, wenn man mit dem Auto da ist."

In diesem Moment ertönt eine tiefe Stimme über ihnen: „Cheveyo, kommst du mich mal wieder besuchen?" Ein knochiger Mann mit wehendem grauen Haar steht oben auf dem Dach zwischen den Körben. „Wie ich sehe, hast du noch jemanden mitgebracht."

Ahotes Kehle ist wie zugeschnürt. Sie spürt den Blick des Alten auf sich, er scheint sie zu durchbohren.

„Ich habe eine Überraschung für dich, Hania", ruft Cheveyo hinauf.

„Kommt hoch", folgt prompt die Einladung.

Cheveyo schiebt Ahote zur Leiter. Mit zittrigen Händen umfasst sie die Sprossen, klettert mit weichen Knien hinauf. Ihr Herz pocht heftig gegen ihre Rippen, es fühlt sich an, als ob es ihr aus der Brust springen will. Einmal rutscht sie fast ab, doch Cheveyo ist unter ihr, hält sie mit sicherem Griff.

„Entspann dich. Alles wird gut. Hania ist dein Großvater", raunt er ihr zu.

Diese Worte hämmern in ihrem Kopf, Sprosse um Sprosse, die sie hinaufsteigt. Nun legt sie ihre Hände auf die Mauer, steigt über die Brüstung. Jäh steht sie direkt vor dem Alten. Er trägt eine beige Tunika und Hose, mit einer roten Schärpe darüber, in gleicher Farbe wie sein Stirnband. Sein zerfurchtes Gesicht zeigt keine Regung. Alles in ihr schreit, kehrtzumachen. Da spürt sie Cheveyo in ihrem Rücken. Er drückt sie vor, aber sie macht sich steif wie ein Brett. Ihre Hand fährt an ihren Hals, umschließt den silbernen Flöten-spieler, der dort an dem schwarzen Lederband hängt. Der Blick des Alten ist ihrer Hand gefolgt. Die Welt scheint still zu stehen.

„Ahote", gurgelt es auf einmal kehlig aus seinem Mund. Ihr wird heiß bei diesen Worten, wie er ihren Namen ausspricht und bei diesem Klang.

Plötzlich verzieht Hania seinen Mund zu einem fast zahnlosen Lachen und zieht sie in seine knochigen Arme. Er riecht nach Tabak und Salbei. Sie fühlt, wie ein Damm in ihr bricht, sie schluchzt. Tränen quellen aus ihren Augen, nässen sein raues Hemd.

„Ahote, Ahote." Immer wieder murmelt er ihren Namen. Sein Herzschlag vibriert in ihr. Und sie weiß, es ist der Herzschlag ihrer Ahnen, dieses Landes, der Erde hier.

Als die Tränen sich nicht mehr bitter anfühlen und versiegen, tritt Ahote einen Schritt zurück, greift nach seinen Händen und sucht seinen Blick. Sie will ihm sagen, sie will ihm erklären, doch er schüttelt nur den Kopf. Und sie weiß, er versteht, es gibt nichts zu verzeihen.

Nachhausekommen …

Kurz darauf verabschiedet sich Cheveyo, da noch Geschäfte auf ihn warten, klettert vom Dach und lässt Ahote und ihren Großvater allein.

Hania deutet auf zwei niedere Holzschemel. „Setzen wir uns. Von hier kannst du die die Aussicht über Hocavi genießen."

Jetzt erst nimmt Ahote all die ineinander verschachtelten Häuser um sie herum wahr. Die höheren Stockwerke sind immer ein Stück zurückversetzt und sind über außen angelehnte Leitern zu erreichen, sodass die aneinander gebauten Häuser ein treppenförmiges Aussehen erhalten.

„Wie dicht die Häuser beieinanderstehen."

Ihr Großvater nickt. „So ist es kühler in den Häusern, darum haben sie auch nur wenige und kleine Fenster. Damit die Hitze im Sommer draußen bleibt. Zugleich ist diese Bauweise eine Festung und wir konnten uns früher gut gegen Feinde verteidigen."

Dann schweigen sie. Ahote saugt den Anblick der einzigartigen Häuser, das Tiefblau des Himmels, den herben Duft nach Tabak und das Rascheln der Maisblätter in sich auf. Ab und zu meckert eine Ziege und ein Hund bellt. Sie muss erst realisieren, wo sie ist. Dass sie angekommen ist bei ihrer Familie.

Auf einmal fühlt sie den Blick Hanias auf sich ruhen. Seine Augen glitzern und lächeln.

„Wie konntest du wissen, dass ich es bin? Es gibt bestimmt noch mehr Leute, die solche Anhänger tragen", will sie wissen.

Seine Lachfalten vertiefen sich. „Ich wusste immer, dass du zurückkommst."

„Wie konntest du dir da so sicher sein, nachdem wir einfach so verschwunden sind?"

Sein Blick schweift in die Ferne. „Es gibt Dinge, die weiß man. Weil man sie fühlt, da drin." Er legt die Hand auf sein Herz. „Du bist die Eine, die Großes bewirken wird für unser Volk."

Ahote lacht. „Du hast vielleicht Fantasie."

Doch ihr Großvater verzieht keine Miene, lacht nicht mit.

Sie zuckt zurück. „Das meinst du nicht wirklich? Ich glaube, du verwechselst mich. Ich gehöre nicht zu diesem Land. Und ich verstehe die Hopi nicht." Als sie das ausspricht, fühlt sie, dass es nicht länger die Wahrheit ist. Aber sie schiebt diese Gedanken weg.

Hania legt ihr seine Hand auf den Arm. „Komm erst einmal hier an. Die Zeit wird den Weg weisen."

„Ich bin hier nur auf Besuch."

Er nickt und zeigt dieses tiefe, weise Lächeln, das sie bereits an ihm kennt. Warum nur hat sie das Gefühl, dass er ihr nicht glaubt? Sie will, sie muss das Thema wechseln, krampfhaft sucht sie nach unverfänglichen Worten.

„Habe ich eigentlich Cousinen und Cousins, Onkel und Tanten?"

Zuerst bleibt er stumm, sie denkt, er hat sie nicht gehört. Schon will sie nachfragen, da sieht sie den Schmerz in seinen Augen. Nach gefühlten Ewigkeiten fängt er unvermittelt zu sprechen an: „Einst hatte ich vier Kinder. Heute sind es noch zwei und – ich bin mit drei Enkelkindern gesegnet."

Was soll sie darauf nur sagen? Und so schweigt sie und gemeinsam lauschen sie dem Wind, der in den trockenen Maisblättern über ihnen raschelt. Doch irgendwann platzt es aus ihr heraus: „Werde ich sie kennenlernen? Wohnen sie auch hier?"

„Nein, sie leben weiter weg. In der Stadt der Pahana."

Fragend schaut sie ihn an.

„In der Stadt der Weißen, nach deren Art."

Sie weiß nicht, ist das gut oder schlecht, wagt jedoch nicht nachzufragen.

„Wir werden ein Fest zu Ehren deiner Rückkehr feiern. Ein großes." Das Glitzern in seinen Augen kehrt zurück. „Alle werden kommen, das ganze Dorf wird feiern."

„Die Leute kennen mich doch gar nicht." Sie zögert zu fragen, aber sie muss es tun. „War mein Vater so bekannt?"

„Tangakwunu – mein Sohn – war ein tapferer Mann." Sie spürt, es fällt ihm schwer, weiterzusprechen. „Du wirst seinen Pfad fortsetzen und tiefe Spuren im Sand dieses roten Landes hinterlassen. Es ist dir so bestimmt."

Schon wieder diese Worte, die wie Blei auf ihren Schultern lasten. Sie will das nicht! Sie ist nicht hierher gekommen, um sich einzumischen. Schon gar nicht, um Geschichte zu schreiben. Sie, die nichts versteht, von nichts eine Ahnung hat.

„Großvater, ich will dich nicht enttäuschen, aber …" Sie senkt den Blick. Was soll sie sagen? Wie ihm begreiflich machen, damit er sich nicht verrennt? In eine Hoffnung, die es nicht gibt.

Hania legt den Arm um sie. „Lass gut sein für heute. Es ist genug gesagt, dein Tag war lang. Hörst du die Koyoten in der Ferne singen? Sie singen ihr Lied vom Einbruch der Nacht."

Ahote lauscht. Jetzt kann sie das Geheul hören, schaurig und schön zugleich. Die Grillen zirpen. Ein süßlicher Duft schwingt in der Luft, den sie nicht kennt. Auf einmal spürt sie, wie schwer ihr Großvater atmet, besorgt schaut sie ihn an. Tief liegen seine Augen in den Höhlen.

„Du siehst müde aus. Ich werde jetzt gehen, damit du dich ausruhen kannst."

Sofort winkt Hania ab. „Ich ziehe mich zurück, doch du – bleib hier. Du kannst hier schlafen."

„Nein, danke. Das ist lieb von dir, aber ich habe im Auto einen Schlafsack. Ich will dir nicht zur Last fallen." Schon steht sie auf, um sich zu verabschieden.

„Dieses Haus ist auch dein Haus, so wie es das deiner Mutter und deines Vaters war. Es ist klein, doch für Familie ist immer genug Platz." Ihr Herz glüht bei seinen Worten. Sie lächelt und nickt.

„Komm, ich zeige dir, wo du schlafen kannst." Mühsam stemmt er sich hoch und schlurft zur Leiter. Ahote ist besorgt, er will diese steile Leiter hinabklettern?

„Großvater, bist du sicher, dass du … Gibt es keine Treppe von hier oben direkt ins Haus?"

Bedächtig wendet er sich zu ihr um, schüttelt den Kopf und grinst. „Ich bin alt, aber noch lebe ich. Alles geht langsamer. Wie eine Schlange frühmorgens, wenn der Boden noch kalt ist. Sie wird warm, wenn sie sich bewegt." Mit diesen Worten läuft er weiter, dreht sich um und steigt geruhsam Sprosse für Sprosse hinab.

Ahote wartet, bis Hania den sicheren Boden erreicht hat, dann folgt sie ihm in die dunkle Kühle der Gassen hinab. Durch die offene Haustür tanzt flackernder Lichtschein auf den Treppen davor. Zögernd tritt sie ein, erneut steigt ihr der Duft nach frisch gebackenem Brot in die Nase. Ihr Magen antwortet mit lautem Gurgeln. Jetzt erst merkt sie, wie hungrig sie ist.

Am anderen Ende des Raums kniet Hania am Boden und füttert in einer Feuerstelle zarte Flammen mit Zweigen. Ein Rost ist darüber befestigt. Sofort lecken Feuerzungen gierig an dem dürren Holz und behagliches Knistern breitet sich aus. In der Mitte des Zimmers bleibt sie vor einem roh gezimmerten Holztisch mit ein paar Stühlen stehen. Eine brennende Öllampe darauf spendet schummriges Licht.

Ihr Blick schweift umher, dieser Raum scheint als Wohn-, Schlafraum und Küche zu dienen, denn neben dem Sofa, über dem ein kunstvoll gewebter Wandbehang mit Mustern hängt, stehen ebenso zwei Betten wie auch ein gusseiserner Ofen, der auch als Herd benutzt werden kann mit einer metallenen Kaffeekanne und einem verbeulten Topf darauf. Außerdem gibt es noch ein Regal mit Küchenutensilien und einen weiteren Schrank, auf dem geschnitzte bunte Holzpuppen sitzen. Ein Raum für alle Zwecke.

„Bist du hungrig?", reißt ihr Großvater sie aus ihrer Betrachtung. Sie lächelt. „Sehr."

Er schlurft zum Herd, nimmt den Topf, trägt ihn zum Kaminfeuer und stellt ihn auf den Rost.

„Dicke rote Bohnen mit Kartoffeln und reichlich Chili. Sehr nahrhaft." Er giggelt. „Scharf gewürzt, damit meine abgestumpften Geschmacksnerven noch etwas schmecken." Er legt ein paar Holzscheite nach. „Kannst du umrühren? Ich decke den Tisch."

Er holt ein Brett und zwei irdene Schüsseln aus dem Regal, sowie Löffel und ein großes Messer aus einer Schublade darunter und legt sie auf den Tisch. Anschließend verschwindet er in einer Tür, die sie nicht bemerkt hat, weil der Lichtschein der Lampe nicht bis dorthin dringt. Kurz klappert es, dann flackert in dem Zimmer ebenfalls Licht. Neugierig reckt sie sich zur Seite, um hinein zu spähen. Sie sieht das Fußende eines Bettes, auf dem eine bunte Decke liegt. Nach einer Weile kehrt er mit einem Buch in der Hand zurück, das er auf den Tisch legt.

„Der Eintopf wird jetzt warm sein. Bringst du ihn mit? Aber verbrenn dir nicht die Finger. Neben dir auf dem Boden liegen zwei Lappen, damit kannst du ihn tragen."

Als sie mit dem Topf kommt, steht auch noch ein geflochtener Brotkorb mit Maisfladen bereit.

Er füllt jedem von ihnen etwas von der dampfenden Suppe in die Schüssel.

„Lass es dir schmecken. Greif zu!" Er deutet auf den Brotkorb. „Iss die Maisfladen dazu, habe ich heute gebacken."

Schweigend essen sie.

Nach dem Essen nimmt Hania das Buch, das er vorhin auf den Tisch gelegt hat, klappt es auf und schiebt es zu ihr.

„Das ist ein Fotobuch. Kaya, meine Enkeltochter hat es mir kürzlich geschenkt." Er blättert zur ersten Seite, dabei flattert ein

Stück Papier heraus. Ein zusammengefalteter Zeitungsbericht. Er greift danach, glättet ihn, hält ihn ihr hin und tippt auf das Foto. Ahote sieht ein Mädchen mit Pferdeschwanz in einem bunt bestickten Kleid. Sie strahlt über das ganze Gesicht und hat ihren Arm um einen Indianerjungen neben sich geschlungen.

„Das ist Kaya." Warmer Stolz schwingt in seiner Stimme. „Sie arbeitet für „Right to Childhood", das ist eine Organisation, die sich für traumatisierte Kinder und Jugendliche im Reservat einsetzt. Hier hilft sie bei einer Charity-Veranstaltung." Hania lächelt. „Mein Sonnenschein."

Er schiebt seinen Stuhl zurück und steht auf. „Schau dir dieses Buch in Ruhe an, ich muss ins Bett. Morgen liegt ein schwerer Tag vor uns." Liebevoll streicht er ihr über den Rücken und sagt: „Ich wusste immer, dass du kommst und ich danke dem Großen Geist dafür, dass er genau jetzt deine Schritte hierher in das Land deines Volkes gelenkt hat. Denn genau *jetzt* brauchen wir dich."

Vielsagend schaut er sie an. Schon wieder hat Ahote das klamme Gefühl im Bauch, das sind Worte, mit denen sie nichts anfangen kann, die ihr Angst machen. Die sie nicht hören will.

„Morgen ist die Demonstration vor dem Katanya-Kraftwerk, das zur Peal Coal Company ghört. Gegen den Abbau von Kohle hier im Reservat. Du gehst doch mit?"

Ahote zieht unschlüssig die Schultern hoch. „Wird dir das nicht zu viel?"

Hania schaut sie traurig an. „Wer fragt danach? Wir müssen handeln. Die Stimme jedes Einzelnen zählt. Ausruhen kann ich mich später noch genug, wenn ich im Land der Ahnen bin. Aber jetzt – jetzt bin ich am Leben und ich handle."

Mit diesen Worten dreht er sich um und schlurft zu dem Zimmer mit dem Bett. Als er im Türrahmen steht, wendet er sich noch einmal um und lächelt sie an.

„Schön, dass du da bist." Dann zeigt er auf die Betten im Wohnraum. „Such dir ein Bett aus, Decken und Kissen liegen darauf. Waschen kannst du dich dort am Becken." Er deutet auf die Spüle neben dem Herd." Kurz hebt er die Hand. „Schlaf gut. Ach – und denkst du bitte daran, die Öllampe auszumachen, wenn du schlafen gehst." Nun zieht er die Tür hinter sich zu.

Seine Worte hallen in ihr nach. Erneut fällt ihr Blick auf den Zeitungsausschnitt. Auf einem anderen Foto sieht sie einen weißen Mann etwa in ihrem Alter, der mit einem Mädchen neben einem Pferd steht. Seine Hand liegt liebevoll auf dem Hals des Schecken, und sein Blick scheint in dem des Pferdes zu versinken. Dieses Foto berührt sie sehr. Und sie weiß, auch er kennt die heilende Seele der Pferde.

3. Kapitel

Manchmal wirst du zum Stein,
als Kiesel vom Fluss des Lebens mitgerissen,
ob du willst oder nicht.
Wirst nicht gefragt.
Untergehen oder handeln.

Adler, fliege! Schwebe!
Erhebe dich!
Frag nicht warum?
Folge deinem Herzen.

Ahote blinzelt, jemand rüttelt an ihrer Schulter und ruft ihren Namen. Sie fährt hoch, sie weiß nicht, wo sie ist.

„Ahote, Zeit, aufzustehen! Wir haben heute Großes vor. Der Weg ist weit", dringt eine raue Stimme an ihr Ohr. Im Dämmerlicht sieht sie einen körperlosen Schatten neben sich. Eine warme Hand legt sich auf ihren Arm.

„Ahote, alles gut. Ich bin's Hania, dein Großvater. Du bist zuhause. Im Land deiner Ahnen, wo deine Heimat ist. Dort, wo du hingehörst," spricht die Stimme weiter, tief und warm. „Wir müssen früh los." Das körperlose Etwas lacht. „Die Demonstration, du weißt doch."

Ahote setzt sich auf, langsam gewöhnen sich ihre Augen an das Dämmerlicht. Jetzt erkennt sie im flackernden Schein des Kaminfeuers ihren Großvater neben ihrem Bett. Ein Lächeln breitet sich in ihr aus. Sie weiß nun wieder, wo sie ist.

„Wie gut, dass du mit dem Auto hier bist. Meins ist gerade kaputt, der Motor hustet und stottert. Ist alt. So wie ich. Archie will es nochmal reparieren, muss erst die Teile beschaffen."

Ahote kann es kaum glauben, dass ihr Großvater noch Auto fährt.

Hania geht zum Ofen, wo ein Topf vor sich hinblubbert. Kurz drauf umschmeichelt der Duft von Kaffee ihre Nase.

Ahote schwingt sich aus dem Bett, hangelt nach Jeans und Shirt und zieht sich an.

„Kann ich dir helfen?", fragt sie.

„Du kannst den Tisch decken, der Maisbrei ist gleich fertig. Schüsseln und Löffel, dort im Regal." Er deutet neben sich.

Wenig später sitzen sie am Tisch und essen dampfenden Brei, erstaunlich sättigend, stellt Ahote fest.

„Wir nehmen Charly und Kotor noch mit. Sie sind in meinem Alter, fahren jedoch nicht mehr unbedingt selbst Auto. Nur wenn es sein muss. Doch nicht so weit. Kotor ist der Vater von Cheveyo, erinnerst du dich?"

Ahote schüttelt den Kopf. „Aber sag, wie läuft so eine Demo ab? Ist es friedlich?"

Hanias Blick wandert in die Ferne. „Wie kann man wissen, wie etwas in der Zukunft ist? Wir werden sehen. Wir werden unser Bestmögliches tun, damit es so ist."

Auf einmal schrillen Alarmglocken in Ahotes Kopf. Sagt er ihr alles?

„Komm, wir müssen los, wir müssen früh genug da sein. Am besten, bevor sie uns erwarten."

Verständnislos schaut sie ihn an. „Wir werden erwartet?"

„Kann man so sagen." Mehr sagt er nicht. Warum hat sie kein gutes Gefühl dabei? Aber er lässt ihr keine Zeit nachzufragen, er deutet auf das Becken. „Füllst du Wasser in die beiden Flaschen dort und den Kanister. Der Tag wird lang. Wir werden es brauchen. Ich packe uns Maisfladen ein."

Wenig später treten sie in die kühle Stille des Morgens hinaus, ab und zu bellt ein Hund und Vögel singen ihr Lied. Das Lied der Erde und des Landes hier. Von der Weite, der Trockenheit und dem einfachen Leben an diesem kargen Ort. Eine sanfte Brise trägt den Geruch der roten Erde heran, die morgens noch kühl ist von der Nacht.

Hania läuft los in seinem schlurfenden Gang, weiter in das Labyrinth der Pueblos hinein und Ahote folgt ihm. Sie schaut, atmet und lauscht.

„Gehen wir zuerst zu Kotor", murmelt Hania vor sich hin.

„Wissen sie, dass wir kommen?"

„Vielleicht. Vielleicht auch nicht. Aber das ist egal. Sie werden sich freuen."

„Sind da keine anderen, die auch dorthin fahren, die euch mitnehmen können?"

„Einige sind gestern schon gefahren, um im Camp dort zu übernachten. Nicht alle gehen dorthin. Auch ich wollte gestern fahren, nach der Versammlung. Doch mein Auto hat gestreikt. Und nicht nur das. Mein Alter, weißt du, man muss akzeptieren, dass man älter wird, und sich anpassen. Die Versammlung auf dem Dorfplatz gestern war sehr anstrengend, ich musste früher gehen, mein Körper brauchte Ruhe. Als Kikmongwi, Dorfvater von Hocavi habe ich wichtige Aufgaben, die mich zunehmend anstrengen."

Ahote schaut ihn ehrfürchtig an. „Was musst du da machen?"

„Oh, einiges. Ich bin der höchste spirituelle Führer und unter anderem ist es meine Aufgabe, Streitigkeiten zu schlichten und für Harmonie zu sorgen." Er seufzt: „Das ist nicht immer leicht in diesen Zeiten."

Unvermittelt bleibt er stehen, dreht sich zu ihr um.

„Aber jetzt bist du da und hast ein Auto und wir können auch zur Demo fahren." Er legt den Arm um sie. „Du bist jetzt hier, wo du hingehörst. Mein schönstes Geschenk." Seine Augen leuchten. Zarte Wärme breitet sich in ihr aus. Ein Hauch von Heimat klopft an ihr Herz. Sie weiß nicht, was sie sagen soll. „Ach, Großvater …"

„Alles wird gut. Doch jetzt …" Er lässt sie los. „… haben wir eine große Aufgabe." Er schlurft weiter und Ahote folgt.

Schließlich bleibt er vor einem Steinhaus stehen. Hier wird gerade renoviert. Hammer, Säge und diverse andere Werkzeuge liegen an der Hauswand. Die Haustür sticht hell hervor, der Geruch von frischem Holz liegt in der Luft.

Hania deutet auf den Eingang. „Hier wohnt Cheveyos Familie."
Von drinnen sind laute Stimmen zu hören. Fragend schaut Ahote
ihren Großvater an. Doch der zuckt mit den Schultern.

„Wirst du klopfen?"

Grinsend schüttelt Hania den Kopf. „Du lernst schnell. Ich habe
meine eigene Methode." Er läuft zum nächsten Fenster und stößt
einen schrillen Pfiff aus, dem Schrei eines Vogels gleich.

Die Stimmen werden lauter. Ahote ist sich sicher, dass eine
davon Cheveyo gehört. Dann wird die Tür mit einem Ruck aufgerissen. Eine junge Frau in Jeans und T-Shirt steht im Türrahmen und schaut sie mit großen rehbraunen Augen fragend an. Die
Stimmen im Hintergrund werden leiser.

„Sei gegrüßt, Pamuya. Wir wollen Kotor abholen", sagt Hania
mit fester Stimme.

„Abholen? Wohin? Er hat nichts gesagt."

„Das ist meine Enkelin Ahote." Er deutet auf sie. „Sie ist zurückgekehrt."

Jetzt ruht Pamuyas Blick auf ihr. Neugier ist darin. „Cheveyo
hat davon erzählt. Ich kann mich kaum an dich erinnern."

Hania tritt vor und Pamuya weicht ehrfürchtig zurück. Ahote
weiß nicht, ob sie warten soll.

„Komm rein." Bedeutet ihr Pamuya mit einer einladenden Handbewegung.

Auch hier stehen sie sogleich in einem Raum, der ebenso Küche,
Wohn- und Schlafraum ist. Ahotes Augen müssen sich erst an das
Halbdunkel gewöhnen. Nun erkennt sie Cheveyo und einen alten
Mann. Sie kommen beide auf sie zu.

Cheveyo lacht sie überrascht an, aber sein Lachen erreicht seine
Augen nicht. Nicht so wie gestern.

„Hania, Ahote, schön euch zu sehen." Er klopft ihrem Großvater
auf die Schulter und umarmt sie kurz. „Was macht ihr so früh hier?"

„Kotor abholen", antwortet Hania. „Seid gegrüßt. Kotor, wir fahren zur Peal Coal Company. Ahote hat ein Auto. Kommst du? Du wolltest doch auch mit."

Cheveyo starrt sie entgeistert an, dann braust er auf: „Ahote, das kann nicht dein Ernst sein! Du weißt doch gar nicht, worauf du dich da einläßt!"

Ahote weicht etwas zurück, sie weiß nicht, was sie sagen soll. Cheveyos Wut macht sie sprachlos. So kennt sie ihn nicht.

„Gerade habe ich mit meinem Vater dieses Thema diskutiert. Ich bin auf dem Weg zur Mine und er wollte mit. Aber es ist zu gefährlich. Ich gehe dorthin, um die Wogen zu glätten und zu retten, was zu retten ist. Die Situation dort ist ein Hexenkessel. Sie kann jeden Moment eskalieren. Es gibt dort Camps, die blockieren immer wieder die Zufahrt zur Mine. Das lassen *die* sich natürlich nicht gefallen. Immer wieder schicken sie ihre Schlägertrupps vor die Tür, um die Straße zu räumen. Ihr seid zu alt, um an einem Ort wie diesen zu sein. Ihr könnt euch nicht wehren, ihr seid nicht schnell. Bleibt zuhause und lasst diejenigen die Dinge tun, die etwas davon verstehen."

„So wie du?" Hania schaut ihn an, seine Miene ist ernst.

Cheveyo starrt zurück, wendet dann aber den Blick ab.

Ist es ihm peinlich? Ahote weiß nicht, was hier vorgeht.

„Ich fahre doch mit und passe auf sie auf", hört sie sich auf einmal sagen. Sie weiß nicht, wie ihr geschieht.

Jetzt spürt sie Cheveyos stechenden Blick. Er scheint sie heiß zu durchbohren.

„Wir halten uns abseits, ich verspreche es", schiebt sie schnell nach.

„Abseits! Abseits! Es gibt dort kein Abseits! Entweder du bist dabei oder nicht", poltert Cheveyo los.

„Kommst du, Kotor?" fährt Hania dazwischen. Er geht auf Cheveyo zu. „Es gibt Dinge, die man tun muss. Ob man will oder nicht. Außerdem …". Jetzt steht er direkt vor ihm. „… du weißt schon, dass man Respekt vor den Alten hat und dass hier noch immer Meinungsfreiheit gilt. Jeder kann tun, was er für richtig hält. Die Konsequenzen dafür muss jeder selbst tragen."

Kotor greift nach einer Jacke und geht zur Tür, bei Cheveyo bleibt er stehen und legt ihm seine Hand auf die Schulter.

„Ich weiß, du meinst es nur gut. Aber wie Hania sagt, es gibt Dinge, die man tun muss. Und Mutter Erde braucht uns."

Dann wendet er sich ab und geht, Hania schließt sich an.

Plötzlich ruft Pamuya: „Habt ihr noch Platz?"

Ahote nickt, wagt nicht, Cheveyo anzuschauen. Aber er ist schon bei ihr und baut sich vor ihr auf. „Sieh, was du angerichtet hast! Du wiegelst alle auf!"

Jäh spürt Ahote die züngelnde Schlange der heißen Wut in ihrem Bauch.

„Ich hab gar nichts getan! Sie alle wissen selbst was sie tun. Was für sie richtig ist und was nicht. Was ist daran falsch, seine Heimat zu beschützen, dieses Land hier zu verteidigen gegen ignorante Ausbeuter?"

Cheveyo stößt ein spöttisches Lachen aus, will dazwischen fahren, doch sie spricht einfach weiter.

„Nein! Sag mir nicht, ich habe keine Ahnung. Die habe ich sehr wohl. Solche Profitgeier gibt es überall auf der Welt, denen in ihrer Gier die Natur und die Menschen egal sind. …"

„Aber hier …", versucht Cheveyo, sie erneut zu unterbrechen, doch Ahote fährt unbeirrt fort: „Auch in Hamburg habe ich mich für den Erhalt alter Bäume in einem Park eingesetzt. Und wir haben gewonnen! Wenn man es nicht versucht, hat man schon verloren. Warum glaubst du nicht daran? Warum gibst du der Natur und den Menschen hier keine Chance, auf eine andere Art und Weise zurechtzukommen?"

„Ganz einfach, weil es hier nicht funktioniert. In dieses Reservat wurden Fördergelder in Millionenhöhe reingepumpt. Die Menschen brauchen Arbeit, um ihren Lebensstandard zu verbessern, und da es hier keine Industrie gibt, können wir doch froh sein, wenn hier ein Unternehmen investieren will."

„Aber doch nicht so! Fortschritt um jeden Preis ist nicht das Allheilmittel. Es gibt Dinge, die kann man nicht reparieren, die sind unwiederbringlich zerstört."

„Du hast leicht reden! Du bist gemütlich und bequem, weit weg in deinem sicheren Deutschland aufgewachsen. Hast du Menschen gesehen, deren Augen stumpf von Alkohol, Drogen und Hoffnungslosigkeit sind? Die sich ihr Hirn weggesoffen haben, weil sie es hier nicht mehr aushalten? In Schulen sollen sie zu Weißen werden, aber als solche akzeptiert man sie noch immer nicht. Wir sind Menschen dritter Klasse. Wach doch auf, Ahote!"

„Ich weiß, dass dieses Land schützenswert ist und eure alte Kultur auch. Es muss auch andere Wege geben, als alles zu zerstören. Das kann nicht in deinem Sinne sein." Damit dreht sie sich um, geht und knallt die Tür hinter sich zu.

Wie kann sie diese Wut jetzt nur loswerden? Sie kann nicht so tun, als ob es sie nie gegeben hätte! Draußen vor der Tür übersieht sie eine Stufe, weil sie so hinausstürmt. Pamuya packt sie gerade noch am Arm, reißt sie zurück, sonst wäre sie gefallen. Sie hat auf sie gewartet.

„Danke", keucht Ahote.

Pamuya schaut sie aus großen Augen an und Ahote hat das Gefühl, sie hat mitgehört.

„Wo sind die anderen?

„Sie holen Charly ab, wir treffen uns vor dem Dorf, bei deinem Auto. Du hast doch dort geparkt!"

Ahote nickt. „Dein Bruder war nicht immer so, oder? So verbohrt? Wie kommt er nur auf die Idee, den Kohleabbau zu unterstützen?"

„Er hat in Phoenix studiert, er hat sich durchgeboxt in der Welt der Weißen. Und jetzt denkt er, andere müssten auch diesen Weg gehen. Erfolg haben, anerkannt werden in dieser Welt. Man wird dort nur gesehen, wenn man herausragt aus der Menge oder wenn sie einen brauchen für ihre Zwecke. Aber sie sehen nicht uns selbst, unsere Art und Weise. Wie wir als Menschen sind. Warum ist die Hautfarbe wichtig? Unser Schöpfer Massau hat Menschen mit vier verschiedenen Hautfarben erschaffen, er hat sie in verschiedene Himmelsrichtungen geschickt, damit sie sich irgendwann wieder treffen, sich vereinigen. Er hat nicht gesagt, dass eine Farbe besser ist als die andere. Wie kamen die Weißen darauf? Indem sie vor lauter Fortschritt vergessen haben, wer sie sind, wo sie herkommen. Sie haben vergessen zu lieben, sich, die anderen, die Natur und die Tiere. Wir sind alle eins. Wir alle sind verbunden, wir alle fühlen und lieben. Auch diese Steine hier auf dem Boden." Sie bückt sich und hebt einen kleinen roten Stein auf, drückt ihn Ahote in die Hand. Er ist warm und scheint in ihrer Hand zu pulsieren. Auf einmal merkt sie, die Wut in ihr ist weg. Hat sich aufgelöst in Nichts.

„Auch Steine singen dir ihr Lied vom Rhythmus der Erde, von der Weisheit des Seins in Liebe, verbunden mit allem, was ist."

„Woher weißt du das alles?", will Ahote ehrfürchtig wissen.

Verständnislos sieht Pamuya sie an. „Das ist nichts Besonderes. Jedes Kind saugt dieses Wissen mit der Muttermilch in sich auf. Einfach weil es so ist."

Soeben erreichen sie die Straße vor Hocavi. Ihr Auto steht fast verlassen ein paar hundert Meter weiter vorn neben der Straße. Nur direkt vor dem Dorf parken vereinzelt noch Autos.

Ahote deutet auf den Jeep. „Das ist meiner."

Langsam gehen sie darauf zu. Hier ist es wesentlich heißer als im Schatten der Häuser. Selbst jetzt, am frühen Morgen, ist die kommende Hitze bereits spürbar. Ahote dreht sich um und entdeckt Hania mit den beiden Männern. Sie winkt.

Gefühlte Ewigkeiten holpern sie durch die verdorrte Landschaft die staubige Schotterpiste entlang Richtung Katanya Kraftwerk. Dort hat die Peal Coal Company ihren Sitz. Ahote kreist ihre schmerzenden Schultern, es ist ungemein anstrengend, ständig den unzähligen Schlaglöchern auszuweichen. Noch dazu der Druck in ihrem Magen, Cheveyos Worte liegen wie große Steine quer darin. *„Es ist gefährlich. Du hast keine Ahnung! Du weißt nicht, worauf du dich einlässt!"*
Natürlich hat sie die nicht! Wie auch? Das hat sie nie behauptet. Aber sie kann nicht einfach nur zu- oder wegschauen und so tun, als ob sie das alles nichts angeht.
Sie versucht, sich auf das kehlige Gemurmel der alten Männer auf der Rückbank zu konzentrieren. Es hat etwas Beruhigendes.
Immer wieder weist ihr Pamuya auf dem Beifahrersitz den Weg, deutet bei Abzweigungen nach links oder rechts. Längst hat Ahote jegliche Orientierung verloren. Sie hofft nur, jemals wieder aus dieser Ödnis herauszukommen.
Endlich erreichen sie eine asphaltierte Straße und sie kann Gas geben. Je näher sie dem Katanya-Kraftwerk kommen, desto mehr spürt sie das Gewicht der Verantwortung auf ihren Schultern. Jetzt hämmern Cheveyos Worte in ihrem Kopf. Sie kaut auf ihrer Unterlippe, muss sich ablenken und so fängt sie ein Gespräch mit Pamuya an, auf der Suche nach Belanglosem, Alltäglichen, das ihr das Gefühl gibt, sie befinden sich nur auf einem gewöhnlichen Ausflug.
Und doch – eigentlich will sie mehr wissen, will verstehen. „Wie

kann es sein, dass ihr damals vor Jahren zugestimmt habt, dass hier Kohle abgebaut wird?"

„Von Zustimmung kann keine Rede sein. Wir wurden über den Tisch gezogen. Es ist kompliziert."

„Bitte erzähl es mir."

„Wir waren nie Teil der USA. Immer sind wir ein eigenständiges Volk geblieben. So ist es vertraglich festgehalten. Darauf pochen wir."

„Aber warum habt ihr es dann zugelassen, dass auf Black Mesa Kohle abgebaut wird?"

„Die US-Regierung hat damals einfach zur Wahl eines Stammesrats aufgerufen, der als zuständiges Organ mit ihnen verhandeln, die Hopi offiziell vertreten sollte. Doch so etwas brauchen wir nicht. Das entspricht nicht unserem Verständnis von Demokratie. Bei uns wird niemand überstimmt. Es ist üblich, so lange zu diskutieren, bis Einigung herrscht. Bis jeder zufrieden ist. Weder haben wir Wahlleute entsandt noch gewählt. Es wurden sowieso nur Hopi aufgestellt, die wie die Weißen dachten und meist außerhalb des Reservats wohnten. Nicht nach Tradition der wahren Hopi."

„Oh, ich verstehe." Ahote nickt mitfühlend. „Und so hat der Stammesrat, die sogenannte offizielle Vertretung der Hopi, dem Kohleabbauunternehmen einfach die Abbaugenehmigung erteilt."

Pamuya lacht bitter auf. „Ja, es ging um viel Geld. Das tut es doch immer bei den Weißen. Uns ist Geld nicht wichtig. Das ist nicht unser Zahlungsmittel. Wir wollen unabhängig sein durch unsere traditionelle Landwirtschaft. Das ist denen natürlich ein Dorn im Auge. Deshalb haben sie, ohne uns zu fragen, Strom- und Wasserleitungen nach Hocavi gelegt. Obwohl wir das nicht wollten. Denn schon da beginnt die Abhängigkeit. Sofort wollen sie Geld von dir, das wir nicht haben. Nicht brauchen. Weil wir autonom sind. Wir bauen an, was wir brauchen und stellen alles selbst her."

Die Ungeheuerlichkeit von Pamuya Erklärungen bohren sich tief in sie hinein. „Klar, damit seid ihr nicht angreifbar für sie", stellt Ahote empört fest. „Deshalb versuchen sie immer wieder, einen Keil zwischen euch zu treiben. Was ihnen auch in gewisser Weise gelungen ist. Die Hopi sind gespalten in Traditionelle und Progressive."

„Richtig." Pamuya nickt und fährt fort: „Das Festhalten an alten Traditionen hat nichts mit Verbohrtheit oder Ignoranz des Fortschritts zu tun. Es hat damit zu tun, dass alles verloren geht, woran wir glauben. Unsere Werte." Ihre Stimme wird lauter. „Schau dir doch die Weißen an in ihrer Gier nach immer mehr und ihrem Neid. Mit nichts sind sie zufrieden. Ständig jagen sie nach ihrem Glück, statt zu verstehen, dass sie das nur in sich selbst finden, im Hier und Jetzt."

„Immerhin gibt es auch andere, wenn auch wenige", wirft Ahote halbherzig ein. Sie weiß, sie hat dem nicht viel entgegenzusetzen.

Pamuya fährt unbeirrt fort: „Außerdem kann man Land nicht besitzen. Es ist unser Geburtsrecht. Wir sind erdverbunden, wir lieben alles um uns herum, jeden Stein, jedes Tier, jede Pflanze. Sie alle sind unsere Schwestern und Brüder." Pamuyas Worte landen wie Pfeile in Ahotes Herz.

Doch Pamauya hört nicht auf. "Wie arrogant kann man sein, zu glauben, sie seien besser als die Natur, mehr wert? Wir sind alle eins, vom gleichen Schöpfer in Liebe erschaffen und in Liebe verbunden. Nur wenn wir uns gegenseitig liebevoll achten, können wir die Erde retten und weiterleben. Wir alleine haben nicht die Macht. Nur wir alle gemeinsam. Und das müssen sie verstehen."

Jetzt hören sie eine Sirene hinter sich und im Rückspiegel sieht Ahote mehrere Polizeiautos, die sich mit Blaulicht nähern. Sie fährt rechts ran und wartet, bis sie vorbei sind. In der Ferne entdeckt sie rauchende Schornsteine, sie deutet darauf. „Das Katanya-Kraftwerk?"

Pamuya nickt.

„Meinst du, die Polizei will auch dorthin?" Ahotes Herz pocht heftig.

Pamuya zuckt mit den Schultern. Sie sagt etwas, aber ihre Worte verschwimmen im Nebel. Ahote wird eng um die Brust. Was soll sie nur tun? Sie hat doch die Verantwortung! Da spürt sie eine warme Hand auf ihrer Schulter. Ihr Großvater!

Mittlerweile tröstlich vertraut. Sie atmet tief ein und aus. Auf einmal pulsieren die Worte Pamuyas in ihr. Sie haben ihre Seele tief berührt, sich in sie gebrannt. Plötzlich ist da ein heißer, mitreißender Strom der Zuversicht in ihr. Den sie vorher nicht kannte. Scheinbar aus dem Nichts bricht er hervor. Sie weiß, sie muss ihrer Stimme folgen, koste es, was es wolle. Ohne die Konsequenzen zu kennen. Einfach weil es keine Rolle spielt. Weil es Dinge gibt, die getan werden müssen. Und so schaut sie in den Rückspiegel, fährt zurück auf die Straße und gibt Gas.

4. Kapitel

Aufstehen, ohne Fragen zu stellen.
Einfach, weil es sein muss.
Weil dein Herz tief in dir es sagt.

ie aus dem Nichts entdeckt Ahote weiter vorn an der Straße eine Ansammlung von größeren und kleineren Zelten.

„Die Camps. Von hier aus starten sie immer wieder Blockaden und Demos", erklärt Pamuya.

Jetzt sehen sie die Polizeiautos dazwischen. Ahote bremst ab. Polizisten laufen herum, mit und ohne Hunde. Zum Teil zerren sie Menschen aus den Zelten, manche mit Handschellen.

„Was geht hier vor?", keucht sie.

„Diese Schweine! Sie machen eine Razzia. Behaupten sie würden nach Rauschgift und illegalen Waffen suchen", fährt Pamuya wütend auf.

„Brauchen sie Hilfe?" Ahote will halten.

„Nein, fahr weiter!" Pamuyas Stimme überschlägt sich. „Gegen die haben wir keine Chance!"

„Wir können doch nicht …"

„Doch wir müssen! Wir sind für die auch nur Indianer und stecken alle unter einer Decke. Die nehmen uns auch gleich mit. Schau doch hin! Es sind Weiße!"

„Aber – Cheveyo kann ihnen doch bestimmt helfen. Er wollte doch kommen. Kannst du ihn anrufen?"

„Fahr erstmal weiter. Schau, die gucken schon. Gib Gas!"

Widerwillig fährt sie weiter. Es fühlt sich an, als würde sie sie im Stich lassen.

Kotor ruft von hinten. „Mach dir keine Sorgen, Cheveyo kennt die Schikanen schon. Er weiß das. Er wird nach der Demo zum

Polizeirevier gehen. Er ist öfter hier vor Ort, weil es immer wieder Probleme gibt."

Vielleicht hat sie ihm Unrecht getan, denkt Ahote. Vielleicht hilft er auf seine Weise. Sie ist erleichtert, dass sie das entdeckt hat. Dass er ihr nicht ganz und gar fremd geworden ist. Dass da noch ein Teil in ihm ist, der sie verbindet.

Dann lassen sie die Zeltstadt hinter sich. Die qualmenden Schornsteine sind jetzt nicht mehr weit. In der Ferne tauchen eine Vielzahl parkender Autos auf, am Straßenrand sowie kreuz und quer daneben.

Auf einmal sind da jede Menge Leute, sie ballen sich zum Pulk zusammen, blockieren die Straße. An ein Weiterkommen ist nicht zu denken. Hier sind sie am Ziel.

Mehrere hundert Meter weiter ist das Betongebäude des Kraftwerks, ein Sicherheitszaun verläuft weitläufig außen herum. Security mit Wachhunden patrouillieren am Zaun.

Ahote lenkt das Auto neben die Straße und stellt den Motor ab. Sie hat ein mulmiges Gefühl im Magen. Als sie aussteigen, hören sie schon von weitem Stimmen. Die Parolen der Demonstranten: „Nie mehr Kohleabbau im Reservat! Nie mehr Kohleabbau im Reservat!" Immer wieder schallen diese Worte zu ihnen herüber. Brodelnde Energie liegt in der Luft.

Die anderen wollen loslaufen, doch Ahote hält sie zurück. „Wir müssen beieinanderbleiben, aufeinander aufpassen. Bitte, haltet euch zurück. Bleibt am Rand!"

Beruhigend legt Hania ihr die Hand auf den Arm.

„Alles gut, Ahote. Jeder ist selbst für sich verantwortlich, für das, was er tut. Du trägst nicht die Verantwortung für uns."

Sie fühlt seinen tiefen Blick in sich, sie spürt die wohltuende Wärme, die Ruhe, die von ihm ausgeht und sie gibt ihr erneut Kraft, zu tun, was getan werden muss. Auf einmal lacht er. „Wenn es dich beruhigt, Humita, deine Tante, hat mir das geschenkt, mitsamt eines Solarladegeräts." Er zieht ein Handy aus der Tasche. „Ja, selbst ich trage ein bisschen Fortschritt mit mir herum. Wenn ich auch nicht so recht weiß, ob ich das wirklich brauche. Aber so bleibe ich mit meiner Familie mehr in Kontakt. Auch wenn sie weit weg sind."

Ahote muss nun ebenfalls lachen. Ihr Großvater ist offenbar immer wieder für Überraschungen gut. „Lasst uns die Nummern austauschen für den Fall, dass wir getrennt werden. Andernfalls können wir uns hier am Auto treffen. Aber passt auf euch auf! Seid vorsichtig!"

Ganz kann sie es nicht lassen. Dann laufen sie los. Richtung Pulk, der wogenden Masse mit schwingenden Plakaten entgegen. Als sie näher kommen, kann sie verschiedene Aufschriften lesen.

„Stoppt die Geldgier der Peal Coal Company", „Nicht noch einmal werden wir für euch zum Opfer", „Wacht auf bevor es zu spät ist", „Zerstört ihr die Erde, zerstört ihr euch".

Weiter hinten steht ein Mann auf der Ladefläche eines Pickups, er hält ein Megafon in den Händen und spricht zu den Menschen. Wenn sie hören wollen, was er sagt, müssen sie näher kommen, Teil der Menge werden.

Ahote hält sich an ihren Großvater, schaut, wo er ist. Auf einmal sind da so viele Menschen um sie herum, meist Menschen indianischer Herkunft, vorwiegend in Jeans und karierten Hemden. Sie sieht aber auch die traditionelle Tracht, lange Baumwollhemden und Hosen, mit der üblichen Schärpe verziert, kunstvoll perlenbestickte Blusen und Kleider. Dicht wird sie an die Menschen vor ihr gepresst. Ihr wird heiß. Alles zu eng. Jäh wird sie nach vorn geschoben. Hania und die anderen sind in der Menge verschwunden! Alles verschlingende Panik will sich in ihr ausbreiten, doch sie zwingt sich zur Ruhe. Sie schließt die Augen und atmet sie weg.

Irgendwie wird sie die anderen schon finden. Noch immer versteht sie den Redner schlecht. Vielleicht liegt das an seinem kehligen Akzent, den sie bereits von ihrem Großvater kennt.

„… Kohleabbau … Opfer … genug ist."

Wie von einem Sog wird sie von den Worten angezogen. Sie will, sie muss mehr hören. Muss wissen. Verstehen: ihr Volk, das Land, die Untertöne, die schmerzlichen, die ungesagten, unaussprechlichen, totgeschwiegenen.

Tot wie ihr Vater! Musste deswegen ihr Vater sterben? Sie keucht. Ungeheuerliche Erkenntnis! Sie muss nach vorn! Sie drängt sich, bohrt sich durch die Menge.

„Erinnert euch, was der Kohleabbau hier auf Black Mesa bedeutet! Nicht nur, dass sie unsere Heiligen Stätten unwiederbringlich zerstört haben, auch der Grundwasserspiegel hat sich drastisch gesenkt. Weil sie nichts Besseres zu tun hatten, als die pulverisierte Kohle in unserem kostbaren Wasser zu lösen und in meilenlangen Pipelines bis hierher zum Kraftwerk zu leiten. Und jetzt wollen sie nicht nur die alte Mine wieder öffnen. Nein, das ist Ihnen nicht genug! Das Abbaugebiet wollen sie erweitern! Hört dieser Wahnsinn denn nie auf?"

Protestrufe um sie herum werden laut, Banner gehoben und geschwungen. Sie spürt die immens geladene Energie, die Entschlossenheit der Menschen, die scheinbar unabänderliche Dinge nicht länger hinnehmen wollen.

Der Redner putscht weiter, schwimmt auf dem Strom seiner vorherigen Worte: „Als ob sie nicht schon genug zerstört haben! Sie sprechen von modernen Methoden. Doch daran glauben wir nicht! Ständig erzählen sie uns viel und halten sich nicht daran. Irgendwann kommen sie wieder mit ihren fingierten Gutachten. Daran ist nichts wahr. Es gibt hier weniger Wasser als zuvor. Ihretwegen!"

Fäuste um sie herum werden wütend in die Luft gestoßen, rhythmisch geschwungen. Der Widerhall der Menge dröhnt in Ahotes Ohren, vibriert in ihrem Körper, bringt ihr Blut zum Kochen. Sie spürt, hier spitzt sich etwas zu. Und sie ist mittendrin!

„Was haben sie mit den Abwasserschlacken gemacht?! Ganze Täler haben sie verseucht! Bis heute ist dort keine Landwirtschaft mehr möglich." Der Sprecher hebt seine Arme und ruft: „Wollt ihr weiter zuschauen? Wollt ihr das nochmal?"

Die Menge brüllt: „Nein! Nie, nie wieder! Nie, nie wieder!"

„Dann müssen wir verhindern, dass der Stammesrat erneut die Lizenzen vergibt! Weder für Kohle, Uran, noch andere Bodenschätze."

Die Masse grölt, stampft und kocht, und sie mit. Auch wenn es ihr Angst macht, diese unkontrollierbare Energie.

„Ich sage euch, sie werden niemals zufrieden sein. Mit nichts! Denn sie haben nichts verstanden! Nicht verstanden wie Mutter Erde leidet! Dass es fünf vor zwölf ist."

Urplötzlich bricht ein Tumult aus. Menschen schieben und drängen. Ahote schnappt nach Luft, sie hat das Gefühl, zerquetscht zu werden. Aber so einfach kommt sie hier nicht wieder raus!

Unbeeindruckt heizt der Redner weiter ein: „Wir reichen Petitionen ein! Gehen an die Öffentlichkeit! Alle sollen wissen, was hier gespielt wird!"

Unvermittelt setzt sich die Masse in Bewegung, marschiert auf das Stahltor zu, schiebt sie mit. Ob sie will oder nicht. Sie versucht, nicht darüber nachzudenken, es einfach geschehen zu lassen. Sie kann sowieso nichts anderes tun. Banner werden wie Peitschen geschwungen. Alles kocht und tobt um sie herum.

„Nie wieder Kohleabbau im Reservat! Nie wieder Kohleabbau im Reservat!" Eindringlich hallen diese Rufe über den Platz, hämmern in Ahotes Körper.

Auf einmal übertönt wie aus dem Nichts tiefes Röhren die menschlichen Stimmen. Ahote weiß nicht, was geschieht. Hektisch späht sie umher, da entdeckt sie einen Konvoi von Trucks, der sich unaufhaltsam dem Kraftwerk nähert. Ihr Brustkorb wird eng. Alles scheint vor ihren Augen zu verschwimmen, aber die gigantischen Fahrzeuge lösen sich nicht auf, halten direkt auf sie zu.

Alles in ihr schreit, wegzurennen. Doch wie? Sie ist gefangen, eingekeilt in der Masse. Wie all die anderen um sie herum.

In diesem Augenblick haben die Blechgiganten die Menschenmenge erreicht. Die denkt jedoch nicht daran, zur Seite zu weichen. Jeder Einzelne ist standhaft wie eine Mauer.

Panik kriecht ihr den Rücken hinauf, krallt sich in ihren Eingeweiden fest. Diese riesigen Ungetüme vor den kleinen Menschen! Fatal zerstörerisch in ihrer Kraft. Sie werden doch nicht Gas geben und in die Menschenmenge fahren? Ihr ist übel, ihre Beine zittern.

Von jetzt auf gleich bricht die Hölle los. Ein alles durchdringendes Hupkonzert dröhnt über den Platz, untermauert vom Aufheulen schwerer Motoren. Sie hält sich die Ohren zu, um das Inferno einzudämmen. Damit ihr Trommelfell nicht platzt.

Sie muss Ruhe bewahren. Darauf vertrauen, dass die Fahrer dieser Giganten sie nicht niedermähen. Das darf nicht geschehen! Ruhe, sie muss Ruhe bewahren. Sie ist gefangen hier – in dieser Situation.

Was ist mit den anderen? Hania und den alten Männern? Hoffentlich geht es ihnen gut. Sie kann nichts tun. Nichts außer beten und vertrauen. Irgendwie kommen sie hier wieder heraus. Alle. Lebend und unversehrt. Sie muss vertrauen. Warten, was geschieht. Sie ist nur ein klitzekleines Puzzleteil in der Menge.

Da! Erste Menschen setzen sich nieder, machen so klar, dass sie auf keinen Fall weichen werden. Die Rufe der Menge werden lauter, erheben sich als Mantra gegen den Höllenlärm: „Nie wieder Kohleabbau im Reservat! Nie wieder Kohleabbau im Reservat!"

Schweißperlen rinnen ihr den Rücken hinab und gleichzeitig

ist ihr kalt. Wo ist sie hier nur hingeraten? Plötzlich haken sich die Menschen, die noch stehen, unter und trampeln laut im Takt der hämmernden Worte. In diesem Augenblick sieht sie den Grund dafür. *Es geht noch schlimmer!*

Das stählerne Eingangstor vor dem Kraftwerk hat sich zur Hälfte geöffnet. Wie aus dem Nichts stehen dort Security-Leute mit Sicherheitswesten, Helmen, Schutzschildern und Schlagstöcken in den Händen. In Zweierreihen marschieren sie heraus und formieren sich nebeneinander zu einem menschlichen Bollwerk. Jetzt stampfen sie auf die Menschenmenge zu.

Ihre Kehle ist wie zugeschnürt. Wie soll das nur enden? Es ist offensichtlich, dass die Situation jeden Moment eskaliert.

Sie muss etwas tun! Was kann sie tun? Auf einmal bemerkt sie den Pick-up fast neben sich, auf dem der Mann vorher seine Rede gehalten hat. Der Redner ist nicht mehr zu sehen. Ohne zu überlegen, boxt sie sich zum Auto durch und zieht sich empor. Sie reißt ihr Handy aus der Hosentasche, um das Desaster zu filmen und greift gleichzeitig nach dem Megafon, das dort auf dem Boden liegt.

„Stopp! Hört auf!", krächzt sie hinein. Doch niemand hört sie, es funktioniert nicht.

Vielleicht muss sie es erst einschalten? Mit zitternden Händen sucht sie den Knopf, es fällt ihr herunter. Wie aus dem Nichts halten es ihr zwei helle Hände entgegen, deuten auf den Knopf und schalten es ein. Sie ergreift es und schaut kurz in kornblumenblaue Augen und ein Gesicht, das sie irgendwoher kennt. Aber sie hat jetzt keine Zeit darüber nachzudenken.

Unterdessen hat die Security-Mauer die Menge fast erreicht. Das Hupen und Röhren der Motoren hat aufgehört. Das Dröhnen rhythmischer Schläge gegen Schutzschilder erfüllt nun die Luft.

„Stopp, hört auf!", brüllt sie ins Megafon. Sie erschrickt, ihre Stimme hallt über den Platz. Doch sie spricht weiter: „Ich bin hier im Namen der UNO. Ich soll dem Stiftungsrat von dieser Situation vor Ort berichten."

Köpfe rucken herum, wenden sich ihr zu.

„Mit Gewalt löst man keinen Konflikt. Niemand will das. Auch nicht Sie!"

Sie deutet auf das Pförtnerhäuschen neben dem Eingangstor, wo mehrere Männer in Anzug und Krawatte sitzen. „Sie können kein Interesse daran haben, dass diese Bilder der Gewalt um die Welt gehen."

Auf einmal merkt sie, wie jemand neben sie tritt. Aus dem Augenwinkel sieht sie, dass er eine Kamera in den Händen hält und filmt. Sie redet unbeirrt weiter. „Denn das werden Sie, das können Sie mir glauben. Ich bin nicht hier, um zuzusehen, wie Sie aufeinander einprügeln. Meine Mission ist es, zu vermitteln. Ihnen dabei zu helfen, eine Lösung zu finden. Bitte verstehen Sie diese Menschen hier, es ist das Land ihrer Ahnen. Sie und ihre Vorfahren sind hier geboren. Dies ist ein besonderes Land."

Fieberhaft sucht sie nach Worten. Was kann sie noch sagen, um die Mengen aufzuhalten? Plötzlich fällt ihr ein, was sie auf der Rückseite des Zeitungsberichts gelesen hat, den ihr Großvater ihr gestern gegeben hat.

„Außerdem bin ich Umweltwissenschaftlerin und versichere Ihnen, dass die Berge im Reservat, die Mesas, eine geologische Besonderheit sind. Es ist wissenschaftlich erwiesen, dass sich dort einzigartige, elektromagnetische Kraftfelder von großem Ausmaß befinden, die weltweit mit anderen in Verbindung stehen. Hier herrscht ein empfindliches Gleichgewicht, dessen Störung sich auf das gesamte Klima der Welt auswirkt. Das werden Sie sicherlich bereits alles wissen. Aber ich bitte Sie inständig, ihre Pläne angesichts der aktuellen Umweltkatastrophen, die in den letzten Jahren massiv zugenommen haben, zu überdenken. Helfen Sie mit, unseren Planeten zu retten! Setzen Sie ein Zeichen! Lassen Sie uns in Ruhe reden und gemeinsam nach Lösungen suchen."

Sie setzt das Megafon ab und schaut über die Menge. Stille hat sich ausgebreitet. Alles scheint den Atem anzuhalten. Auf einmal flirrt es vor ihren Augen. Doch sie sieht verzerrt, dass die zerstörerische Wand der Security-Leute stehen geblieben ist. Sie zittert, ihre Füße drohen nachzugeben. Da spürt sie, dass ein starker Arm sie umfängt. Sie lehnt sich an, es ist ihr egal, wer es ist.

Urplötzlich kommt Bewegung in die Security-Mauer, sie bilden ein Spalier und die Anzugträger aus dem Pförtnerhäuschen erscheinen. Das Spalier setzt sich durch die Menge der Demonstranten fort.

Noch immer ist es gespenstisch still. Die Männer kommen auf sie zu. Ihr Herz pocht bis zum Hals und ihr Mund ist trocken. Sie räuspert sich. Der Mann, der noch immer den Arm um sie hält, streckt ihr eine Flasche Wasser entgegen. Sie schaut in sein Gesicht. Es ist wieder der Mann mit dem blonden Haar, dessen Gesicht ihr bekannt vorkommt.

„Danke", krächzt sie und nimmt einen kräftigen Schluck. Jetzt stehen die Krawattenmenschen direkt vor ihr am Pick-up. Sie bedeutet ihnen, hochzusteigen. Einer von ihnen nimmt die Einladung an. Nun regt sich die Menge, er wird mit Buh-Rufen empfangen.

Sie bemerkt, dass der Unbekannte neben ihr wieder filmt. Sie hebt die Arme und senkt sie langsam ab.

„Ich bitte euch, verhaltet euch fair. Geben wir diesem Mann eine Chance, sich zu äußern." Sie reicht ihm die Hand. „Ahote Rittmann, ich komme aus Deutschland und arbeite an einem Forschungsauftrag für die Uni Hamburg."

Kaum ausgesprochen, pochen die Worte in ihrem Kopf. Was hat sie da nur zusammengesponnen! Doch der Mann mit der Brille und der korrekten Kurzhaarfrisur nickt nur. Er fragt nicht nach.

„Henry Bowers, einer der Geschäftsführer der Peal Coal Company. Ich nehme an, hier liegt ein Missverständnis vor. Es kann nicht die Rede davon sein, dass wir, ein renommiertes Unternehmen von Welt, mit Gewalt gegen diese Demonstranten hier vorgehen wollen. Das liegt uns fern. Aber Sie müssen auch Verständnis für unsere Situation hier haben, die Arbeit im Kraftwerk muss weitergehen. Seit Wochen werden die Zufahrtswege zeitweise blockiert. Wir können unsere Lieferverträge nicht mehr einhalten und …" Seine Stimme geht unter, die Menschen grölen und feiern.

Ahote hebt erneut die Arme und besänftigt die Menge.

„Wie sieht es denn nun aus mit der Wiedereröffnung und sogar Erweiterung der Black Mesa Mine?", fragt sie den Mann.

„Bis jetzt ist nichts beschlossen."

„Also ist es nur ein Gerücht?", hakt Ahote nach.

„Es gibt lediglich erste Gedanken, Gutachten werden eingeholt und geprüft."

„Wären Sie bereit, sich mit Vertretern der Hopi, insbesondere der traditionellen, unter der Schirmherrschaft der UNO zu treffen und sich deren Bedenken und Einwände anzuhören? Ihnen wirklich eine faire Chance zu geben? Und dann noch einmal über ihr Vorhaben und mögliche Alternativen, nachzudenken?"

Beifallrufe, Klatschen werden laut.

Der Mann neben ihr zögert, fasst sich an die Krawatte. Jetzt ertönen die ersten Buh-Rufe und Pfiffe.

Ahote schaut ihn an, legt all ihre Tiefe und Bitten in ihren Blick. Noch schweigt er, doch dann nickt er kurz. Ihr Herz macht einen Sprung. Sie lacht, reißt die Hände hoch und klatscht.

Die Menge jubelt mit. Der Mann nickt ihr zu, reicht ihr seine Visitenkarte und sagt, bevor er geht: „Wir hören voneinander. Aber Sie sind bei diesem Gespräch auch dabei. Ihre Nummer!"

Schon hält er ihr ein kleines Notizbuch mit Stift unter die Nase.

Ungelenk kritzelt sie ihm die Ziffern auf. Kaum wollen sie ihr einfallen, ihr Kopf ist wie leer.

Dann ist er weg. Seine Worte hallen in ihr nach, katapultieren sie unsanft in die Wirklichkeit zurück. Ein Zittern und Beben geht durch ihren Körper. Wie Schüttelfrost fühlt es sich an. Eine Welle der Schwäche reißt sie mit. Was hat sie nur getan? Wie konnte sie nur solche Luftschlösser bauen?! Dies ist kein Theaterstück, es ist knallharte Realität! Die UNO! Ist sie vollkommen verrückt geworden? Wie konnte sie die UNO ins Spiel bringen? Überhaupt – was hat sie nur dazu bewegt zum Megafon zu greifen? Sie, die Schüchterne, Zurückhaltende, die Menschenmengen meidet.

Sie schüttelt den Kopf. Sie versteht sich selbst nicht mehr. Versteht nicht, was mit ihr vorgeht, seit sie in diesem Land ist. Es ist wie verhext. Als ob es sie verwandelt. Sie will hier weg, sie muss jetzt allein sein.

Hania, die anderen … daran will sie in diesem Moment nicht denken. Sie muss erst zu sich kommen, sich beruhigen.

Hektisch will sie vom Pick-up klettern, doch zittrig wie sie ist, bleibt sie mit einem Fuß an der Ladeklappe hängen. Fast wäre sie gestürzt, da reißen sie im letzten Moment zwei kräftige Hände von hinten auf die Ladefläche zurück. An eine starke, warme Brust. Sie will sich nur noch fallenlassen, nichts mehr denken, wissen, fühlen. Einfach sein im Nichts.

Sie sieht noch die blonden Locken, bevor sie die Augen schließt und alles vergisst. Einen klitzekleinen Augenblick in die Illusion der Einsamkeit einer Insel abtauchen. Wo sie wieder frei atmen, zu sich kommen kann, begreifen, was gerade passiert ist. Wie ferngesteuert hat es sich angefühlt.

Jetzt riecht sie den herben Duft nach Sandelholz, saugt ihn in sich ein. Er beruhigt sie, erdet sie, gibt ihr wieder Kraft.

Nach einer Weile wagt sie, die Augen zu öffnen. Sie hebt ihren

Kopf und schaut wieder in diese kornblumenblauen Augen, in deren Unendlichkeit sie versinkt. Die sie an einen klaren Sommertag erinnern. Voller Wärme und intensivem Gefühl. Sie kann nicht anders, als sich darin zu verlieren. Alles andere hat keine Bedeutung mehr. Die Welt steht still um sie herum. Nur sie und diese kornblumenblauen Augen, eingehüllt in Sandelholzduft.

Und auf einmal fühlt sie Hoffnung, zart wie erster Rosenduft im Frühling. Für sich und die Welt der Hopi.

Nach gefühlten Ewigkeiten taucht sie auf aus der Tiefe seines Blicks und schiebt sich ein Stück zurück.

„Ich kenne dich", wispert sie. „Und ich weiß jetzt auch woher."

Fragend sieht er sie an. Noch immer hält er sie fest umfangen, macht keine Anstalten, sie loszulassen.

„Der Zeitungsbericht. Mein Großvater – er hat mir in der Zeitung ein Foto von dir mit meiner Cousine Kaya gezeigt."

„Kaya? Hmm …" Etwas in ihm scheint sich an den Namen zu erinnern. Jetzt glänzen seine Augen und er nickt. „Die Charity-Veranstaltung." Er lächelt und Grübchen zeigen sich auf seinen Wangen. „Die junge Frau mit dem großen Herz. Unermüdlich setzt sie sich für Kinder und Jugendliche im Reservat ein." Auf einmal lässt er sie los. Als ob er erst jetzt bemerkt, was er tut.

Eigentlich will sie noch nicht wieder stark sein, es war eine schöne, besondere Art, Schwäche zuzulassen. Fast hat sie es ausgekostet. Dort, wo zuvor seine Hände auf ihrem Rücken lagen, ist es heiß und prickelt.

„Und du? Beeindruckend, dass du für die UNO arbeitest."

Sie schnappt nach Luft, doch er spricht unbeirrt weiter. „Deine Rede war einfach großartig und mitreißend. Hattest du das geplant?"

Sie kann nur den Kopf schütteln, ihre Kehle ist auf einmal wie zugeschnürt.

„Erzähl, wie kommt man dazu, Botschafterin der UNO zu werden?"

„Wie heißt du und was machst *du*? Ich habe dich mit dem Pferd auf dem Foto gesehen. Ist das deins?", schießen die Worte aus ihrem Mund. Alles ist besser, als auf seine Frage zu antworten. Auf keinen Fall will sie jetzt darüber reden. Schon gar nicht mit ihm. Mit ihm, der sie so fasziniert. Der ihre Gedanken zu lesen scheint. Hoffentlich nicht alle.

„Ich bin Samuel und arbeite ebenfalls mit traumatisierten Kindern und Jugendlichen. Aber nicht im Reservat, sondern in Flagstaff. Die Charity-Veranstaltung war in Tuba City. Ich hatte gehört, dass dort eine Charity für die Menschenrechtshilfe zugunsten der Hopi stattfinden sollte. Leider konnte ich meine Chefin nicht davon überzeugen, dass unsere Organisation offiziell daran teilnimmt, um die Indianerjugendlichen und -kinder dort zu unterstützen."

Samuel seufzt: „Es ist immer das Gleiche, sie meinte, es gibt auch in der weißen Gesellschaft genügend Kinder und Jugendliche in Not. Natürlich hat sie recht, das bestreitet keiner. Aber das eine schließt ja das andere nicht aus. Man kann sich doch gegenseitig helfen und von den Erfahrungen des anderen lernen. Vielleicht sogar die beiden Gruppen durch eine Partnerschaft und gemeinsame Treffen verbinden. Beide Seiten würden davon immens profitieren. Es wäre ein wichtiger Schritt zur Integration und Akzeptanz zwischen Weißen und Indianern. Rassismus fängt bei Kindern schon im Elternhaus an."

Sie nickt, das kennt sie nur zu gut.

Nach einer kurzen Pause fährt Samuel fort: „Die Kinder bei uns kommen aus zerrütteten Familien, meist mit Eltern niederen Bildungsstands und die haben nicht viel übrig für die ‚Roten', wie sie die Indianer abschätzig nennen. Sie selbst sind Abschaum der Gesellschaft, ganz unten in der Hierarchie und viele genießen es, den Druck, der auf sie ausgeübt wird, weiterzugeben. Auf den Abschaum des Abschaums, was die Indianer, in deren Augen leider noch immer sind. Du kriegst es nicht aus ihnen raus, aus ihren Köpfen."

Er reibt sich müde über das Gesicht. Sie sieht die dumpfe Traurigkeit in seinen Augen. Genau die, die sie in ihrem Herzen spürt.

„Und das Pferd?", hakt sie nach.

Samuel nickt. „Das ist meins. Tawa."

Ahote zieht die Augenbrauen hoch. „Ein indianischer Name?"

Er lacht. „Ich hatte schon immer ein Faible für das Indianische."

„Ungewöhnlich, oder?"

„Nicht unbedingt, ich …"

„Ahote! Endlich hab ich dich gefunden", reißt sie eine bekannte Stimme aus ihrem Kokon. Sie fährt herum. Cheveyo! Schlagartig wird ihr bewusst, dass sie noch immer nicht weiß, wo die anderen sind. Sofort ist da wieder die Angst in ihr, die wie eine schlafende Schlange nur darauf wartet, zuzuschlagen, Besitz zu ergreifen von ihr.

Jetzt steht Cheveyo vor dem Pick-up.

„Was um alles in der Welt, machst du hier auf diesem Wagen?" Er sieht sich um. „Wo sind die anderen?"

Vage deutet sie auf die sich allmählich zerstreuende Menge. „Irgendwo hier", sagt sie leise.

„Wie bitte, habe ich richtig verstanden? Du weißt es nicht?", fährt er auf.

Sie zuckt mit den Schultern.

„Du hattest es versprochen!"

Diese Worte landen wie Peitschenhiebe auf ihr. Mit einem Satz springt er auf die Ladefläche neben ihr und packt sie am Arm.

„Was geht hier vor? Warum stehst du hier oben und nicht bei den anderen? Suchst du sie?" Seine Stimme ist laut und alles andere als freundlich. Sie versucht, ihn abzuschütteln, doch er hält sie fest. Sie deutet auf die Menschenmenge um sie herum.

„Irgendwo hier werden sie schon sein." Sie weiß selbst, wie lahm das klingt.

„Du hast vielleicht Nerven! Wie konntest du! Ich habe gleich gesagt …", fährt er auf sie los. Auf einmal wird sie sanft zur Seite geschoben und Samuel stellt sich schützend dazwischen. Seine zuvor warm vibrierende Stimme ist nun klirrend kalt, als er sagt: „Sie hat sich großartig geschlagen. Ahote hat Schlimmes verhindert. Du solltest stolz auf sie sein. Ihr dankbar sein, statt ihr Vorhaltungen zu machen. Alles wird sich finden."

Irritiert schaut Cheveyo ihn an. „Und du? Wer bist du, dass du dich in unsere Familienangelegenheiten einmischst?"

Jetzt stehen sich beide Männer dicht gegenüber. Plötzlich erwacht Ahote aus ihrer Starre.

„Hallo! Geht's noch? Was soll ihnen schon passiert sein?"

Cheveyo fixiert sie aus zusammengekniffen Augen.

„Nein! Sag nichts! Ich habe mein Bestes getan. Nur eben anders."

Mit diesen Worten, dreht sie sich um und springt vom Wagen. Doch so kann sie nicht gehen. Sie wendet sich um, schaut zu Samuel und sagt: „Danke, für alles. Danke, dass du meine Gedanken lesen konntest."

Cheveyo sieht sie ungläubig an. Samuel nickt ihr mit seinem wärmenden Lächeln zu, das sie wie eine Schutzhülle umfängt. „Gerne. Immer wieder."

In diesem Augenblick ruft ihn jemand aus der Menge. Kurz winkt Samuel ihr zum Abschied, springt dann ebenfalls vom Wagen und entschwindet im Getümmel. Alles in ihr schreit, ihm zu folgen. So kann sie ihn nicht gehen lassen! Schnell will sie hinterher, plötzlich reißt sie ein Arm zurück. Cheveyo!

„Lass mich los", brüllt sie ihn an und macht sich frei. Er stellt sich ihr in den Weg. Sie will sich an ihm vorbeidrücken. Erneut packt er sie am Arm.

„Entspricht das eher deinem Umgang, den du gewohnt bist? Sind wir, die Roten, dir nicht mehr gut genug, dass du dich gleich dem erstbesten Weißen an den Hals wirfst?"

Wie erstarrt bleibt sie stehen. „Was ist nur aus dir geworden? Aus meinem großen Bruder aus Kindertagen."

Sie merkt, wie ihr Tränen in die Augen steigen, doch diese Blöße will sie sich jetzt nicht geben. Sie reißt sich los und taumelt in die Menge. Samuel jedoch ist längst verschwunden.

Unvermittelt steht Pamuya vor ihr, fast wäre sie mit ihr zusammengestoßen. Ehe sich Ahote versieht, wirft Cheveyos Schwester sich ihr an die Brust, umarmt sie fest und lacht. Ahote weiß nicht, wie ihr geschieht. Da ist noch dieser Groll in ihr, die Wut auf Cheveyo. Nähe kann sie in diesem Augenblick eigentlich nicht ertragen.

„Du bist einfach nur der Hammer!", sprudelt es aus Pamuya hervor.

Der Groll bricht in sich zusammen, verschwindet mit der unschuldigen Freude Pamuyas. Ein Wechselbad der Gefühle. Sie gibt sich der warmen Berührung hin und kostet sie aus, sie glättet die Wogen in ihrer Seele. Familie, Freunde – so muss es sich anfühlen.

Irgendwann lässt Pamuya sie los. Jetzt sind da auch Hania und die beiden anderen. Anerkennend klopfen sie ihr auf Rücken und Schultern, lächeln sie aus ihren wettergegerbten Gesichtern und fast zahnlosen Mündern an.

Hania stellt sich vor sie, legt ihr seine Hände liebevoll auf die Arme und schaut ihr tief in die Augen. „Die Eine, die Großes bewirkt für ihr Volk …"

Ahote tritt verlegen von einem Bein auf das andere und schluckt. Seine Worte berühren sie tief, doch sie weiß nicht, was sie damit anfangen soll.

„Dein Volk ist stolz auf dich, Ahote", sagt er und umarmt sie nun ebenfalls. Dann lässt er sie los und lächelt sie voller Wärme und Güte an. „Du bist hier angekommen. Dies ist dein Land."

Sie schluckt, fühlt Tränen in ihren Augen.

Pamuya fragt: „Wie hast du das nur gemacht? Woher hattest du den Mut?"

Ahote zuckt mit den Schultern, dankbar für diese Frage, die sie aus dem Bann der tiefen Gefühle reißt.

„Keine Ahnung. Es kam einfach so aus mir raus. Ich musste es einfach tun – ohne darüber nachzudenken."

Da tippt ihr jemand auf die Schulter. Ahote dreht sich um und sieht sich einer jungen Frau mit blonder Stoppelfrisur gegenüber.

„Sie sind doch die Frau, die gerade auf dem Pick-up zu den Menschen gesprochen hat?"

Ahote nickt. „Ja?

„Ich bin Jasmin Smith, von der Country-Woman, ich hab Sie gehört. Auf einmal hatte ich da eine Idee ... Ich muss sie nur noch unserer Chefredakteurin verkaufen." Sie lächelt siegesgewiss. „Natürlich muss ich auch Sie mit ins Boot holen, denn Sie sind schließlich die Hauptperson."

Ahote ist verwirrt, sie hat keine Ahnung, was die Frau von ihr will.

„Ich würde gerne ein Porträt über Sie schreiben. Im Moment arbeite ich an einer Reihe über starke Frauen und da gehören Sie eindeutig dazu. Was sagen Sie?"

Ahote klappt die Kinnlade auf, sie ist erst einmal sprachlos.

„Ich sehe den Artikel schon vor mir, ‚Kriegerin der Worte' oder so was in der Art. Ich würde Sie Zuhause besuchen, Sie ein bisschen kennenlernen und über Ihr Umfeld berichten."

„Ich wohne nicht hier in der Nähe. In Hocavi, das ist ein Stück weg."

„Ah, das traditionelle Indianerdorf? Umso besser, soviel ich weiß, darf man dort nicht ohne weiteres filmen. Aber jetzt, da wir ein besonders Anliegen haben … Eines, das im Interesse der Hopi liegt. Also sollte das kein Problem sein."

Ahote zuckt mit den Schultern. Was soll sie sagen?

„Schließlich wäre es Ihrer Sache dienlich, Publicity kann Ihnen im Moment nur recht sein."

Sie drückt ihr eine Visitenkarte in die Hand und will Ahotes Handynummer. Sie meint es ernst.

„Sie hören von mir, sobald ich das Okay von meiner Chefin habe." Verschwörerisch nickt sie ihr zu, reicht ihr die Hand und geht.

Ahote erwacht aus ihrer Starre. Sie kann nicht glauben, was eben passiert ist. Je tiefer dieser Gedanke sickert, desto mehr begeistert er sie.

„Was für eine fantastische Idee! Das ist genau das, was wir jetzt brauchen – Publicity." Sie lacht. Erfüllt von freudiger Erwartung wendet sie sich den anderen zu, doch deren Gesichter sprechen eine andere Sprache. Fast feindselig starren Charly und Kotor sie an. Fragend schaut sie zu ihrem Großvater.

Er räuspert sich: „Nun ja, das ist eine heikle Angelegenheit. Das können wir nicht so einfach entscheiden. Dazu müssen wir eine Dorfversammlung einberufen. Das geht uns alle an."

„Wir wollen nicht, dass Journalisten bei uns rumschnüffeln", sagt Kotor knurrig. „Wir wollen nur in Ruhe unsere Traditionen leben."

„Kein Touristenrummel", schließt Charly sich an.

Ahote fängt Pamuyas mitfühlenden Blick auf. Vielleicht kann sie ihr helfen, zu vermitteln. Doch sie schweigt. Es ist unhöflich, den Alten zu widersprechen.

„Aber versteht ihr nicht?", begehrt Ahote auf, „Das ist unsere Chance! Wie der Redner vorhin gesagt hat, wir müssen die Öffentlichkeit aufklären, sie auf unsere Seite bringen. Gemeinsam aufstehen! Gemeinsam können wir Großes bewirken."

Kotor fixiert sie aus stechenden Augen. „Du bist neu hier, du verstehst die Zusammenhänge nicht. Wir können nicht zulassen, dass fotografierende Touristen deinem Zeitungsauftritt folgen. Mach deinen Zeitungsartikel, aber nicht in unserem Dorf!"

Charly pflichtet ihm bei: „Nicht umsonst haben wir das Schild am Anfang des Reservats aufgestellt, dass weiterfahren nicht erwünscht und fotografieren sowieso verboten ist." Er ereifert sich zusehends, er der vorher so still war. „Wir sind kein Museum! Wir leben dort. Das ist unsere Oase des Friedens, unser Rückzugsort von der schnelllebigen Konsumgesellschaft der Weißen. Wir wollen nicht an diesem Teufelskreis von kaufen und immer-mehr-wollen teilhaben."

„Das eine hat doch mit dem anderen nichts zu tun!", setzt sich Ahote zur Wehr. „Nur die Journalistin würde Fotos machen. Meinetwegen an Plätzen, die ihr vorher mit ihr absprecht."

„Woher willst du wissen, dass sie sich daran hält? Außerdem, wer sagt uns, dass nicht eines Tages Neugierige auftauchen?", wettert Charly dagegen.

„Weil ich ...", will sie erklären, aber sie wird von Kotor unterbrochen: „Sie leben in ihrer Welt und wir in unserer. Ist es nicht genug, dass sie ständig versuchen, sich mit irgendwelchen Gesetzen, die wir weder gemacht haben noch brauchen, in unser Leben einzumischen? Sieh doch unsere Kinder, sie stecken sie in die Schulen der Weißen. Wenn wir uns weigern, werden sie uns weggenommen und in Internate gebracht. Vor vielen Jahren haben sie damit angefangen. Englisch sollen sie sprechen, nicht unsere Sprache! Die der Hopi ist nicht gut genug! Nein, Ahote, das ist das letzte traditionelle Dorf der Hopi und das soll erhalten bleiben. Das opfern wir nicht! Unser Kampf ums Überleben und das der Welt muss anders zu führen sein. Wir werden ihn nicht auf Kosten unseres Dorfes und auf unseren Schultern ausfechten."

Da schaltet sich Hania beschwichtigend ein: „Leute, Ruhe bewahren! Wir entscheiden solche grundlegenden Dinge nicht hier und allein. Zuhause berufen wir den Rat ein, dann sehen wir weiter."

Auf einmal reißt sie eine Welle der Hilflosigkeit mit, der sie nichts entgegenzusetzen hat. Wie soll es jemals möglich sein, den Spagat zwischen Traditionen und einem neuen Weg in eine hoffnungsvolle Zukunft zu finden?

5. Kapitel

Frag nicht! Sei!
Sei du selbst, wie du erschaffen wurdest,
zu sein.
Fühle, spüre dich – deine frische Art.
Öffne dich für deine dir ureigenen Worte.
Worte der Sehnsucht strömen dahin,
verlassen deinen Mund.
Du erschrickst, du kennst sie nicht.
Sie waren verborgen in deinem Herzen.
Sind Schatz deiner Seele

nzählige Sterne glitzern bereits am klaren Himmel und erleuchten mit dem Vollmond die Nacht, als sie endlich Hanias Haus erreichen. Die Stimmung ist gedrückt, trotzdem versucht Hania, Ahote aufzumuntern. Liebevoll umarmt er sie, bevor er ins Bett geht.

„Dinge brauchen Zeit, Wasser höhlt den Stein auch nicht an einem Tag. Verstehe, alles braucht seinen Raum, vor allem grundlegende Veränderungen."

„Aber irgendwas muss sich ändern! Ändern, damit etwas Neues entstehen kann. Irgendwo muss man doch mal anfangen! Manchmal muss man Neues wagen, Dinge anders machen, damit es besser werden kann."

Ihr Großvater lächelt wieder sein fast zahnloses gütiges Lächeln und streicht ihr über den Kopf. „Lass dich nicht entmutigen. Das vorhin war die Meinung zweier alter Männer, das Dorf hat noch mehr davon."

Zweifelnd schaut Ahote ihn an. „Die anderen denken bestimmt nicht fortschrittlicher."

„Mmmh …", Hania wiegt seinen Kopf. „Es gibt ein paar eingefleischte Traditionalisten, aber da sind auch andere. Es kommt immer auf die Umstände an. Dir muss es nur gelingen, sie hier zu berühren." Er tippt ihr auf die linke Brust. „Hast du ihr Herz, folgen sie dir überall hin."

Ahote stöhnt. „Und wie soll ich das machen? Ich bin eine Fremde für sie."

„Du bist hier geboren, du bist eine von uns."

In seinen glänzenden Augen kann sie seinen Stolz erkennen.

„Du bist meine Enkelin, Tangakwunus Tochter. Sie haben deinen Vater sehr geschätzt. Denk nicht so viel, lass dein Herz sprechen. Dann wirst du wissen. Vertraue!"

Mit diesen Worten dreht er sich um und schlurft zu seinem Zimmer. Bevor er in seinem Schlafraum verschwindet, winkt er ihr noch zu. „Gute Nacht."

„Gute Nacht, Großvater." Ahote bleibt zurück, mit diesen kreisenden Gedanken in ihrem Kopf. Alles wird sich finden, Herz sprechen lassen … Hania hat gut reden! Und überhaupt – morgen will er mit den anderen reden und den Rat einberufen.

Außerdem noch dieser geheimnisvolle Fremde, dessen Nummer oder Adresse sie nicht kennt. *Samuel …* Das ist alles, was sie von ihm weiß. Und dass er Augen hat, bei denen sie nicht weiß wie ihr geschieht, die das Universum spiegeln. Alles liegt darin, alle Versprechungen der Welt. Er hat etwas, was sie nicht greifen, nicht benennen kann, sie aber tief berührt.

Sie stößt ein bitteres Lachen aus, lacht über sich selbst und ihre verrückten Gedanken. Wie soll sie mit diesem Karussell im Kopf schlafen? Gerade als sie zu einem Buch greifen will, klopft es leise an der Tür. Soll sie ihren Großvater rufen? Doch sie will ihn nicht mehr stören, er sah vorhin sehr erschöpft aus, nach diesem anstrengenden und langen Tag. Das Klopfen wird lauter, energischer.

Unschlüssig steht sie vor der Tür, soll sie öffnen?

Leise ruft sie: „Ja?"

„Ahote, bist du das?"

Cheveyos Stimme! Ausgerechnet ihn will sie jetzt am wenigsten sehen. „Was willst du noch? Ich bin müde."

„Mach bitte auf, ich muss mit dir reden!"

„Aber ich nicht mit dir!"

„Bitte! Unserer langen Freundschaft zuliebe!"

Gerade diese Worte bohren sich schmerzhaft in ihr Herz. Das will sie nicht! Nicht noch einmal verletzt werden. Sie hat genug! Genug von ihm und seinem falschen Freundschaftsgetue! Wut kocht hoch in ihrem Bauch.

„Pah! Freundschaft, die du vorher mit Füßen getreten hast!"

„Es tut mir leid. Ehrlich. Bitte mach auf! Lass es mich dir erklären!"

Sie schweigt, lehnt sich mit geschlossenen Augen gegen die Tür. Ihre Hände sind zu Fäusten geballt, ihr Atem geht schnell.

„Ahote, ich gehe hier nicht weg, bis ich mit dir gesprochen habe. Von Angesicht zu Angesicht. Bitte gib mir eine Chance!"

Sie kämpft mit sich. *Er wird ja doch keine Ruhe geben!* Widerwillig öffnet sie die Tür einen Spalt und faucht: „Ja?"

„Nicht so zwischen Tür und Angel." Er wirkt unsicher. „Kannst du rauskommen?"

Sie stöhnt: „Ich bin müde, lass uns morgen reden."

Er legt ihr seine Hand auf den Arm, sie spürt seinen Atem in ihrem Gesicht.

„Bitte, es ist wirklich wichtig. Ich will nicht, dass diese Worte zwischen uns stehen."

„Das hättest du dir früher überlegen sollen!"

„Bitte, gib mir eine Chance, ich als dein Fast-Bruder habe sie verdient."

Muss er schon wieder an diesen alten Dingen rühren?

„Pass auf, was du sagst!", knurrt sie ungehalten.

Eindringlich fährt er fort: „Menschen machen Fehler. Sind in der Situation gefangen …, sagen etwas, was sie nicht sagen wollen. Sie fallen dir einfach in den Mund. Es ist so, als ob du sie nicht selbst aussprichst. Als ob da ein fremder Teil in dir ist, der gerade Menschen, die dir besonders am Herzen liegen, verletzt. Weil du sie beschützen willst. Aber auf eine unsensible, beherrschende Art. Ich war impulsiv, im Moment gefangen."

Seine Worte vibrieren in ihr, ihr Herz schreit danach, sich von ihnen berühren zu lassen, doch sie kann sich nicht öffnen. Noch nicht. Er hat sie zu tief verletzt. Nicht nur vorhin. Er wartet auf ihre Antwort.

„Warst du schon an unserem Ort?" Er gibt nicht auf.

Für einen Moment weiß sie nicht, was er meint, doch auf einmal sieht sie die Weite der Ebene vor sich, fühlt die abstrahlende Wärme roter Felsen um sich herum, die von einem heißen Sommertag zeugt.

„Steht der alte Baum noch?"

Jetzt grinst er verschwörerisch, wie der Junge von damals, der ein Geheimnis mit ihr teilt. Er nickt.

„Ich denke schon, ich war lange nicht dort. Lass uns gemeinsam hingehen, die alte Verbundenheit wiederfinden." Er deutet zum Himmel. „Heute ist Vollmond."

Plötzlich spürt sie den unwiderstehlichen Sog des Verbotenen, heiß und prickelnd. Früher, als sie spätabends, wenn es dunkel war und die zirpenden Grillen und das ferne Heulen der Coyoten sie magisch in die Sommernacht gezogen haben.

Wie oft hat sie sich im Dunkel der Nacht aus dem Haus geschlichen und sich den unzähligen Sternen und dem Mond anvertraut. Ihre Mutter hat fest geschlafen, ihr Vater war oft unterwegs. *Vater …* Kaum hat sie an ihn gedacht, seit sie hier ist. Vielleicht weiß Cheveyo etwas über ihn.

„Und?", fragt Cheveyo hoffnungsvoll nach.

„Einen Moment, ich komme." Sie schnappt sich ihre Stiefel, denn sie erinnert sich, dass sie nachts deren Schutz ganz besonders braucht. Es ist die Zeit der Schlangen – der Klapperschlangen. Zeit, um zuhause zu sein, nicht um nachts herumzustromern. Genau dieser Reiz machte ihr Geheimnis aus. Im Vorbeigehen greift sie nach ihrer Jacke, schon ist sie an der Tür und zieht sie hinter sich zu. Sie sieht Cheveyos Schatten neben dem Haus.

„Komm!" Er nimmt ihre Hand und zieht sie mit, als ob er Angst hat, sie könnte es sich anders überlegen.

In ihrem Bauch gluckst es verheißungsvoll – wie sie die Dunkelheit der Gassen liebt – und kämpft gegen den Groll in ihr. Jetzt lassen sie die letzten Steinhäuser hinter sich, dieses Mal in entgegengesetzter Richtung der Straße, den Felsformationen entgegen.

„Denkst du an die Schlangen!", ermahnt Cheveyo sie. „Fest auf den Boden stampfen, wie ein Büffel im Galopp, damit sie dich hören."

„Ja, ja, ich weiß", stöhnt sie genervt. Sie hat die Nase voll von seinen schulmeisterlichen Anweisungen. „Hör auf, mich ständig, wie ein unmündiges Kind zu behandeln!"

Sie entreißt ihm ihre Hand. Sofort fühlt sie sich nackt und schutzlos, den Schlangen ausgelieferter als zuvor. *Nur nicht weiter darüber nachdenken.* Die nächsten Schritte läuft sie angespannt und sehnt sich nach der Unbeschwertheit der Kindheit zurück, als sie voller Vertrauen durch die Dunkelheit marschiert ist.

Das schaurige Heulen der Coyoten ist jetzt sehr nah, ihre Nackenhärchen stellen sich auf. Ihre Augen suchen die mondhelle Umgebung nach Schatten ab, die sich unbemerkt nähern.

„Sie haben mehr Angst vor dir als du vor ihnen."

Cheveyo spürt ihre Unsicherheit. Sie hasst sich dafür, aber sie ist einfach da, tief in ihr drin. Dieses Land ist so gewaltig und fremd.

Wortlos ergreift er erneut ihre Hand, jedoch diesmal vorsichtiger, fragender. Und sie lässt es geschehen. Er verströmt warme Sicherheit, die sie entspannen lässt. Sicherheit, die sie früher ausgestrahlt hat, daran kann sie sich jetzt erinnern. Sie hatte so manche verrückte Idee und oft genug musste *sie ihn* überzeugen, dass es Spaß machen würde und nur ein bisschen Mut erforderte. Denn mutig war sie früher.

Sie fühlt, dass sie nicht nur ihren Vater hier zurückgelassen hat.

Vielleicht ist dieses Land vom Mut all der Ureinwohner Nordamerikas durchdrungen, die sich unermüdlich mit dem Mut der Verzweiflung, dem hoffnungslosen Kampf gegen die skrupellosen Weißen gestellt haben, um ihre Heimat, ihr Volk, ihre liebevolle Lebensweise im Einklang mit der Natur zu verteidigen.

Wenn sie daran denkt, wozu sie sich hat heute hinreißen lassen ... Das ist nicht die Ahote, die liebe, brave aus Deutschland, die sie kennt. Die fühlt sie jetzt so nicht mehr in sich.

Auf einmal ist da etwas Fremdes, Wildes, so wie das Land, dessen Felsen sie gerade in der Dunkelheit auf einem schmalen Pfad emporklettern. Um auf die Weite des Tals zu schauen. Bei Nacht. Wie verrückt! Sie schnaubt. Cheveyo bleibt schwer atmend stehen.

„Es ist nicht mehr weit", sagt er ermutigend.

„Ich weiß", knurrt sie. *Warum auch sollte sie nicht wissen?* Nun wird der Steig ebener, windet sich um eine letzte Kurve und wie aus dem Nichts steht da dieser atemberaubende Baum, erstrahlt im Mondlicht. Der Wächter des Tals. Weit verzweigt ragen seine Äste über das Plateau. Silbrig verschleiert liegt die unendliche Weite der Ebene zu ihren Füßen und verliert sich in der Dunkelheit der Nacht.

Gänsehaut kriecht über ihren Rücken. Die unbeschreibliche Schönheit dieses Moments treibt ihr Tränen in die Augen.

Sie lässt Cheveyos Hand los und geht zu dem Baum, magisch zieht er sie an. Sacht legt sie ihre Hand auf die raue Rinde. Kühl fühlt sie sich an. Sie drückt ihre Stirn dagegen, atmet den würzig harzigen Duft ein.

„Ich kenne dich", wispert sie.

Nach einer Weile breitet sich ein warmes Kribbeln in ihrem Körper aus und durchströmt jede Zelle, bringt alles in ihr zum Schwingen.

„Ahote?"

Sie spürt eine Hand auf ihrem Rücken.

„Ist alles in Ordnung?", fragt Cheveyo leise nach.

Gerade noch in Frieden eingehüllt, bohren sich seine Worte wie Pfeile mit Widerhaken in die frische Wunde in ihrem Herzen. Die er ihr heute Nachmittag zugefügt hat.

„Wie kannst du so etwas fragen?", zischt sie und fährt herum.

Cheveyo zuckt zurück. „Entschuldige, ich wollte dich nicht erschrecken."

„Erschrecken? Du hast mich schockiert! Zutiefst verletzt!" Sie legt ihre Hand auf ihre Brust. „Ist dir das nicht klar? Nur unserer alten Freundschaft wegen bin ich hier, ansonsten wärst du für mich gestorben", stößt sie gequält hervor.

Mit hängenden Schultern steht er da. „Ahote, bitte, du musst auch mich verstehen! Du kommst hierher und meinst, sofort alles zu wissen, dass du nur mit den Fingern zu schnipsen brauchst und alles in Ordnung ist. Dass all unsere Probleme gelöst sind."

„Das habe ich nie behauptet! Doch das meine ich nicht. Ständig bevormundest du mich. Aber was noch viel schlimmer ist, du hast mich zutiefst verletzt und beleidigt. Wie kannst du sagen, dass ihr mir nicht gut genug seid? Wäre ich sonst hier? Extra aus Deutschland angereist? Ist es das, was du bei unserem Wiedersehen gefühlt hast?

Er zuckt mit den Schultern.

„Hör auf, mir zu sagen, was ich zu tun und zu lassen habe", stößt sie erneut hervor.

„Meine Mutter hat uns verlassen, nicht lange nachdem du weg warst. Verliebt hat sie sich angeblich. In einen Weißen!" Seine Worte tropfen vor Bitterkeit.

Ahotes Herz zieht sich zusammen. Der Schmerz in seinen Worten wischt ihre Wut beiseite.

Schweigend stehen sie sich gegenüber. Mitfühlend legt sie ihre Hand auf seinen Arm. „Das tut mir leid."

Er seufzt. „So ist es oft hier. Im Reservat gibt es etliche Familien mit nur einem Elternteil. Die Weißen kommen und sind fasziniert von der angeblich andersartigen Schönheit der Indianer und machen uns oft genug verlockende Angebote. Aber ob sie wirklich dich oder nur deinen Körper meinen, das erfährst du erst, wenn dich wie ein benutztes Handtuch fallenlassen. Wenn sie deine Familie zerstört haben. Wenn du bereits alles für sie aufgegeben hast. Dann stehst du auf einmal alleine da in dieser feindseligen, herzlosen Welt der Weißen."

Was kann sie darauf erwidern?

Er fährt fort: „Das ist die Wirklichkeit. Die blanke, harte, grausame Realität. Ich habe mir geschworen, dass ich ihnen ebenbürtig – nein, haushoch überlegen sein werde, den Weißen. Dass ich sie mit ihren eigenen Waffen schlagen werde. Von da an habe ich in der Schule gelernt, unermüdlich. Immer mit diesem Ziel vor Augen, besser zu sein als die anderen, herauszuragen. Nur so kann ich unserem Volk dienen. Und es hat funktioniert. Hier steht einer der besten Rechtswissenschaftsabsolventen der Uni Phoenix vor dir."

Ahote reißt die Augen auf. „Wow! Meinen höchsten Respekt!"

Auf einmal fließt alles aus ihm heraus. „Plötzlich stand ich im Rampenlicht. Schon während der Studienzeit. Mit den guten Noten wollten alle mit mir befreundet sein. Die hübschesten weißen Mädchen haben sich an mich rangeschmissen. Aber sie wollten nicht mein Herz." Er tippt sich an die Stirn. „Sie wollten nur das und Sex. Sie haben sich darum gerissen, die Hausarbeiten mit mir zu schreiben. Sogar für Nachhilfe haben sie mich bezahlt. Doch irgendwann merkst du, dass es sich leer und hohl anfühlt. Denn du hast jetzt das, was du wolltest, aber es fühlt sich nicht so gut an, wie du dachtest. Aber es hilft über Vieles hinweg."

Jäh umschließen seine Arme ihre Hüften und er zieht sie zu sich heran.

„Die Eine, die ich immer nur wollte, das bist du."

Seine Worte hallen in ihrem Kopf, machen ihr Angst. Und auch wieder nicht. Sein Herz pocht stark und fest an ihrem Brustkorb, mit jedem Herzschlag sickern seine Worte tiefer in sie hinein.

„Du kennst mich doch gar nicht!", stößt sie gepresst hervor.

„Ich kenne dich besser, als du denkst. Da ist schon immer etwas zwischen uns. Du spürst es doch auch."

Seine Arme umschließen sie fester. Der vertraute Geruch von Rauch und Salbei hüllt sie ein. Bei jedem Atemzug presst sich seine Brust gegen ihre. Wohliges Kribbeln breitet sich in ihr aus, ein Gefühl von Geborgenheit und Getragensein.

Sie will sich nur noch fallenlassen, nichts mehr denken. Versinken in seiner wärmenden Nähe, in der Vertrautheit, die ihn umgibt. Sie spürt seine sanft streichelnden Finger auf ihrem Rücken, sie hinterlassen Spiralen aus Feuer auf ihrer Haut. Ihr wird heiß, sie schwitzt. Seine Lippen liebkosen ihr Gesicht. Sie kann nicht mehr denken, sie kann nur noch tun. Sie presst sich fest an ihn, spürt seine heiße Haut unter ihren Händen.

Auf einmal liegen seine Lippen auf ihren. Ganz sanft. Kurz ist da etwas, das sie nicht greifen kann. Ein Impuls, wegzurennen.

Urplötzlich raschelt es laut im Baum über ihnen. Sie zuckt zurück. Ein großer Vogel erhebt sich mit lautem Kreischen, entfaltet seine Schwingen und entgleitet über die grenzenlose Weite des Tals.

„Eine Eule", sagt Cheveyo und will sie wieder an sich ziehen. Doch sie spürt, es ist genug. Da ist irgendetwas in ihr drin, das schwingt seltsam nach. Sie windet sich aus seiner Umarmung.

„Cheveyo … Ich kann das nicht."

„Nein, sag nichts", unterbricht er sie und legt ihr einen Finger auf die Lippen. „Gib uns Zeit, uns kennenzulernen."

„Ich weiß nicht. Ich …" Wie soll sie es erklären, etwas, das sie selbst nicht versteht? Doch da ist noch immer dieses Bild des blonden Fremden in ihr drin. Es lässt sie nicht los. Was soll nur daraus werden? Sie kennt ihn doch nicht! Sie weiß nichts von ihm. Noch nicht mal, wo sie ihn findet!

Am nächsten Mittag sitzt Ahote allein im Haus ihres Großvaters und denkt über die Ereignisse des letzten Tages nach. Hania hat bereits vor einer Weile das Haus verlassen, um sich mit Mitgliedern seines Antilopen-Clans in dem unterirdischen Zeremonienhaus, der Kiva, zu treffen und sich mit ihnen über wichtige Dinge zu beraten. Nicht nur wegen ihr, wie er beruhigend gemeint hat.

Heute Abend, hat ihr Großvater gesagt, findet die Versammlung auf der Dorfplaza statt. Wenn sie daran denkt, spürt sie einen harten Knoten in ihrem Bauch. Sie kann nicht nur allein im Haus ihres Großvaters sitzen und warten, dass die Zeit vergeht. So tritt sie vor die Tür und geht durch die schmalen Gassen.

Die Mittagshitze flirrt zwischen den Dächern, wenn sie nach oben schaut. Kaum ein Mensch ist zu sehen, entweder arbeiten sie auf den Feldern, wie ihr Großvater sagt, oder sie haben sich in die angenehme Kühle der Häuser zurückgezogen. Manchmal erhascht sie von den Terrassendächern neugierige Blicke aus dunklen Augen, das wettergegerbte Gesicht von schwarzglänzendem Haarschopf umrahmt.

Heißer Wind fährt raschelnd durch die Reihen bunter Maiskolben, die an Schnüren auf den Dächern aufgehängt sind, lässt Tontöpfe klirren und treibt aufsteigende Rauchschwaden von den Feuerstellen der Häuser spiralförmig vor sich her.

Ab und zu hallt heiseres Bellen eines Hundes durch die leeren Gassen. Geisterhaft verlassen wirkt das Dorf und doch brennen verborgene Blicke auf ihrer Haut. Trotz der Hitze läuft Gänsehaut über ihren Rücken. Klein wie eine Maus fühlt sie sich, am liebsten würde sie sich wieder im Haus ihres Großvaters verstecken. Aber bis zum Abend ist es noch so lang und allein zuhause würde sie jetzt dort verrückt werden.

Dass die Menschen sie beobachten, bildet sie sich bestimmt nur ein. Schließlich haben sie alle etwas Besseres zu tun, als sich mit ihr zu beschäftigen. Mit ihr, der Neuen, der Tochter von Tangakwunu. Hoffentlich bringt sie keine Schande über ihn.

Ach, Vater, wie soll das nur werden? Warum bist du nicht mehr hier? Wie wäre alles geworden, wenn du nicht so früh von uns gegangen wärst? Würden wir dann hier glücklich und zufrieden mit all den anderen leben?

Außerdem Großvater mit seinen stolzen Worten, dass sie etwas Besonderes sei. Wer weiß, was er sich da zusammengesponnen hat. Ihr Vater ist lange tot und die Menschen hier haben ein hartes Leben und ihre eigenen Sorgen, warum sollten sie auf sie gewartet haben? Auf einmal kratzt ihre Kehle, kaum kann sie ein Husten unterdrücken. Ihre Augen tränen.

In diesem Moment öffnet sich neben ihr knarrend eine Tür. Eine schwarz gekleidete Frau, mit bunt gewebtem Schultertuch und runzligem Gesicht, tritt gebeugt vor die Tür und schaut sie unverwandt an. Ahote zwingt sich, zu lächeln, unter Tränen und halb hustend.

Die Frau nickt ihr zu und murmelt etwas, das sie nicht versteht, bevor sie humpelnd um die Ecke verschwindet. Ahote will schon weitergehen, als die Alte mit einer Kelle in der Hand wieder erscheint. Sie schlurft auf sie zu und reicht ihr die Kelle, sie ist mit Wasser gefüllt; hastig trinkt Ahote sie leer, sie ist so gierig, dass ihr Wassertropfen das Kinn hinabrinnen.

Die Alte murmelt erneut unverständliche kehlige Worte, legt ihr die faltige Hand auf die Schulter und schaut sie aus wachen schwarzfunkelnden Augen an. Wissende Augen einer welsen Frau, sie scheinen ihr direkt ins Herz zu schauen.

Die Kälte in ihr wandelt sich auf einmal zu wohliger Wärme. Nun lächelt die Alte und nickt ihr wohlwollend zu, dreht sich um und verschwindet wieder in ihrem Haus.

Ahote steht dort noch einen Moment und sieht ihr nach. Hat sie sich die Feindseligkeit zuvor nur eingebildet? Aber sie weiß, dass Nachrichten sich hier in Windeseile verbreiten. Wie wird sie heute Abend bei der Versammlung empfangen werden? Eigentlich sollte in den nächsten Tagen ein Fest zur Feier ihrer Ankunft stattfinden. Doch sie ist sich alles andere als sicher, ob dieses Fest für sie nach diesem Abend überhaupt noch gefeiert wird.

Langsam geht sie weiter, irgendwohin. Sie hofft nur, nachher in diesem Labyrinth zurück zum Haus ihres Großvaters zu finden. Auf einmal ist sie außerhalb des Dorfes, nach wie vor ihrem inneren Impuls folgend, zieht es sie in die Unberührtheit der Natur.

Irgendwann merkt sie, dass sie auf dem Pfad zum Hochplateau ist, der Platz, an dem sie letzte Nacht mit Cheveyo war. Die sengende Sonne brennt auf Kopf und Rücken, als sie sich den Felspfad empor quält. Wenig später steht sie im wohltuenden Schatten des magischen Baums. Die Aussicht von hier oben ist einfach atemberaubend. Die bizarren Felsformationen am Horizont, zum Teil noch schneebedeckt.

Kurzentschlossen umfasst sie den Ast über sich und zieht sich hoch, klettert weiter auf die nächste Astgabel und lässt sich darauf nieder mit Blick über die Weite der unendlichen Ebene. Ihre Augen folgen einem ausgetrockneten Flussbett, das sich durch die felsige Dürre der Prärielandschaft schlängelt. Sie versucht, an nichts zu denken, sie lauscht dem Wind in den Zweigen, wie er durch die fiedrigen Blätter des Mesquitebaums fährt. Jetzt riecht sie den herben Duft von Wacholder, der hier überall wächst.

Sie weiß nicht, wie lange sie dort schon sitzt, die Schatten der Felsen sind unmerklich länger geworden. Es ist Zeit zu gehen, nicht dass sie die Versammlung verpasst. Zu der sie eigentlich nicht will. Warum meint sie immer zu müssen, egal was? Selbst hier. Sie ist doch nur hergekommen, um ihre Familie zu finden und kennenzulernen, nicht um sich einzumischen. In was auch immer. In etwas, wovon sie keine Ahnung hat.

Noch kann sie gehen, einfach verschwinden, genauso wie sie gekommen ist. Niemand außer ihrem Großvater würde sie vermissen. Vielleicht Cheveyo noch. Aber er würde über sie hinwegkommen. Sie weiß sowieso nicht, was er sich einbildet, dass sie die Richtige für ihn ist. Früher möglicherweise, wenn sie hiergeblieben wäre. Ist es jetzt nicht eher der Reiz des anderen, das ihn lockt? Vielleicht gepaart mit einem Anflug von Vertrautheit? Sie kennt sich doch selbst nicht, wie kann er sie da kennen!

Eigentlich hat sie die Nase voll von allem. Vielleicht sollte sie tatsächlich ihre Tasche packen und weiterfahren. Irgendwohin, wo sie keiner kennt. Einfach mal sein, wie sie wirklich ist, sich finden. Wie kann sie das hier? Hier gibt es so viele Regeln und Traditionen, die es einzuhalten gilt. Sie will endlich herausfinden, wie *sie* etwas will.

Frei sein, einfach nur frei sein. Niemandem gefallen müssen!

Kann den anderen nicht egal sein, was sie macht? Starke Gemeinschaft! Was ist daran stark, wenn man sich nicht aus Überzeugung am selben Strang zieht? Was ist es wert, einer Meinung zu sein, wenn man nicht dahinter steht?

Ach, Vater, ich glaube, deine Heimat wird nicht meine Heimat. Zuerst dachte ich das, aber jetzt ... es gibt hier zu viele alte Gewohnheiten, Verstrickungen. Wie kann ich hier Platz zum Leben, Luft zum Atmen haben? Ich dachte, ich bin nur gekommen, um meine Familie zu besuchen, meine Wurzeln zu finden. Aber jetzt fühle ich tief in mir drin, dass da die Hoffnung war, eine neue Heimat zu finden. Eine Hoffnung, die sich nicht erfüllt.

Traurig schließt sie die Augen. Alles in ihr wehrt sich, zu dieser Versammlung zu gehen. Sollen sie doch sehen, wie sie alleine zurechtkommen! Bisher haben sie das auch geschafft. Wenn sie weiter in ihrer Traumwelt leben wollen, sollen sie doch! Trotzig graben sich ihre Nägel in die raue Rinde, bis stechender Schmerz in ihren Fingerspitzen wühlt. Sollen sie doch entscheiden ohne sie. Plötzlich reißt sie ein polternder Stein aus ihren Gedanken. Sie dreht sich um und sieht einen Mann, der allein den Pfad entlang kommt. *Wer kann das sein? Nicht schon wieder Cheveyo!* Ihm will sie in nächster Zeit nicht unbedingt allein begegnen und Lust auf weitere Diskussionen hat sie auch nicht. Nicht jetzt!

Doch der Fremde hat kein langes schwarzes Haar. Auf seinem Kopf sitzt ein Filzhut und jetzt, da er näher kommt, sieht sie blonde Locken darunter hervorquellen. Ihr Herz macht einen Satz. *Könnte das …? Nein, das kann nicht sein!*

Jetzt hat der Mann sie an ihrem Rückzugsort entdeckt und winkt. Ihr Herz pocht bis zum Hals. Fast hätte sie das Gleichgewicht verloren. Gerade noch kann sie sich am Baumstamm festhalten.

„Hallo, ich gehe nicht davon aus, dass du dich ins Tal hinabstürzen wolltest, weil du genug vom Leben hast", dröhnt die ihr bekannte wohlklingende Stimme in den Ohren. Sie weiß nicht, ob sie träumt. Sie kann ihn nur anschauen.

Er lacht, greift nach dem Ast, auf dem sie sitzt, zieht sich mit einem Satz hoch und lässt sich neben ihr nieder.

„Samuel", raunt sie. „Was machst du hier?"

„Kaya hat mich heute Morgen besucht und mir erzählt, dass sie nachher zu ihrem Großvater will, weil sie es kaum erwarten kann, ihre neue mutige Cousine kennenzulernen. Außerdem wusste sie von der Versammlung und meinte, du kannst Unterstützung gebrauchen. Da dachte ich, fährst du mal mit. Ich kenne mich ja schon ein bisschen damit aus, dir zu helfen." Er zwinkert ihr zu.

Sie kann ihn nur anstarren. Noch immer meint sie zu träumen. „Aber wie … Woher hast du gewusst, dass ich hier an diesem Ort bin?"

„Pamuya hat dich vorhin gesehen, als du in diese Richtung gegangen bist. Wir waren bei ihr, als keiner in Hanias Haus war. Pamuya und Kaya sind Freundinnen."

Ahote schüttelt den Kopf. „Unglaublich." Schon wieder versinkt sie in den Tiefen seiner sommerblauen Augen. Sie flüstert: „*Du* bist unglaublich."

Sie legt eine Hand auf seine Wange und streicht sanft mit ihren Fingern über sein Gesicht. Sie weiß nicht, was sie tut. Es spielt keine Rolle, dass sie ihn kaum kennt. Er beugt sich zu ihr, legt seine Stirn an ihre, ihre Nasenspitzen berühren sich. So sitzen sie noch immer nebeneinander auf dem Ast. Seine Finger fahren zärtlich durch ihr Haar. Auf einmal liegen ihre Lippen aufeinander. Ihr Herz trommelt wild gegen ihren Brustkorb, die Welt versinkt und geht gleichzeitig neu auf. Oben ist unten – und links ist rechts.

Nichts passt mehr, nichts ist mehr, wie es war. Alles verrückt und grenzenlos schön. Wilde Gefühle ohne Worte, ohne Sein. Nie da gewesen, neu erfundene Sinfonie der explodierenden Gefühle nur für sie und ihn. Nichts drückt es aus.

Und auf einmal weiß sie, was sie zu tun hat. „Tut mir leid." Sie zwingt sich, ihn loszulassen. „Ich glaube, wir müssen gehen, andernfalls findet die Versammlung ohne uns statt."

Es kostet sie große Überwindung, von ihm zu lassen, ihre Lippen werden magisch von seinen angezogen. Urplötzlich ist da diese Erkenntnis in ihr, dass hier ihr Zuhause ist. Bei ihm. Bei diesem Menschen. Egal, wo er ist. Nichts sonst ist wichtig. Ihr ist heiß und kalt zugleich. Sie starrt ihn an.

„Ahote? Alles in Ordnung?"

„Ja. Nein. Ich weiß nicht." Sie fühlt Tränen hinter ihren Lidern, aber sie lacht.

Zärtlich umfasst er ihr Gesicht und küsst sanft ihre Augen.

Ihre Lippen finden erneut seine, saugen sich fest.

„Wie kann das sein? Du kennst mich, du verstehst mich, besser als ich selbst", murmelt sie an seinem Mund.

Jetzt spürt sie, dass er lacht. Sie klopft ihm auf die Brust. „Nein, wirklich. Es ist, als ob du in meine Seele schaust."

Jetzt ist sein Blick ernst, hat wieder diese Tiefe, die sie in ihn saugt.

„Wir sind eins. Das ist alles", flüstert er.

Jetzt schießen ihr die Tränen mit aller Macht in die Augen. Doch es macht ihr nichts aus. Bei ihm kann sie sich zeigen mit all ihrem Gefühl. Bei ihm muss sie nichts denken, einfach nur sein. Sein wie sie ist. Auch wenn sie sich nicht kennt. Nur sein im Moment. Das ist alles, was zählt. Was schwingt, was sie spürt.

Er zieht sie fest in seine Arme, ganz fest. So fest, dass sie kaum noch atmen kann. Aber es gibt ihr Sicherheit, Geborgenheit, alles was sie jetzt braucht. Bei ihm gibt es kein richtig oder falsch. Es ist, wie es ist. Ihr Herz pocht gegen seins. Fest und stark. Zwei wie eins.

Sie kann nicht aufhören zu weinen, es kommt einfach so. Aber ihr Herz ist weich und warm, offen und weit. All diese Gefühle, mit einer Macht, die sich nicht kennt. Und es tut nicht weh. Sie traut sich, ihr Innerstes zu öffnen, jede Pore gibt sie ihm hin. Bedingungsloses Vertrauen schwingt in jeder Zelle in ihr drin, mit all ihrem Sein. Sie weiß es einfach. Er ist der Eine, derjenige welcher …

Die Tränen versiegen, jetzt kann sie lachen. Sein Griff wird lockerer. Er spürt immer, was sie braucht. Seine Lippen wandern liebkosend ihre Halsbeuge entlang und landen auf ihrem Mund. Sofort geht sie darauf ein. Jedoch gestattet er ihr das nur kurz. Aber sie will mehr. Sie will nicht, dass es aufhört. Ihr Körper brennt. Sie will mehr, viel mehr. Doch er schiebt sie von sich.

Sie weiß, sie versteht. Sie hat etwas zu tun, eine wichtige Aufgabe, die auf sie wartet. Er will es ihr leichter machen. Stöhnend lässt sie ihn los.

„Ich weiß … Du hast ja recht."

„Du kleiner Gierschlund", neckt er sie. „Einmal angefangen, kriegst du nicht genug."

„Was du dir einbildest", frotzelt sie. „Das war nur ein Test, ob es sich lohnt, mit dir etwas anzufangen."

Erbost zwickt er sie in die Taille. Sie quiekt auf und boxt ihn zurück. Dann springt sie mit einem Satz vom Baum.

„Also ich habe heute noch etwas vor. Keine Ahnung, was du noch so machst." Kaum kann sie sich ein Lachen verkneifen.

Schon ist er mit einem Sprung neben ihr.

„Ich überleg's mir noch." Wie selbstverständlich schlingt er seinen Arm um ihre Taille. So gehen sie gemeinsam zum Dorf. „Holen wir Pamuya und Kaya ab, dann können wir gemeinsam zur Versammlung gehen", schlägt Samuel vor.

Unschlüssig zieht Ahote die Schultern hoch. Gerade dorthin will sie jetzt nicht! Sie will Cheveyo nicht begegnen. Schon gar nicht mit Samuel.

„Ich weiß nicht, kommen wir dann nicht zu spät?"

Je näher sie dem Dorf kommen, desto mehr spürt sie wieder den Knoten in ihrem Bauch. Ihr reicht die Versammlung, Komplikationen mit Cheveyo braucht sie nicht auch noch.

Samuel deutet ihr Zögern anders und lacht. „Du kennst die Indian Time noch nicht."

Verständnislos schaut sie ihn an.

„Noch heute tickt die Uhr für viele First Nations anders."

Immer noch hat sie keine Ahnung, was er meint.

„Sie haben ein anderes Zeitverständnis. Und die Eile der Weißen verstehen sie sowieso nicht. Alles braucht seine Zeit, so ihre

Meinung. Es dauert, so lange es eben dauert. Sie leben im Moment, im Augenblick. Wie kannst du da wissen, wie sich der Tag entwickelt? Welche Dinge geschehen, die deiner Aufmerksamkeit bedürfen, die Handlung erfordern?"

„Wie verabreden sie sich dann?", will sie wissen.

„Die Leute kommen, wenn sie die Dinge erledigt haben, die sie erledigen mussten."

„Aber die anderen warten doch."

Jetzt lächelt er. „Warten muss nicht schlecht sein. Sie nutzen die Zeit, um gute Gespräche zu führen, um gemeinsam zu lachen. Manchmal bringen sie spontan Essen und Trinken mit und es wird ein Fest gefeiert."

„Einfach so?", fragt Ahote verwundert.

„Ja, es braucht keinen Anlass. Nur den richtigen Moment. Die Menschen hier haben ein hartes Leben, aber sie haben es bewusst so gewählt und sind zufrieden damit. Sie lieben es, zu lachen und zu feiern. Was bleibt ihnen denn sonst?"

„Das Glück, das von innen kommt", murmelt sie versonnen.

Er schaut sie überrascht an und nickt. „Das haben sie. Hier ist die Welt noch halbwegs in Ordnung, wo sie noch verbunden mit ihren Wurzeln leben." Er zieht seine Stirn in Falten. „Aber in großen Städten, wo sie sich unserer Lebensweise angepasst haben, oder es zumindest versuchen, gibt es viel Leid und Probleme."

Jetzt haben sie das Labyrinth der Gassen erreicht. Samuel zieht sie nach rechts.

„Eigentlich wollte ich mich noch umziehen", murmelt sie und deutet auf ihr blumiges Spaghettiträgerkleid. „Das wirkt nicht gerade seriös."

Er grinst sie jungenhaft an. „Das bist du nie, egal was du trägst."

Sie schüttelt den Kopf. „Männer … Aber findest du überhaupt Pamuyas Haus?", fragt sie zweifelnd.

Samuel zeigt auf einen Strauch. „Ich habe mir diesen Wacholderbusch gemerkt, die Gasse rechts davon hinein, dann die zweite wieder rechts." Er grinst. „Irgendwie werden wir sie schon finden. Du weißt ja, der Abend ist lang, dehnbar wie ein Kaugummi – Indian Time …" Er bleibt vor ihr stehen und zieht sie an seine Brust. „Lang genug für einen Kuss oder viele."

Schon liegen seine Lippen wieder auf ihren. Zuerst ist sie nicht in Stimmung, will weitergehen, die Versammlung endlich hinter sich bringen. Wissen, wie auch immer sie ausgeht. Doch dann brennen seine Lippen auf ihren, wohliges Prickeln breitet sich in ihrem Körper aus. Mit diesem Prickeln kommt die Ruhe, die Gelassenheit anzunehmen, was immer da kommt. Wie eine Schutzhülle hüllt es sie ein. Der schützende Kokon der Liebe. Sie verliert Zeit und Raum. Alles ist egal, nur sie, er und der Moment.

Irgendwann lässt er sie los. Sie sieht ihn an und sie weiß, er versteht alles. Er fühlt auch den Knoten in ihrem Bauch. Den hat er jetzt weggeküsst. Ihr Herz lacht, sie nimmt seine Hand, zieht ihn mit und gemeinsam tauchen sie ein in die Kühle der Gassen.

Bleierne Mittagsstille ist geschäftigem Treiben gewichen. Männer und Frauen sitzen vor den Häusern und flechten Körbe unterschiedlicher Größe, Frauen mahlen Körner in tönernen Schalen, bereiten das Abendessen zu. Einige nicken ihnen freundlich zu, andere begegnen ihnen mit skeptischen, ja fast feindseligen Blicken.

Die Türen der Häuser sind nun meist geöffnet, damit mehr Licht ins Innere der Lehmziegelhäuser fällt, die zum Schutz vor Hitze nur wenige kleine Fenster haben. Und so zieht würziger Essensduft durch die Gassen. Ahotes Magen knurrt, sie merkt, dass sie seit heute Morgen nichts mehr gegessen hat.

Schon stehen sie vor dem Haus von Cheveyos Familie, sie erkennt es wieder an der neugezimmerten Haustür, die auch hier offensteht.

Noch während sie zögert, ob sie hineingehen oder besser zuerst klopfen oder rufen sollen, selbst wenn das unhöflich ist, streckt Samuel den Kopf ins Haus hinein und kündigt sie unbekümmert an: „Hallo Pamuya, Kaya, wir sind da!"

Prompt ertönt Pamuyas Stimme von drinnen: „Hallo Samuel, hast du Ahote gefunden?"

Ahote stellt sich neben ihn. „Hallo, Pamuya."

Pamuya erscheint in verwaschenen Shorts und knallgelbem Top, das ihre dunkle Haut betont, kommt auf sie zu und zieht sie in die Arme.

„Das wird schon heute Abend, du hast ja gehört, wir haben Verstärkung." Sie deutet auf die junge Frau in bunt besticktem, fast bodenlangem Kleid, die einen ganzen Kopf kleiner ist als sie, die gerade neben sie getreten ist. „Das ist deine Cousine Kaya."

Noch während Ahote überlegt, ob sie sie umarmen oder ihr nur die Hand reichen soll, fühlt sie die liebevolle Umarmung Kayas.

„Hallo, Ahote, wie schön dich kennenzulernen." Kaya lässt sie los und nimmt ihre Hände. „Du glaubst nicht, wie ich mich freue, dass du hier bist, dass ich endlich eine Cousine habe. Ansonsten bin ich bei Familientreffen meist nur von männlichen Sprösslingen umgeben. Und dann auch noch von ätzend pubertierenden. Du glaubst gar nicht, wie anstrengend das ist."

Alle lachen.

„Sag mal, Pamuya, kommt Cheveyo eigentlich auch?" Kaya grinst.

Pamuya feixt. „Der hat's dir wohl angetan, was?"

Kaya zuckt mit den Schultern und lacht. „Irgendwie schon. Er ist doch süß, wenn auch manchmal etwas radikal in seinen Ansichten. Aber mit der richtigen Frau an seiner Seite ..."

Ahote schaut ihre Cousine überrascht an, täuscht sie sich oder ist deren Gesichtsfarbe jetzt eine Nuance dunkler oder gar rötlich? Eigentlich will sie das nicht hören, will jetzt nicht an Cheveyo denken.

Pamuya lacht. „Verbrenne dir nicht die Finger! Du weißt, in seinem Inneren brodelt ein Vulkan."

Kaya macht eine wegwerfende Handbewegung und kichert. „Glaub mir, ich hab schon viele Mustangs gezähmt. Dein Bruder kann nicht schlimmer sein."

Pamuya feixt: „Sag nicht, ich hätte dich nicht gewarnt."

Schon steht sie wieder am gusseisernen Ofen und rührt in einem riesigen, dampfenden Topf.

„Der Bohneneintopf ist fertig, lasst uns essen."

Ahote will schon abwinken, dass sie jetzt nichts runter bekommt, aber Samuel kommt ihr zuvor.

„Gerne, ich habe Hunger wie ein Wolf." Dabei reibt er sich den Bauch.

Erneut ist allgemeines Gelächter die Antwort.

Ahote wird heiß. „Müssen wir nicht allmählich gehen?" Ihr Magen ist schon wieder wie zugeschnürt.

Kaya legt den Arm um sie und schiebt sie zum bereits gedeckten Tisch. „Immer mit der Ruhe. Erst etwas Anständiges im Magen, damit man Kraft für Diskussionen hat. Du hast keine Ahnung, wie lange das bei uns dauern kann."

Schon wieder lachen die anderen. Ahote wünscht, sie hätte etwas von deren Unbeschwertheit und Leichtigkeit. Alles in ihr sträubt sich, sich jetzt an diesen Tisch zu setzten, sie will es endlich hinter sich bringen.

„Lass die Alten sich erst ein bisschen warm reden, dann kommen wir dazu", sagt Pamuya grinsend. „Vater ist seit heute Mittag in der Kiva. Ich habe sie vorhin dort mit Essen versorgt. Setzt euch, ich bring den Eintopf."

Ehe Ahote sich versieht, findet sie sich am Tisch auf dem Stuhl neben Samuel wieder, mit einem dampfenden Teller Suppe vor sich. In der Mitte steht ein Korb mit duftendem Fladenbrot. Sie will den Teller schon von sich schieben, da spürt sie Samuels warme Hand auf ihrem Bein.

„Na komm, wenigstens ein paar Löffel. Du hast doch Hunger! Dein Magen hat vorhin so laut gegrummelt, dass ich dachte, ein knurrender Hund steht neben mir." Er beugt sich zu ihr und flüstert ihr ins Ohr. „Sonst fütter ich dich."

Dann schaut er sie mit diesem liebevoll grinsenden Hundeblick an, den sie bereits an ihm kennt, dass sie einfach lachen muss. Sie kann nicht anders. Jäh fühlt sie die wissenden Blicke der anderen auf sich. Heiße Röte schießt ihr ins Gesicht. Es ist so ungewohnt und neu, diese Tiefe der Gefühle. Sie will sie noch nicht mit anderen teilen. Doch hat sie die Rechnung ohne Samuel gemacht. Er ist unkompliziert und direkt.

„Lasst es euch schmecken", sagt Pamuya.

Ahote ist dankbar für die Ablenkung, auch sie greift jetzt zum Löffel. Zuerst widerwillig und ohne Appetit, doch der kommt mit den ersten Löffeln wärmender Suppe in ihrem Bauch.

Während des Essens erzählt Kaya von ihrer Arbeit bei der Hilfsorganisation, aber Ahotes Gedanken schweifen zur bevorstehenden Versammlung ab.

Plötzlich reißt sie eine kräftige Stimme aus Richtung der geöffneten Haustür aus ihren Grübeleien: „Hallo!"

Sie zuckt zusammen und schaut auf. *Cheveyo!* Sie hält den Atem an, spürt seinen brennenden Blick auf ihrer Haut. Sie zwingt sich, zu lächeln.

„Hallo Cheveyo", begrüßen ihn Pamuya und Kaya. „Schön, dass du kommst. Willst du mit uns essen?"

Er gibt keine Antwort, starrt unverwandt Ahote an.

„Hallo Cheveyo", würgt sie hervor. Seine schwarz glühenden Augen scheinen sich in ihr Innerstes zu bohren. Er verzieht keine Miene, sie weiß, die Natives sind gut darin, Gefühle zu verbergen.

Doch sie sieht die Falte auf seiner Stirn. Die Falte, die ihr alles sagt, wie er fühlt und denkt.

Sie meint, auf der Anklagebank zu sitzen. Aber so will sie nicht fühlen, sie gehört ihm nicht! Trotzig schiebt sie ihr Kinn vor. Spannungsgeladene Stille schwebt über dem Raum.

Sie deutet auf Samuel. „Samuel kennst du ja schon."

Kaum ausgesprochen, würde sie sich am liebsten auf die Zunge beißen. Vielleicht hätte Cheveyo ihn nicht erkannt und ein Neuanfang wäre möglich gewesen.

Jedoch wie zuvor hat sie die Rechnung ohne Samuel gemacht, er mischt sich ein: „Schön, dich wiederzusehen. Irgendwie scheine ich mit deiner Familie verbunden zu sein. Ich bin ein Freund von Kaya und …" Er legt den Arm um Ahote und zieht sie zu sich heran. „Inzwischen auch von Ahote."

Der Bissen bleibt ihr im Hals stecken, sie hustet und würgt. Samuel klopft ihr auf den Rücken, reicht ihr ein Glas Wasser, als der Hustenreiz nachlässt.

„Besser?", fragt er besorgt, dabei streichelt er ihr zärtlich über die Wange. Zum Glück hat sie vom Husten einen roten Kopf, sonst hätte sie ihn spätestens jetzt. Kaum wagt sie aufzuschauen, am liebsten würde sie in einem Loch im Boden versinken.

„Danke, geht schon", murmelt sie.

„Cheveyo, setz dich doch, iss mit uns. Es ist noch genug da", versucht Pamuya geistesgegenwärtig, die Situation zu retten.

Aber Cheveyo geht nicht auf sie ein, er funkelt Samuel wütend an. „Ich hab dir schon mal gesagt: Misch dich nicht in Familienangelegenheiten ein! In Angelegenheiten, die dich nichts angehen. Was machst du überhaupt hier? Die Versammlung heute ist nur für Einwohner Hocavis. Wir brauchen keine Zuschauer. Schon gar keine Weißen! Habt ihr nicht bereits genug angerichtet, euch ständig eingemischt in Dinge, die euch nichts angehen? Darin seid ihr gut, im Kaputtmachen von Familie, Existenzen, jeglicher Zukunft. Was weißt du schon davon, wie hier das Leben wirklich ist? Studiert hast du irgendwas und meinst jetzt, dich auszukennen bei uns, wie wir ticken. Doch von nichts hast du eine Ahnung!" Er legt seine Hand aufs Herz. „Keinen Hauch davon, wie es tatsächlich in uns aussieht! Du bist hier nur geduldet, nicht willkommen."

Kurz gräbt sich sein Blick noch mal in Ahotes Augen, wie ein Anker auf der Suche nach Grund, dann dreht er sich abrupt um, geht zur Tür und schlägt sie laut hinter sich zu.

Ahote zuckt zusammen, der Schmerz in seinen Worten hallt stechend in ihrem Herz – wie der Türschlag in ihren Ohren. Sie will nicht der Grund sein für noch mehr Leid in seinem Leben.

Unvermittelt hat sie eine Ahnung davon, was sie will: Sie will nicht dazwischen stehen, sie will verbinden. Die Verbindung sein zwischen alt und neu, jung und alt. Hoffnungslosigkeit in Licht am Horizont des Lebens wandeln. *Aber wie?*

Abermals ist da dieser harte Knoten in ihrem Bauch. Doch das „Wie" bleibt ihr verborgen.

6. Kapitel

Dann, wenn dein Herz scheint zu brechen,
offenbart sich dir eine tiefere Kraft.
Eine, von der du nicht wusstest,
dass sie in dir ist.
Sie macht dich stark.
So unendlich stark.
Folge ihr.
Vertraue.

Ahote schiebt den Teller von sich, sie kann jetzt nicht mehr essen. Sie kann nicht so tun, als ob sie das nichts angeht, als ob Cheveyos Worte sie nicht berühren. Sie will nur noch weg. Eigentlich weg von allem. Am liebsten würde sie ihm nachrennen, aber auch wieder nicht. Sie weiß gar nichts mehr. Außer dass alles durcheinander ist in ihr, vor Schmerz schreit, und sie nicht weiß, wie sie helfen kann. Zum ersten Mal hat sie eine Ahnung von diesem kollektiven Schmerz. Von diesem Stachel, der Generationen tief sitzt und noch immer schwärt und bohrt. Giftiger Eiterherd tief unter der Haut. Jetzt spürt sie die Blicke der anderen auf sich.

„Mach dir nichts draus", will Pamuya sie trösten. „Er ist ein Hitzkopf. Was glaubst du, wie es zwischen ihm und unserem Vater kracht. Manchmal kaum auszuhalten." Jetzt zittert ihre Stimme, Ahote horcht auf, sieht sie an und erschrickt. Zum ersten Mal spürt sie, wie tief das Pamuya berührt und belastet. Aber die ist tough und will sich das nicht anmerken lassen.

„Was soll's, wir können dieses Problem nicht so einfach lösen. Schon gar nicht heute Abend."

Tapfer versucht Pamuya zu lächeln. Doch Ahote spürt genau die alles durchdringende Traurigkeit dahinter. Aber was soll sie sagen? Außer die Hand auf ihre zu legen und zu drücken. Pamuaya schaut auf und Ahote weiß, dass sie versteht.

Kaya springt vom Stuhl auf, unterbricht die betretene Stille. „Alle Teller sind leer, lasst uns abräumen und gehen." Auch sie versucht einen unbeschwerten Ton.

Bevor sie das Haus verlassen, reicht Pamuya Ahote eine handgewebte Stola. „Die kannst du dir nachher, wenn es kühler wird, um deine nackten Schultern legen. Du weißt, nach Sonnenuntergang wird es hier empfindlich kalt."

„Danke." Ahote schlingt sie als Schärpe um ihre Taille.

Wenig später sind sie auf den Gassen, die erneut in Stille getaucht sind. Jedoch nicht die gleiche, lauernde wie heute Mittag, es fühlt sich spannungsgeladener an. Vielleicht ist es nur ihre eigene Empfindung, drückt Ahote diese Gedanken weg. Samuel nimmt ihre Hand, umschließt sie mit seiner Wärme.

Auf einmal fällt Ahote ein: „Darfst du überhaupt mit?" Sie bleibt stehen. „Cheveyo hat recht, du wohnst nicht hier und bist noch dazu weiß! Ich will nicht noch mehr Öl ins Feuer gießen!" Kaum ausgesprochen, tut es ihr leid. „Ich wollte dir nicht zu nahe treten, aber alles, was die Traditionellen provozieren könnte …"

Pamuya schaltet sich ein: „Es gibt auch Weiße, die hier leben, die mit einer oder einem Hopi verheiratet sind. Wenn sie indianisches Blut in sich haben, können sie sogar von einem Klan aufgenommen werden."

„Hier kennt doch jeder jeden", wendet Ahote ein.

„Im Prinzip schon, die meisten kennen sich. Ich denke, Samuel wird nicht auffallen, wenn er sich etwas abseits hält. Dafür ist heute zu viel los. Außerdem laufen viele der Natives heutzutage in Cowboystiefeln, Hemd und Jeans herum. Selbst der Cowboyhut hat hier längst Einzug gehalten."

Kaya legt ihre Hand auf Ahotes Arm. „Mach dir keine Sorgen, die Menschen hier werden anderweitig beschäftigt sein. Genaugenommen gehöre ich ebenfalls nicht dazu. Ich wohne nicht hier."

„Aber du hast wenigstens Familie in Hocavi", wirft Ahote ein.

Auf einmal steht Samuel vor ihr, streicht ihr sanft die Haarsträhnen aus dem Gesicht. „Die habe ich jetzt hier auch." Zärtlich küsst er sie auf die Stirn.

Samuel hat wirklich ein Talent, immer die richtigen Worte im rechten Moment zu sagen. Worte, die sie braucht, die sie zur Ruhe bringen, die ihr Zuversicht geben, ihr Herz tief berühren. Schon wieder kann sie nicht anders als lächeln. „Gehen wir weiter."

Da deutet Pamuya auf einen kegelförmigen Backofen aus rotem Lehm zu ihrer Rechten. „Von diesen Backöfen gibt es ein paar im Dorf, hier backen jeweils mehrere Familien zusammen Brot."

Ahote ahnt, dass Cheveyos Schwester sie ablenken, die Stimmung auflockern will. Jetzt kommen sie an einem Platz vorbei, auf dem hölzerne Leitern aus unterirdischen Ausgängen ragen. Erneut zeigt Pamuya darauf. „Das sind die Kivas, die Zeremonialräume der einzelnen Clans." Sie bleiben bei einem Ausgang stehen und schauen hinunter, doch nur der Vorraum ist zu sehen.

Ahote stutzt. „Warum unter der Erde?"

„Weil sie den Aufstieg der Hopi aus dem Schoß der Erdmutter in die jetzige vierte Welt darstellen", erklärt Pamuya. „In allen Kivas gibt es ein Loch, das für die Öffnung der Erde steht, durch die unsere Vorfahren in die neue Welt emporgestiegen sind."

„Warum gibt es mehrere Kivas?", will Ahote wissen.

„Weil jeder Klan seine eigene hat und nur seine betreten darf. Das geheime Wissen der Klans wird nur innerhalb des eigenen weitergegeben."

Auch Samuel ist interessiert. „Werden religiöse Pflichten nur von einem Klan erfüllt?", fragt er.

Pamuya schüttelt den Kopf. „Nein, nie ist einer für alles zuständig, es braucht immer andere, um sie ausüben zu können. Verschiedene Kivas, bzw. Klans übernehmen die Leitung bei den rituellen Aufgaben. Deswegen brauchen wir auch keinen Schamanen im eigentlichen Sinne, sondern haben einen Kikmongwi – Dorfvater auf Lebenszeit."

„Der mein Großvater ist", ergänzt Ahote. „Ich weiß, er schlichtet Streitigkeiten und sorgt für Harmonie." Sie seufzt. „Und ich habe es ihm eingebrockt, diese Versammlung einzuberufen, mit dem Ziel, eine einstimmige Entscheidung zu treffen." Sie stöhnt: „Das ist doch undenkbar!"

Pamuya lächelt. „Nicht unbedingt. Es muss nur lange genug diskutiert werden. Aber die Belange der Gemeinschaft, der Erde und des Kosmos haben immer Vorrang. Das macht es manchmal leichter." Sie gehen langsam weiter.

„Aber warum ist es so wichtig, dass sie einen einstimmigen Beschluss fassen?", bohrt Ahote nach.

„Eine überstimmte Minderheit würde eine Störung des Gleichgewichts bedeuten", antwortet Kaya stattdessen. „Wir kennen eure Art der Mehrheitsbeschlüsse nicht", wendet sie sich an Samuel.

Der nickt verstehend. „Verständlich, dass ihr deswegen die Beschlüsse des Stammesrats nicht respektiert."

„Wir brauchen ihn nicht, wir haben unsere eigene Vertretung", ereifert sich Pamuya sofort. „Aufgezwungen wurde er uns von der US-Regierung! Gerade er macht einen Großteil des tragischen Konflikts zwischen Traditionellen und Progressiven aus. Progressive, die meist außerhalb des Reservats leben oder Angestellte des Stammesrats sind. Natürlich werden *sie* von der US-Regierung unterstützt."

„Ständig säen sie Unfrieden zwischen uns", schaltet sich Kaya ein, „damit sie bei der Ausbeutung der Bodenschätze in unserem Land leichtes Spiel haben."

Ahote schaut sie mitfühlend an. „Was ihnen ja leider gelungen ist."

Der Knoten in ihrem Magen wird immer größer angesichts der Gründe, warum die Hopi sich nicht mit Weißen einlassen wollen. Welche Gründe hätten sie, sich dafür zu entscheiden? Nur den der Öffentlichkeit. Jedoch hält sich dieser Nutzen bei einem Porträt von ihr in einer Frauenzeitschrift in Grenzen. *Aber es wäre wenigstens ein Anfang*, macht sie sich selbst Mut.

Noch immer hat sie keine Ahnung, was sie eigentlich sagen soll. Ihr Großvater hat gemeint, sie soll ihn nur machen lassen. Was kann so ein alter Mann schon bei all den anderen ausrichten, selbst wenn er Dorfvater und somit religiöser und spiritueller Führer ist? „Gleich sind wir da!", sagt Pamuya. „Noch diese Gasse entlang." Sie deutet nach links. „Siehst du schon den weiten Platz am Ende?"

Alles was Ahote sieht, ist eine Ansammlung von Menschen. Sie zuckt zurück, will eigentlich nicht weitergehen. Plötzlich ist da wieder dieser Kloß im Hals. Samuel drückt ihr beruhigend die Hand. Das Murmeln der Menschen wird lauter. Jetzt betreten sie die Plaza, tauchen ein in das Summen der Menge, in eine bunte Mischung aus Tradition und Kultur gegenüber Jeans, Hemden und Cowboystiefeln.

Erstaunlich viele tragen die traditionelle Tracht, die Männer erdfarbene Hemden mit Fransen daran und bunte Halsketten aus Perlen und Muscheln – rot, weiß, türkis herrscht vor – und immer das obligatorische rote Tuch um das meist halblange Haar geschlungen. Frauen zieren bunte oder schwarze Gewänder über Hosen und ledernen Stiefeln und ebenso bunte Ketten. Die unverheirateten Frauen erkennt man an den seitlich zu Schnecken aufgerollten Zöpfen.

Zum Teil wirken die Menschen überraschend entspannt und sitzen auf Campingstühlen, mit Töpfen, Schüsseln und Krügen daneben, andere diskutieren erregt. Eine eigenartige Stimmung liegt in der Luft, Ahote kann sie nicht greifen. Unter anderem schwingt Erwartung und Spannung darin.

Jäh ertönt eine Trommel, erst langsam, dann schneller, ein mitreißender Rhythmus.

„Herzschlag der Erde", raunt Kaya ihr zu. „Die Trommel ist die Verbindung zum Großen Geist."

Ahote spürt den Widerhall des Trommelschlags in sich, er vibriert in ihrem Herzen, er reißt sie mit. Sie kann sich dem Sog nicht entziehen. Die Energie ringsherum ändert sich, wird eindringlicher, spannungsgeladener. Auf eine besondere Art zentrierend. So plötzlich wie der Rhythmus begonnen hat, so schnell ist er verstummt. Die Menschen um sie herum schweigen, gespenstische Stille liegt über dem Platz. Ruhe vor dem Sturm?

Wo ist ihr Großvater? Sie sieht sich um. Pamuya packt sie am Arm und zieht sie mit, einen Weg durch die dicht gedrängte Menge bahnend, in Richtung Platzmitte. Auf einmal merkt Ahote, dass Samuel ihre Hand nicht mehr hält. Erschrocken dreht sie sich um, will zurück, doch er ist bereits in der Masse verschwunden. Energisch zerrt Pamuya sie weiter. Sie muss vertrauen, sie wird ihn schon wiederfinden.

Jetzt entdeckt sie im Zentrum der Plaza einen freien Umkreis von etwa zehn Metern, in dessen Mitte ein Redner steht. *Ihr Großvater!*

Er hält die Trommel in Händen. Kaum haben sie die vorderste Reihe erreicht, spürt sie seinen Blick auf sich. Er bedeutet ihr, zu ihm zu kommen. Sie schnappt nach Luft, will der Aufforderung nicht folgen. Nicht so schnell und unvorbereitet! Jedoch ehe sie sich versieht, schiebt Pamuya sie nach vorn. Hinaus aus der Anonymität der Gemeinschaft. Mit bleiernen Schritten geht sie zu ihm. Er empfängt sie liebevoll wie immer, als ob hier niemand wäre außer ihnen.

Innig legt er seine faltigen Hände um ihr Gesicht und lächelt ihr voller Wärme zu. Seine Augen scheinen zu ihr zu sprechen, dass alles gut ist, wie es ist. Sie atmet tief durch, stellt sich vor, sie wäre mit ihm allein. Nun legt er den Arm um sie und sie stehen Schulter an Schulter.

Er spricht in seiner ruhigen, durchdringenden ihm eigenen Weise: „Ich begrüße euch zu unserer Versammlung. Wie es bei uns üblich ist, sind wir nicht nur zum Reden hier. Wir leben im

Hier und Jetzt, darum feiern wir die Feste wie sie kommen und nutzen jede Gelegenheit, um unserer Freude über das Leben Ausdruck zu verleihen."

Die Leute murmeln zustimmend und klatschen zum Teil. Er fährt fort: „Die Zeit ist jetzt! Genau darin liegt unsere Stärke, genauso wie in unserer tiefen Verbindung zu allem, was ist. Denn der Große Geist atmet in jedem Wesen auf Mutter Erde. So wie wir wissen, dass unser Mais nur gedeiht, wenn wir ihm so viel liebevolle Aufmerksamkeit schenken wie einem kleinen Kind. Wir sprechen mit ihm, singen und tanzen für ihn und streicheln ihn. Denn er ist unser Leben. Sein Wachstum ist der Spiegel seiner Zuwendung. So wie in unserem Leben das gedeiht, dem wir uns zuwenden. In Liebe sind wir verbunden zu allem, was ist. Im Namen der Liebe steht uns der Große Geist bei. Das ist unser Weg. Hopi – der Weg des Friedens. Volk des Friedens. Manchmal aber ändern sich Dinge im Laufe der Zeit und wir müssen uns anpassen, im Rahmen unserer Spiritualität und der Verbindung zum Großen Geist. Alles was wir tun, ist von Liebe durchdrungen. Und so haben wir heute eine Entscheidung zu treffen, die uns alle angeht." Er breitet seine Arme zur Seite aus. „Die uns vielleicht neue Möglichkeiten eröffnet, die Menschen da draußen zu erreichen. Ohne Frage birgt es auch Nachteile. Unter anderem den, dass wir uns öffnen und damit zulassen, dass mehr Öffentlichkeit in unsere Mitte tritt. Jedoch liegt es an uns, zu bestimmen, wie weit wir gehen, was wir zulassen. Natürlich liegt *nicht alles* in unserer Hand, wie wir bereits einige Male zuvor schmerzlich erfahren haben. Aber wir können unser Möglichstes tun, um unseren Einfluss geltend zu machen. Jetzt geht es nur darum, einer Journalistin Einblick in unser Dorf zu gewähren, damit sie einen Artikel über Ahote, meine Enkelin, schreiben kann." Er deutet auf sie. „Nicht im Sinne von Selbstdarstellung. Nein, sie will helfen, unser Anliegen in die Welt hinauszutragen. Es wäre ein erster Schritt. Was jedoch nicht bedeutet, dass wir unser zurückgezogenes Leben aufgeben."

„Was ist, wenn dann plötzlich Touristen auftauchen oder Leute, die Ahote persönlich kennenlernen wollen? Wenn weitere Presseleute ungefragt kommen?", ertönt eine Stimme aus der Menge.

„Dann werden wir wissen, das für unsere Zwecke zu nutzen", antwortet Hania gelassen und zeigt auf Ahote. „Jetzt stelle ich euch meine heimgekehrte Enkelin Ahote vor. Tangakwunus und Sophies Tochter." Er legt den Arm um sie. Ihr Herz pocht bis zum Hals.

„Erinnert euch, sie ist bei uns aufgewachsen, bis sie sechs Jahre alt war. Ihr Vater, mein Sohn, ist für unser Anliegen, unser Land als spirituelles Zentrum der Erde zu bewahren, gestorben. Wer, wenn nicht sie, hat das Recht für uns an die Öffentlichkeit zu gehen?"

„Wem nützt es, die alten Geschichten wieder aufzuwärmen?", ruft jemand dazwischen.

„Es sind keine alten Geschichten. Dieses Thema ist aktuell wie nie zuvor." Erneut wendet Hania sich Ahote zu. „Erinnert euch, ihr Name ist Ahote – Ruheloser! Endlich ist sie in den Schoß der Heimat zurückgekehrt. Sie hat schmerzlich erfahren, was es heißt, von den Wurzeln abgetrennt zu sein. Sie war wahrhaftig ein Ruheloser. Aber nur eine ruhelose Seele entwickelt Kraft. Kraft sich zu erheben. Kraft, um Großes zu bewirken. Für ihr Volk. Mit dem einen, der ihr Herz berührt." Ein Raunen geht durch die Menge. Ihr Herz pocht jetzt so heftig, dass sie meint, es müsse aus ihrer Brust springen.

Er fährt fort: „Erinnert euch an ihre Geburt, an meine Vision kurz zuvor! Sie ist gekommen, ihr Schicksal zu erfüllen."

Unruhe bricht aus, Stimmen rufen durcheinander. Wortfetzen hallen über den Platz, hämmern in Ahotes Kopf.

„Woher willst du das wissen? Das ist lange her … Dinge ändern sich … neue Visionssuche … Wer soll der Eine sein? … kein Weißer!" Die Stimmen gehen im Tumult unter.

Was kann sie sagen, was tun, um die Menschen zu erreichen? Nicht einmal sie selbst ist überzeugt von den Worten ihres Großvaters. Ihr wird heiß, sie knetet ihre feuchten Hände, doch sie muss etwas sagen. Irgendetwas … Einen Anfang finden.

Sie zwingt sich, zu sprechen: „Ich habe gelitten, dort wo ich war. Ich habe mit euch und für euch gelitten. In dem fremden Land bin ich ohne meine indianische Familie durch die Hölle gegangen. Deutschland ist nicht das Paradies, wie viele denken. Es ist seelenlos. Wenn du anders bist als sie, bist du allein. Einsam im Herzen." Sie legt ihre Hand auf die Brust. „Es schmerzt, es tut so weh, dass du meinst, es zerbricht. Egal, was du tust, es ändert nichts. Du fühlst, du gehörst nicht dazu. Du bist einsam wie ein Wolf ohne Rudel. Nichts ist dir wichtig, nichts kann dich berühren."

Tränen schießen ihr in die Augen. „Du denkst, du zerbrichst, doch du machst einfach weiter. Aber du weißt nicht, warum. Da ist irgendetwas in dir, das du nicht verstehst, das dich antreibt. Oft genug willst du nur im Dunkel versinken. Am Morgen nicht mehr aufwachen, weil alles nur schmerzt tief in dir drin. Du siehst keinen Sinn in all dem." Ihre Stimme bricht. Unendliche Stille hat sich ausgebreitet um sie herum. Sie schluckt und spricht weiter: „Ich habe die Kraft." Sie klopft sich auf die Brust. „Hier drin. Hier drin pulsiert der Herzschlag der Erde …"

Auf einmal wird sie unterbrochen. „Was interessiert uns das? Das hat nichts damit zu tun, dass wir hier in Ruhe leben wollen! Die Weißen sollen bleiben, wo sie sind! Man kann ihnen nicht trauen, sie reden nach dem Wind. Und ich sage euch, ich will nicht, dass die Presse hier erscheint!"

Einzelnes Beifallklatschen ertönt, in das nach und nach weitere einfallen. Aber Ahote sieht jetzt in andere Gesichter als zuvor, der Argwohn ist verschwunden, hat Verstehen und Verständnis Platz gemacht. Sie will fortfahren, doch der andere ist schneller.

„Denkt daran, was sie mit unseren Kindern gemacht haben noch vor nicht allzu langer Zeit! Weggenommen haben sie sie uns, Hunderte Meilen entfernt ins Internat gesteckt zur Gehirnwäsche und nach Jahren als seelische Krüppel wieder hier abgeladen. Nur mit Drogen und Alkohol konnten sie den Alltag ertragen! Nie wieder will ich etwas zu tun haben mit denen! Hier ist unser Rückzugsort!" Abermals klatschen Menschen, doch der Beifall ist dünn.

Ahote ergreift erneut das Wort: „Natürlich respektiere ich das. Das war damals und wird nie vergessen, weil es zu uns und unserer Geschichte gehört. Weil es uns geprägt hat. Deswegen sind wir heute die, die wir sind. Mutig, stark und kraftvoll. Kraftvoll in unserer Verbindung zu allem was ist. Wir spüren, was wir brauchen, was Mutter Erde braucht. Vor allem aber braucht sie uns als Kinder dieser Erde, um aufzustehen, um uns zu wehren. Wir dürfen uns nicht vergraben und weiterleben wie zuvor. Alt und neu verbinden, das hat Kraft. Das kann Welten bewegen."

Leute klatschen und nicken zustimmend. Das unbekannte „wir" schwingt in ihr nach, hinterlässt eine Welle des Angekommenseins. Jetzt spürt sie den von Stolz erfüllten Blick ihres Großvaters auf sich ruhen, er hüllt sie in eine Glückswolke ein.

Jedoch die Kritiker geben nicht so schnell auf.

„Wir sind denen da draußen doch egal! Die US-Regierung macht sowieso, was sie will. Sie scheißen auf unsere Rechte! Schaut euch doch die Unabhängigkeitserklärung an: Gleiche Rechte für alle, keine Rassendiskriminierung und jeder darf sein Glück selbst suchen. So steht es dort geschrieben. Das ist nichts als Hohn! Mit Füßen treten sie diese Rechte. Sie gelten nicht für uns. Rechte haben nur die, die sich anpassen und die Politik des Ausbeutens unterstützen. Genau so werden die einzelnen Stämme gegeneinander ausgespielt. Die großen Konzerne scheren sich einen Dreck um die Rechte der First Nations. Die Verträge, die aus dem vorletzten Jahrhundert stammen und noch immer Gültigkeit haben, werden nicht beachtet. Politik und Konzerne schmieden sich ihr Recht zusammen, wie sie es brauchen."

Grölende Zustimmung breitet sich aus, scheint alles zu überrollen. „Und ich sage nein! Hier ist unser Rückzugsort!", legt der Mann noch einmal nach.

Ihr Brustkorb wird eng, sie muss reagieren! Eben hat sie es doch auch geschafft, die Stimmung herumzureißen! Gerade, als sie ansetzen will, merkt sie, dass plötzlich wie aus dem Nichts Cheveyo neben ihr steht. Er hat die Trommel in der Hand und lässt sie sprechen bis Ruhe einkehrt.

Jetzt blicken die Menschen erneut interessiert zu ihr. Plötzlich spricht Cheveyo: „Alles ist Veränderung. Es ist wichtig – überlebenswichtig – mit dem Fluss der Dinge zu gehen. Wer still steht, ist bereits tot. So war das immer. Die Zeiten ändern sich und wir müssen mit der Zeit gehen. Seht mich an! Ihr kennt mich! Ich bin ein Sohn dieses Dorfes und hinausgegangen in die Welt, um von den Weißen zu lernen."

Wiederholt ertönt Protest. Doch Cheveyo lässt sich nicht beirren. „Ich war *nicht* dort, um mich unterzuordnen. *Nein!* Um die Weißen mit ihren eigenen Waffen zu schlagen. Sie suchen die Öffentlichkeit. Das können wir auch. Aber *sie* suchen sie erst, *nachdem* sie uns die Worte im Mund herum gedreht haben." Nun legt er den Arm vertraulich um Ahote. „Vertraut uns. Gemeinsam sind wir stark." Er zieht sie zu sich heran und schaut ihr tief in die Augen. „Wer, wenn nicht ich, ist der Eine, der ihr Herz berührt?"

Die Ungeheuerlichkeit seiner Worte krallt sich in ihr fest, lähmt jede Faser ihres Seins.

Plötzlich bricht Jubel aus, die Menschen strahlen, klatschen und trampeln mit den Füßen auf den Boden.

Sie fühlt sich wie in Trance. Warum kann sie nicht aus diesem Albtraum erwachen? Doch der anhaltende Jubel ist Realität genug. Wie kann sie jetzt jubeln, tanzen, feiern mit den andern? Sie hat keine Ahnung, wie sie aus dieser Sache jemals wieder herauskommt. Ihr Herz schreit Verrat, doch ihr Gesicht muss lächeln.

Sie will nur noch weg! Egal wie. Sie winkt ein paar Mal, reißt sich von Cheveyo los und taucht mit einem Satz ab in die brodelnde Menge. Kaum realisiert sie die wertschätzenden Blicke der Menschen, die sie nun kennen und achten. Das Gesicht zu einem krampfhaften Lächeln verzerrt, drängt und bohrt sie sich mittendurch. Sie spürt, sie muss die Maske aufrechterhalten, sie ist wie ein Panzer um sie herum. Sie hat Angst, sie fallenzulassen, sie weiß nicht, was dann passiert.

Leute legen ihr anerkennend die Hand auf Arme, Rücken oder Schultern, sagen Dinge, die sie nicht immer versteht, manchmal ist es zu laut, manchmal liegt es an der kehligen Sprache. Sie nickt mechanisch, irgendwie. Will nicht denken. Trotzdem schießen ihr lästige Gedanken in den Kopf: *Ist das ein Sieg? Sind die Menschen einverstanden mit dem Besuch der Journalistin? Werden sie sich in Zukunft mehr öffnen?*

Sie hat keine Ahnung. Will es eigentlich nicht wissen. *Alles egal.* Freuen kann sie sich jetzt sowieso nicht. Sie kann nichts außer Panik und Verrat empfinden.

Das ist nicht das, was sie wollte! Wie konnte Cheveyo nur ihr Vertrauen so missbrauchen?!

Er hat doch vorhin gesehen, was mit ihr und Samuel los war. Dass sie sich nahestehen.

Urplötzlich kommt die Wucht der Erkenntnis, fühlt sich an wie ein Faustschlag in ihrem Bauch. Sie keucht. *Gerade deswegen!* Ungeheuerlich dieser Gedanke, dass er die Situation missbraucht hat. Missbraucht für seine Zwecke! Doch kann er so berechnend sein? Vielleicht wollte er ihr nur helfen, die Situation zu retten?

Ihr Kopf dröhnt. Sie weiß nichts mehr, will nicht mehr denken. Sie weiß nur, sie will sich nicht länger verbiegen müssen. Davon hat sie mehr als genug! Sie schraubt und windet sich weiter durch die Menge. Irgendwie muss sie raus aus diesem Pulk. Schließlich landet sie in einer schmalen Gasse, hastet durch das Labyrinth. Plötzlich hämmert ein anderer unerhörter Gedanken in ihrem Kopf.

Stocksteif bleibt sie stehen. Was, wenn Cheveyo recht hat? Was, wenn er derjenige ist? Sie stöhnt, legt ihre Hand auf die Brust. Die Ungeheuerlichkeit dieser Bedeutung sickert nur langsam in all ihrer Tiefe zu ihr durch. Bisher hat sie nicht viel auf die Worte ihres Großvaters gegeben. Was, wenn sie wahr sind? Die Menschen hier haben sie letztendlich geglaubt. Aber wirklich aus tiefster Überzeugung, weil sie dieser Art von Visionen vertrauen? Sie schüttelt den Kopf, sie ist sich nicht sicher. Vielleicht nur als möglicher Lichtfunke am Horizont? Aus Erleichterung, weil Cheveyo einer von ihnen ist? Den sie kennen und nicht ein Fremder aus Ahotes Kreisen, wie zuvor von einigen befürchtet? Womöglich noch ein Weißer – *Samuel*. Er ist nicht fremd! Nicht für sie und nicht für dieses Land. *Samuel*. Ihr Herz schreit. Aber sie kann, sie will ihn so nicht sehen. Was soll sie sagen? Was erklären? Wie ihm in die Augen schauen?

Sie erwacht aus ihrer Starre, gehetzt dreht sie sich um, ob jemand ihr folgt. Schnell weiter, sie muss hier endlich weg. Nur die Natur und sie. Keiner soll sie finden. Keiner mit ihr reden. Keiner sie trösten. Keiner in den Arm nehmen, der sie nicht versteht.

Sie hat mehr als genug von allen Menschen auf dieser Welt. Und wieder einmal ist sie allein. Allein mit sich und den Problemen. Wie kann jemand sie jemals verstehen? Wie kann sie erwarten, dass Samuel versteht, für den immer alles so einfach ist? Warum sie nichts gesagt, Cheveyo vorhin widersprochen hat?

Es ist nicht so, dass sie Cheveyo nicht liebt. Er hat einen großen

Platz in ihrem Herzen, hat er immer gehabt. Sie wusste es nur nicht, weil sie es vergessen, vielleicht verdrängt hat. Aber er war immer da. Ihn kann sie nicht so einfach herausreißen. Da ist auch eine tiefe Verbundenheit zwischen ihnen. Anders als zwischen Samuel und ihr. Sie weiß nicht, ob Samuel das versteht. Sie kann es nicht anders erklären. Es ist wie es ist. Doch jetzt – wie soll alles werden? Überhaupt – kann sie Cheveyo jemals verzeihen? Sich verzeihen?

Das Dröhnen in ihrem Kopf wird immer lauter. Alles dreht sich, Gedanken fahren Karussell.

Unvermittelt findet sie sich am Rand des Dorfes wieder, diesmal auf der anderen Seite. Hier ist ihr alles fremd. Am liebsten würde sie sich in ihr Auto setzen und einfach davon fahren, irgendwohin. Doch sie hat den Schlüssel nicht dabei.

Irgendwohin, wo niemand ist. Niemand sie kennt. Niemand, vor dem sie die Rüstung, den Panzer um sich herum braucht. Denn auf einmal ist er wieder da, der Panzer. Den sie früher getragen hat. Bevor sie hierher gekommen ist. Nie war er ihr zu schwer, aber heute fühlt sie sein Gewicht. Vielleicht ist sie nicht mehr daran gewöhnt, ihn zu tragen? Wenn sie darüber nachdenkt, war ihr nicht bewusst, ihn hier abgelegt zu haben. Es ist einfach passiert. Doch jetzt ist er wieder da und sie weiß nicht, ob sie ihn noch einmal ablegen kann – oder will.

„Cheveyo, du Scheißkerl, was hast du mir da nur eingebrockt! Ich mach mir Gedanken um dich, dass dich niemand mehr verletzt. Und was machst du? Du trampelst auf mir und meinen Gefühlen herum. Merkst du das nicht? Oder machst du das mit Absicht?", schreit sie in die Ödnis der Hochlandebene hinaus.

Längst hat sie das Dorf verlassen, in eine Richtung, die Einsamkeit verspricht. Weiter, immer weiter die Hochebene entlang. Ihre Schritte sind schnell, hämmern auf dem harten, heißen Stein. Weg, nur weg, pocht der Rhythmus in ihr drin. Plötzlich stößt sie hinter einem Wacholderbusch auf einen versteckten Pfad, er führt in einen Canyon hinab. Ihre Füße folgen ihm. Immer weiter, nur weg.

Auf einmal befindet sie sich in einem verborgenen Tal. Ein Pferd wiehert in der Ferne. Das Laufen und die Stille der Landschaft mildern den Druck in ihrem Kopf. Grillen zirpen. Rauscht da ein Bach? Kurz bleibt sie stehen. Da entdeckt sie Pferde im Tal. Ihr Herz klopft plötzlich heftig, zieht sie dort hin. Sie kann nicht denken. Eine Pferdeherde von ungefähr zehn Pferden steht da und rupft an vertrockneten Büscheln Präriegras. Braun-weiß-gescheckte, schwarze und braune, friedlich vereint. Langsam läuft sie darauf zu.

Weiter hinten, abseits der Herde, sieht sie noch eins. Sein goldfarbenes Fell schimmert in der Abendsonne, die Mähne und Schweif sind fast weiß – ein Palomino. Es zieht sie magisch an. Schritt für Schritt geht sie näher. Das Pferd hebt den Kopf, schaut sie aufmerksam an, scheint zu fragen, was sie hier in der Einsamkeit will.

„Verrat", wispert Ahote. „Ich brauche Trost und Schutz vor Verrat." Kaum ausgesprochen, strömen Tränen über ihre Wangen und sie schluchzt. Sie lässt sich auf den Boden fallen, die Arme um die Beine geschlungen, den Kopf zwischen den Knien vergraben. Endlich die Maske fallen lassen. Ihr Körper bebt, sie weint. Alles schmerzt, alles tut weh. Sie fühlt sich einsamer denn je. Auch hier gehört sie nicht mehr dazu! Wie kann dies ihre Heimat sein, wenn sie nicht sein kann, wie sie ist?

Irgendwann spürt sie warme Luft an ihrem Nacken. Samtene Nüstern stupsen sie zärtlich in die Wange, knabbern sacht in ihrem Haar. Zaghaft schaut Ahote auf, traut sich aus ihrem Schneckenhaus. Der Palomino steht neben ihr, sieht sie aus dunklen Augen seelenvoll an. Langsam streckt sie ihren Arm, berührt vorsichtig das weiche Maul. Das Pferd fängt an, behutsam ihre Finger zu lecken.

Ihre Tränen trocknen. Auf einmal fühlt sie ein Lächeln in ihrem Gesicht, sie kann nicht anders, es stiehlt sich einfach dorthin.

„Hallo du, wie heißt du denn?", flüstert sie heiser.

Der Palomino schnaubt kurz und leckt dann unbeirrt weiter.

„Was ist schon ein Name? Du hast recht, er sagt nichts über dich aus. Gar nichts." Die Dunkelheit in ihr rückt wieder näher. Das Pferd stupst sie abermals. In diesem Moment fliegt ein orangefarbener Schmetterling im letzen Sonnenlicht vorbei.

„Schmetterling, Butterfly … *Aponi. Aponi?*" Verwundert lauscht sie dem Klang nach. „Das Hopi-Wort für Schmetterling." Sie lächelt, sie erinnert sich. „Vater hat Schmetterlinge geliebt. Und Pferd, du bist sanft wie ein Schmetterling."

Erneut knabbern die Lippen des Palominos zart in ihrem Haar und finden schließlich ihren Nacken.

„Deine Nackenmassage tut gut." Ahote spürt, wie sie sich entspannt. Sie sitzt nur da und versucht an nichts zu denken. Ihre Augen brennen von der Flut der Tränen, die Zunge klebt trocken am Gaumen.

Tal des Friedens. Am liebsten will sie nie wieder weg.

Das Pferd wird nicht müde, an ihr herumzuknabbern. Seine Lippen wandern weiter, den Rücken hinauf und herunter. Sie lacht. „Du bist unglaublich, Aponi." Der Name hat sich einfach auf ihre Lippen gelegt. Ahote lauscht ihm nach, spricht ihn erneut aus: „Aponi. Vielleicht heißt du so, wer weiß? Was weiß man schon? Vielleicht hast du viele Namen? Für mich bist du Aponi."

Jetzt dreht sie sich um und legt dem Pferd, die Hand auf die goldene Stirn, krabbelt mit ihren Fingern sanft rauf und runter. Das Pferd hält still. Ahote drückt ihre Stirn an die des Palominos und schließt die Augen. Sie sitzt nur da. Gemeinsam atmen sie Stille, Ruhe, Einsamkeit und neue Kraft.

Als sie die Augen erneut öffnet, ist das letzte Tageslicht fast vollkommen verschwunden. In der Ferne singen Kojoten ihr Lied von der nahenden Dunkelheit. Es raschelt immer wieder um sie herum, mal nah, mal fern. Doch das Pferd steht entspannt bei ihr, döst nun vor sich hin.

Schemenhafte Schatten gleiten lautlos durch die Nacht. Fledermäuse? Einmal meint sie, einen Luftzug in ihrem Haar zu spüren.

Allmählich schiebt sich der Mond als ovale Scheibe hinter den Umrissen des Felsmassivs hervor, welches das Tal begrenzt. Er taucht die Nacht in silbriges Licht. Nun kann sie die Umrisse der anderen Pferde als gespenstische Silhouetten erahnen.

Ihre Kehle schmerzt vor Trockenheit, doch dieses Tal des Friedens will sie jetzt auf keinen Fall verlassen. Am liebsten nie wieder.

„Wenn ihr hier seid, muss es Wasser geben", überlegt sie. „Aber wie soll ich das im Dunkeln finden?" Sie wird wohl bis zum Morgen warten müssen.

Fröstelnd umschlingt sie ihren Oberkörper mit den Armen. Ihr ist kalt. Auf einmal fällt ihr Pamuyas Stola ein, die sie als Schärpe um die Taille trägt. Die hat sie vollkommen vergessen. Vergessen ... so wie sie am liebsten die letzten Stunden vergessen würde.

Samuel ... sofort ist da abermals diese stechende Sehnsucht in ihrem Herz. Nach ihm, dem einen, der ihr Herz zum Tanzen bringt, die Welt zum Leuchten. Wie kann sie jetzt, da sie dieses Gefühl kennt, ohne ihn leben? Wie jemals ohne ihn wieder lachen? Mit Leichtigkeit durchs Leben tanzen? Erneut laufen Tränen über ihr Gesicht. Ihr Körper wird von Weinkrämpfen geschüttelt.

Immer wieder spürt sie den warmen Atem des Pferdes an ihrem Gesicht und sie weiß, sie ist nicht allein mit ihrem Schmerz.

Irgendwann, als keine Tränen mehr in ihr sind, schlingt sie die

Stola um ihren kalten Körper, rollt sich auf dem Boden zusammen und schläft ein. Stets in Gewissheit, nicht allein zu sein. Nicht an diesem Ort. Dem Tal der Pferde.

Erste purpur Farbflecken zeigen sich am nachtdunklen Himmel, intensivieren sich zu einer rosa Farbpalette, durchwoben von ersten Sonnenstrahlen. Der Morgen graut. *Endlich!* Cheveyo sitzt in seinem Pick-up am Straßenrand, nahe des Firmengebäudes der Peal Coal Company, der Motor schweigt, seine Hände kleben feucht am Lenkrad. Für gewöhnlich liebt er das Farbspektakel der aufgehenden Sonne, doch heute hat er kaum ein Auge dafür. Obwohl er noch Zeit hat. Noch mehr als eine Stunde bis zu seinem Termin mit Neil Meyers.

Er ist schon lange hier. Seit heute Nacht. Er hat es Zuhause nicht ausgehalten. Dieser Weiße, dem Ahote hinterherrennt, war da. Pamuya war so dreist gewesen, ihm ein Bett anzubieten für diese Nacht, damit er nicht bei Dunkelheit die Schotterpiste zurück nach Flagstaff fahren musste. Ja und? Sollte er doch mit seinem Wagen den Canyon hinabstürzen!

Es kam für ihn nicht in Frage mit dem Weißen, dem Störenfried, unter einem Dach zu schlafen. Außerdem war er sowieso viel zu nervös, so kurz vor dem Gespräch mit Neil Meyers. Neil Meyers, der möglicherweise sein neuer Chef wird. Er hat trotz seines guten Abschlusses nicht erwartet, zu einem Bewerbungsgespräch eingeladen zu werden. Zumindest nicht so schnell.

Es gab keine offizielle Ausschreibung für diese Stelle, er hat sich einfach selbstbewusst als Mediator beworben. Als Vermittler, um die Streitigkeiten mit den Hopi friedlich beizulegen und so unschöne Pressemeldungen zu vermeiden. Niemand kennt die Hopi so gut wie er, vereint mit seinen Fähigkeiten als Jurist und Mediator. Ein großer Vorteil, dass er an der Uni das Fach Mediation belegt hat und während seiner Studienzeit dort als Mediator tätig war. Er hatte eine Ahnung, dass ihm das eines Tages helfen könnte, Türen zu öffnen. Türen in die Welt des großen Geldes, um mitzumischen.

Hilf deinem Volk durch Bildung! Begib dich direkt in die Höhle des Löwen. Schlag den Feind mit seinen eigenen Waffen.

Denke wie sie, fühle wie sie, sieh die Welt mit ihren Augen.

Sie sehen nur, sie schauen nicht. Sie hören nur, sie lauschen nicht. Sie werden nicht still und spüren all das Leben um sie herum. Sie sind arrogant, denn sie meinen, besser als Bruder Wasser, Adler oder Schwester Mais zu sein! Verachtend schnaubt er durch die Nase.

Alte Kriegstaktik: Unterschätze nie deinen Feind, das ist der Anfang vom Ende. Handle nie aus Arroganz oder um eines Selbstvorteils willen. Handle immer im Sinne der Gemeinschaft, zum Wohle aller, in Liebe verbunden mit allem, was ist. Diese Worte hallen in seinem Kopf. Das alles lernen Hopi-Kinder, sie saugen es mit der Muttermilch auf. Die Kinder des Volks des Friedens. Alle First Nations handeln danach. Alle. Wenn man sie nur lässt!

Einige Weiße leben freiwillig bei ihnen. Schon immer. Aber – kein Native American würde je freiwillig bei den Weißen leben! Wenn man ihnen ihr Leben nicht wegnimmt! Ihre Lebensgrundlage und Freiheit nicht entzieht!

Genau dafür wird er kämpfen. Mit aller Macht. Denn darauf hat er jahrelang hingearbeitet! In der Schule, als er sich ein Stipendium für das Jurastudium erarbeitet hat. Jetzt endlich wird seine Arbeit und Mühe Früchte tragen. Er weiß es. Jetzt ist seine Zeit gekommen! Er fühlt es, tief in sich drin. Die Zeit der Wiedergutmachung, der Richtigstellung.

Er fühlt das heiße Pochen in seinen Adern, in seinem Herzen. Die Leidenschaft für sein Land.

Er handelt wie ein Hopi. Friedlich. Mit besten Absichten zum Wohle aller. Der Große Geist wird mit ihm sein.

Der Große Geist, dessen Worte Hania übermittelt hat.

Ahote! Sein Herz wird warm, als er an sie denkt. Sie, die Eine, die Großes bewirken wird für ihr Volk. Mit dem Einen, der ihr Herz berührt. *Er und Ahote!* Da gibt es keinen Zweifel. Er hat es genau gespürt, in dem Moment, als Hania diese heiligen Worte gesprochen hat.

Wer, wenn nicht er, könnte besser dafür geeignet sein? Sie, Ahote, wird es noch merken. Er weiß, er fühlt, dass er in ihrem Herzen ist. Sie haben sich geküsst. Dieser Kuss war etwas Besonderes, Heiliges. Sie muss es auch gespürt haben! *Dieser Weiße – ein Irrtum!* Verächtlich verzieht er das Gesicht. Eine Versuchung, eine Verwirrung. Sie ist aufgewachsen in der Welt der Weißen. Sie ist weiße Männer gewohnt. Aber er wird sie auf Händen tragen, ihr die Welt zu Füßen legen. Die Welt wird er für sie retten, durchs Feuer gehen.

Sein Herz brennt für sie. Die Sehnsucht, sie auf seiner Haut zu spüren, frisst sich schmerzhaft in seine Brust, in seinen Bauch, in seine Eingeweide. Er will sie fühlen, spüren, ganz nah. Sie ist sein!

Sie wird erkennen, dass der Weiße nichts wert ist. Nur eine Blendung! Sie wird unterscheiden können, dass seine Gefühle für sie tief und echt sind. Ja, das wird sie. Denn er trägt sie in seinem Herzen und legt es ihr zu Füßen.

Ein vorbeifahrendes Auto reißt ihn aus seinen Gedanken. Hastig schaut er auf die Uhr. Noch 20 Minuten. Zeit, sich bereit zu machen. Ein letzter Blick in den Spiegel, die Krawatte sitzt korrekt, das lange Haar fest nach hinten gebunden. Er setzt sein undurchsichtiges, neutrales Lächeln auf. Das kann er. Das hat er während der Studienzeit mehr als genug geübt. Professionalität und Souveränität ausstrahlen, gepaart mit Kompetenz und snobistischem Selbstbewusstsein.

Er schaut in den Rückspiegel, startet den Motor und fährt die restlichen Hundert Meter bis zum Parkplatz.

Ahote blinzelt, Sonnenstrahlen wärmen ihr Gesicht. Verwirrt schaut sie sich um, braucht einen Moment bis sie weiß, wo sie ist. *Im Tal der Pferde! Der Ort des Friedens.*

Die edlen Tiere stehen verstreut über das ganze Tal. Aponi – ihr Palomino ist weg. Sie liegt allein hier zwischen dem Präriegras.

Sofort ist der Grund, warum sie hier ist, wieder in ihrem Kopf, bohrt schmerzhaft hinter ihrer Stirn. Genau darüber will sie jetzt nicht nachdenken! Alles am liebsten vergessen. Vergessen, warum sie überhaupt in diesem Land ist. Wütend drückt sie den Gedanken weg.

Vorsichtig streckt sie sich. Ihre Glieder schmerzen. Doch was schlimmer ist, ist der Durst. Ihr Hals fühlt sich wund an, wie mit einem Reibeisen bearbeitet. Kaum traut sie sich zu schlucken, so weh tut es. Sie muss Wasser finden!

Mühsam richtet sie sich auf, schaut sich erneut um und läuft dann Richtung Felsmassiv – Ende des Tals. In diesem Moment erinnert sie sich, gestern möglicherweise einen Bachlauf gehört zu haben. Vielleicht war es aber auch nur der Wind. Sie geht bis zu den roten Felsen, jedoch sie findet und hört nichts. Ratlos dreht sie sich um. Muss sie zum Dorf zurück? Da entdeckt sie den Palomino nicht weit von ihr halb versteckt hinter einem fliederfarben blühenden Tamariskenbusch.

„Hallo du, Aponi", ruft sie lockend und läuft langsam auf ihn zu. Jetzt sieht sie, er trinkt aus einem kleinen Steinbecken, das von einem Rinnsal aus den Felsen gespeist wird. Als er sie hört, schaut er auf, dreht sich mit tropfenden Lippen zu ihr um und sieht sie wieder mit diesem wissenden, durchdringenden Blick an. Und sie weiß, hier ist sie willkommen. Hier an diesem Fleck. Doch sie kann nicht für alle Ewigkeiten an diesem Ort des Friedens bleiben. Nicht einmal etwas zu essen hat sie hier, wenn auch zum Glück Wasser. Schon kniet sie sich nieder, formt die Hände zur Schale und trinkt. Sie muss sich zwingen, nicht zu viel auf einmal hinunterzuschlucken. Es dauert eine Weile, bis das kühle Nass das Kratzen in ihrem Hals besänftigt. Erleichtert atmet sie auf.

Als sie sich erneut dem Pferd zuwendet, bemerkt sie, dass es eine Stute ist. „Ein Mädchen bist du. Sag, wem gehört ihr? Oder seid ihr wild?" Sie streichelt deren Stirn. „Nein, dazu bist du zu zahm. Du kennst Menschen. Werdet ihr gefüttert oder schaut manchmal jemand nach euch?" Sie streicht ihr über den Rücken und spürt den Staub an den Händen. Sie lächelt. „Du müsstest mal geputzt werden."

Sanft fährt sie die Konturen des Rückens nach und lehnt sich schließlich halb darüber. Das Pferd hält still. „Werdet ihr geritten? Dir scheint mein Gewicht nichts auszumachen. Weißt du, ich komme aus einem fremden Land, da bin auf Tieren wie dir geritten. Doch das ist lange her … Zumindest fühlt es sich so an."

Auf einmal wiehern die anderen Pferde, der Palomino antwortet, macht kehrt und prescht davon. Ahote starrt ihm nach. Vielleicht bekommen sie etwas zu fressen?

Vorsichtig späht sie um den Busch, sie hat keine Lust sich zu zeigen, jemandem zu begegnen. Da sieht sie eine schlanke Gestalt den Berghang herabsteigen, auf dem Pfad, auf dem sie am Tag zuvor gekommen ist. Der Besitzer der Pferde? Bringt er Futter? Aber derjenige kommt mit leeren Händen, so scheint es aus der Ferne. Die Gestalt läuft mit tänzerischer Leichtigkeit hinab, die Haare zum Zopf zusammengebundenen. Wahrscheinlich eine Frau.

In diesem Moment sticht ihr das knallgelbe Top in die Augen, das sie trägt. Pamuya hatte gestern so eines an! Jedoch das muss nichts bedeuten. Jetzt hat die Frau die Pferde erreicht, geht zu jedem einzelnen und begrüßt es liebkosend. Die Tiere scheinen sie zu kennen und zu mögen, sie haben sich alle um sie versammelt. Nun entdeckt Ahote eine Umhängetasche, die an ihrer Schulter baumelt. Daraus holt sie etwas Rundes hervor, bricht es in Stücke und verfüttert es an die Pferde. Brot?

Auf einmal läuft die Frau ein paar Schritte vor, bückt sich, hebt irgendetwas auf und schaut sich suchend um. *Die Stola!* Mist, sie hat die Stola vergessen! Sie lag noch dort auf dem Boden, wo sie geschlafen hat. Ist die Frau doch Pamuya? Soll sie sich zeigen? Nein, sie wartet lieber hinter dem Busch. Ihr Herz pocht bis zum Hals.

Die Frau nähert sich, sieht sich abermals suchend um. Jetzt ruft sie: „Ahote, bist du hier? Ahote?"

Pamuya, also doch! Ahote beißt sich auf die Lippen. Was soll sie tun? Sich weiter verstecken? Irgendwie kommt sie sich dabei albern vor. Ewig kann sie hier sowieso nicht bleiben! Mit pochendem Herzen geht sie um das Gebüsch. Pamuya entdeckt sie sofort, rennt auf sie zu und zieht sie ohne Worte fest in die Arme. Erneut fühlt Ahote Tränen in den Augen. Schon wieder kann sie nichts dagegen tun. Die Tränen kommen von ihrem Herzen, das ihr sagt, sie hat hier eine Freundin. Eine, die alles für sie tut, die sie versteht ohne Worte. Ein Mensch, der für sie da ist, wann immer sie ihn braucht. Eine Freundin, die sie niemals zuvor hatte.

„Es tut mir so leid", murmelt Pamuya, Ahote in den Armen. „Ich weiß, was du empfindest. Aber sieh nicht alles negativ. Cheveyo hat es gut gemeint. Die Menschen sind jetzt auf deiner Seite."

„Er hat sich über mich hinweggesetzt. Einfach so. Ohne mich zu fragen."

„Es war aus dem Moment, er musste reagieren."

Ahote macht sich los. „Musste er nicht!"

„Aus seiner Sicht."

„Er hätte mich fragen müssen! So etwas Wichtiges kann er nicht allein entscheiden!" Ahote spürt erneut die Wut in ihrem Bauch.

Pamuya versucht, sie zu besänftigen: „Es ist, wie es ist. So wie immer alles ist, wie es ist. Man kann es nicht ändern im Nachhinein."

Für Pamuya ist alles einfach. Aber nicht für sie! Sie schluckt. Sie ist sich nicht sicher, ob ihre Freundin versteht. Mit aller Tiefe versteht, was es für sie bedeutet.

„Ich bin so froh, dich gefunden zu haben. Wir haben uns Sorgen um dich gemacht", redet Pamuya weiter.

„Ist – Samuel noch da?" Kaum will sein Name über ihre Lippen. Die Wut ist verpufft.

Pamuya schüttelt den Kopf. „Er und Kaya sind zusammen vor Sonnenaufgang gefahren, sie müssen heute arbeiten."

„Und? Hat er noch etwas gesagt?"

„Viel und doch nichts."

Schon wieder so eine nichtssagende Antwort! Sie stöhnt.

„Etwas wegen mir?", fragt sie nun ungeduldiger. Kaum ausgesprochen, tut es ihr schon leid, als sie in den dunklen Augen ihrer Freundin deren Verletzlichkeit erkennt. Sie erzählen von Leid und Zerrissenheit. Sie legt die Hand auf ihren Arm.

„Tut mir leid. Ich weiß, du kannst nichts dafür. Du hast es schwer genug mit Cheveyo und eurem Vater."

Pamuya zuckt die Schultern. „Irgendwie bin ich gewohnt, Puffer zu sein. Schon immer. Abladestation für Seelenmüll jeglicher Art."

Doch ihr Herz sagt etwas anderes, das spürt Ahote genau. Was kann sie sagen? Was fragen, was unverfänglich ist?

„Cheveyo war nicht zuhause. Ich weiß, dass er heute ein Bewerbungsgespräch hat", erzählt Pamuya weiter.

Ahote horcht auf. „Weißt du, wo?"

Ihre Freundin schüttelt den Kopf. „Irgendetwas Großes, er hat ein Geheimnis daraus gemacht. Irgendetwas, dass er endlich seinen Platz einnehmen wird." Sie tippt sich an die Stirn. „Spinner!"

Plötzlich hat Ahote ein beklemmendes Gefühl. Sie kann es nicht benennen, es ist einfach da. Was ist nur aus dem lebenslustigen Jungen von damals geworden? Damals, als sie zusammen lachend durch die Gassen gehüpft sind? Dasselbe könnte sie sich fragen!

Da stupst jemand sie energisch von hinten. Fast wäre sie auf Pamuya gefallen. Sie dreht sich um und spürt schon das Lächeln in ihrem Bauch. *Aponi!*

„Du magisches Pferd!", lacht sie und streicht sanft über ihre Stirn.

„Sie mag dich", stellt Pamuya fest. „Gewöhnlich ist sie sehr zurückhaltend und skeptisch, vor allem Fremden gegenüber. Aber du scheinst ihr Herz erobert zu haben."

„Wir sind Freunde geworden", sagt Ahote nachdenklich. „Sind das deine Pferde?"

„Nur fünf, die anderen gehören deinem Großvater."

„Was?" Ahote glaubt, sich verhört zu haben. „Davon hat er mir nichts erzählt."

„Das Erbe deines Vaters. Er hat Pferde gezüchtet."

Ahote kann sich nur daran erinnern, dass Pferde schon immer in ihrem Leben waren. Takala, ihr geschecktes Pony. „Weißt du, was aus Takala geworden ist?"

„Klar." Pamuya nickt. „Auf ihr habe ich reiten gelernt. Sie war mein Pflegepony. Dein Großvater hat es mir anvertraut."

Kurz sticht es Ahote ins Herz. Ihr Pony und ein anderes Mädchen! Wie innig hat sie es geliebt! All das ist auf einmal wieder da. Sie fühlt den Schmerz, als ob es gestern war.

„Und?", fragt sie heiser nach.

„Es wurde ziemlich alt, doch vor ein paar Jahren ist es gestorben." Sie schaut Ahote an. „Ich habe gut auf es aufgepasst. Ich habe es sehr geliebt. Vielleicht nicht so wie du. Aber ich habe es gehütet wie einen großen Schatz."

Jetzt spürt Ahote wieder die Verbundenheit mit ihr. Auf ein Neues weiß sie, dass Pamuya versteht. „Ich danke dir", sagt sie leise.

„Das ist Mongwau." Sie deutet auf Aponi. „Eule. Genauso weise, hat alles im Blick."

Ahote zögert, soll sie es sagen? „Aponi – so habe ich sie genannt."

Pamuya zieht die Stirn in Falten. „Schmetterling? Nun ja, sie ist zart und empfindsam wie ein Schmetterling."

„Gehört sie dir?"

„Ja."

Das wollte Ahote nicht hören. Wenn ihr Großvater schon Pferde hat, warum nicht dieses eine, für das sie sich interessiert?

„Sie war schwierig anzureiten. So habe ich sie gelassen, ich dachte, ich gebe ihr noch ein wenig Zeit. Manche Pferde brauchen länger für ihre Entwicklung. Jetzt ist sie fünf und diesen Sommer probieren wir es nochmal." Dabei schaut sie Ahote an. „Vielleicht willst du mir helfen, wenn sie dich schon so mag?"

Dieses Angebot drängt die leise Enttäuschung in ihr weg. „Wenn du mir das zutraust, gerne. Ich weiß nur nicht, ob ich lange genug hier bin."

Pamuya wirft ihr einen intensiven Blick zu, sagt aber nichts.

Da bricht es erneut aus Ahote heraus: „Warum hat Großvater

mir nicht gesagt, dass er Pferde hat?" Das lässt ihr keine Ruhe, hat er ihr noch mehr verschwiegen?

Pamuya zuckt mit den Schultern. „Möglicherweise wollte er dich überraschen? Oder er ist einfach noch nicht dazu gekommen. Schließlich war dauernd etwas los, seit du hier bist."

Stimmt, das war ihr so nicht bewusst. So viel hat sie mit ihrem Großvater noch nicht gesprochen. Gefühlt ist sie hier schon viel länger als nur ein paar Tage.

„Ich kümmere mich um die Pferde, Hania fällt das inzwischen sehr schwer. Vor allem wenn sie in diesem Tal sind."

„Wem gehört das Land?" Ahote deutet auf die stille Oase.

„Niemandem. Ich weiß, das ist für Weiße schwer zu verstehen." Ahote versetzt diese Andeutung einen Stich.

Vermutlich ahnt Pamuya, was in ihr vorgeht, denn sie legt ihr die Hand auf den Arm und beeilt sich zu sagen: „Ich habe nicht dich gemeint! Du gehörst zu uns, du gehörst dazu. Nur – du warst lange nicht hier. Aber das ist nicht deine Schuld, darum erkläre ich es dir. Wir sind der Meinung, Land, Wind, Sonne, Regen, all die Gaben von Mutter Erde kann man nicht besitzen. Man kann nur das Recht haben, Land zu nutzen – als Weide oder um darauf etwas anzubauen. Und Hania hat das Recht, auf dieses Tal."

Ahote nickt, nun versteht sie. Auf einmal spürt sie Unruhe in sich. Ihr schlechtes Gewissen. „Lass uns gehen, Großvater wartet bestimmt schon auf mich. Ich will nicht, dass er sich unnötig Sorgen macht."

Pamuya lacht. „Da kennst du deinen Großvater schlecht. Er hat mich gestern Abend und heute Morgen beruhigt, als du noch immer verschwunden warst."

„Tatsächlich!" Ahote ist überrascht.

„Er meinte, du brauchst jetzt Zeit für dich, um das, was gestern geschehen ist, zu verdauen. Er vertraut auf den natürlichen Prozess des Lebens, dass immer alles den Weg geht, den es gehen soll. Wenn er auch oft unergründlich und unbequem ist. Manchmal gefühlt um tausend Ecken bis man endlich am Ziel ist. Aber du weißt doch, der Weg ist das Ziel. Also sind wir immer da, wo wir sein sollen. Auf dem Weg. Wie immer er auch aussieht."

Ahote staunt. Auf einmal macht es Klick in ihr.

„So einfach ist das? Wenn man es so betrachtet ist vieles leichter."

Pamuya lächelt. „Ja, alles ist leicht, nur wir machen es schwer. Der Anfang ist Akzeptanz von dem, was ist."

„Wo hast du nur all die Weisheit her?" Ahote schaut ihre Freundin ehrfürchtig an. „Du bist jünger als ich."

„Hania, er war mein Lehrer – mit den Pferden und zugleich fürs Leben." Ihre Mine wird düster. „Glaub mir, wenn ich ihn nicht gehabt hätte … Er war und ist die Sonne in meinem Leben, die mir geholfen hat, die Schatten zu vertreiben. Meine Mutter …" Sie stockt. „Diese Düsternis habe ich wohl von ihr. Ihr ging es nie gut hier. Sie konnte schwer mit der Hoffnungslosigkeit im Reservat umgehen. Ganz schlimm war es, nachdem zwei ihrer Cousins gestorben sind: dein Vater und kurz darauf Honovi, sein jüngster Bruder."

Ahote erschrickt. „Das wusste ich nicht!"

„Er hat sich zu Tode gesoffen."

„Dann hat Großvater zwei Söhne verloren. Wie tragisch."

Beide versinken in Schweigen.

„Die Dunkelheit hat sich auf ihr Gemüt gelegt", hängt Pamuya ihren Gedanken nach.

Ahote wundert sich: „Cheveyo hat gesagt, eure Mutter hat euch wegen eines Weißen verlassen."

„Das hat sie auch." Sie seufzt. „Das ist alles eine lange Geschichte. Cheveyo macht es sich zu einfach, die Schuld nur auf den Mann zu schieben, mit dem sie verschwunden ist. Ich verstehe nun, dass es im Grunde das Beste für sie war, von hier wegzugehen." Sie schaut in die Ferne. „Ich hoffe, sie hat dort Heilung gefunden, wo sie jetzt ist."

„Ihr habt nie wieder von ihr gehört?", fragt Ahote fassungslos.

Pamuya schüttelt den Kopf.

„Das tut mir leid."

„Das muss es nicht. Dein Großvater und die Pferde haben mir sehr geholfen."

Jetzt ist Ahote froh und sogar ein bisschen stolz, dass Takala – ihr Pony – dabei geholfen hat.

Auf einmal knurrt ihr Magen laut. Ahote lacht und legt ihre Hand auf den Bauch. „Deine Suppe gestern war meine letzte Mahlzeit."

„Na dann komm, Zeit für ein ausgiebiges Frühstück." Sie schaut zum Himmel, die Sonne steht bereits hoch über den zerklüfteten Felsen. „Oder eher Mittagessen."

Sie nimmt ihre Tasche, das letzte Brot ist längst verfüttert. Die Pferde haben sich inzwischen schon wieder über die Weite des Tals verteilt. Bis auf Aponi-Mongwau, sie steht noch immer bei Ahote. Sie streicht über den Hals der Stute und flüstert ihr zu: „Ich komme wieder. Ich verspreche es. Und zwar bald." Sanft pustet sie dem Pferd den Atem in die Nüstern. Aponi-Mongwau hält still, scheint ihren Geruch zu inhalieren. Dann dreht Ahote sich um und läuft zu Pamuya, die schon am Berghang auf sie wartet.

Schritt für Schritt steigen sie auf dem Trampelpfad zur Hochebene hinauf. Jeder Schritt wiegt schwerer, ihre Gedanken drücken auf ihre Schultern. Sie merkt, eigentlich will sie nicht zurück, sie ist noch nicht bereit, den Menschen im Dorf zu begegnen. Geschweige denn, sich deren Fragen zu stellen. Was soll sie sagen? Auch sie kennt keine Antwort darauf. Außerdem, was hat Cheveyo vor? Und wird sie Samuel jemals wiedersehen?

7. Kapitel

Einst losgezogen, erfüllt von Sehnsucht,
in das Land meiner wildesten Träume.
Aufgebrochen, mich und die Meinen zu finden.
Weg der Liebe – ich habe dich verloren.
Bin einsam. Herz bricht.
Gehe unter ohne Kraft.
Warum leben, kämpfen länger?
Wofür, wenn doch alles zerbricht?

ie viel Zeit vergangen ist, seit er hier in seinem Pick-up sitzt, weiß Cheveyo schließlich nicht mehr. Doch nun ist es Zeit zu gehen. Er greift zum Türgriff, stößt die Autotür auf, steigt langsam auf dem Parkplatz vor dem Firmengebäude der Peal Coal Company aus, schlägt die Tür hinter sich zu und schließt ab. Bewusst führt er diese Schritte aus. Fühlt sich so ein neuer Lebensabschnitt an?

Was immer geschieht, er wird dafür sorgen, dass auch die Hopi und die angrenzenden Navajo in Zukunft ihren Teil vom Kuchen des Wohlstands abbekommen. Dass die Welt gerechter wird für die First Nations. Das ist seine Mission, dazu fühlt er sich berufen. Schon immer. Schon immer hat der Stachel der Ungerechtigkeit in ihm gebohrt. Seine Mutter war mit ihrer Schwermut und dadurch, dass sie ihre Familie verlassen hat, der Auslöser dazu. Er wird es allen zeigen. Dass mit ihm, Cheveyo Selestwa, zu rechnen ist.

Auch Ahote muss einsehen, so wie all die Traditionellen, dass Fortschritt, nicht zu verachten ist. Er wird der Jugend eine Zukunft bieten. Erste Schritte zum Wohlstand. Und er wird sie dabei begleiten! Welch erhebendes Gefühl. Die Leute, sein Volk, sie werden ihn feiern. Weiße und die First Nations gleichermaßen, ihn den Vermittler der Welten.

Ein letztes Mal schaut er zurück auf seinen ramponierten Pick-up, an vielen Stellen eingedellt und rostig. Nicht lange und er wird hier mit dem neuesten Modell dieser Marke vorfahren, sobald er einen Fuß in der Welt der Weißen hat. Er lächelt und geht forsch auf den gigantischen Betonklotz zu. Auf die eiserne Festung, hermetisch ist das Gebäude abgeriegelt. Aber für ihn wird es sich öffnen, er ist hier willkommen. Welch ein berauschendes Gefühl! Sein Lächeln vertieft sich.

Ahote, ich werde dir die Welt zu Füßen legen. Gemeinsam werden wir unserem Volk Wohlstand bringen. Du wirst schon sehen. Du bist mein und ich bin dein, in ewiger Liebe verbunden. Wo immer du leben willst, werde ich dir ein Haus bauen, eines, das deiner würdig ist.

Jetzt trennen ihn noch fast 50 Meter vom stählernen Eingangstor. Sein Blick bleibt daran hängen, wandert hinauf zu den Eisenspitzen, die wie Pfeile Richtung Himmel weisen. Kompromisslos nach oben, genau so wird sein Weg an die Spitze der Gesellschaft sein. Das ist sein Ziel. Da will er hin! Er ballt die Hände zu Fäusten, macht sich Mut, daran zu glauben.

Doch ein Rest Unsicherheit bleibt als flaues Gefühl in seinem Magen, das drückt er weg, das will er jetzt nicht fühlen. Und doch ist es da. Es lässt sich nicht leugnen. Wird es ihm gelingen? Wird sein Plan aufgehen? Wird der Löwe in der Höhle ihn als neuen Mitarbeiter willkommen heißen? Ihm den Weg zu Anerkennung öffnen? In beiden Welten, seiner und die der Weißen? Der Bahana, der Nichtwissenden. Derer, die von nichts eine Ahnung haben. Nicht vom Stöhnen der Erde, wenn man nicht achtsam über sie geht. Wenn man wie sie achtlos darüber trampelt.

Genauso wenig hören sie den Aufschrei, wenn sie Mutter Erde verletzten, aufreißen, in ihre heiligen Tiefen vordringen, sich ihrem Herzstück nähern. Sie kämen nie auf die Idee, sie um Erlaubnis zu fragen oder um Verzeihung zu bitten.

Aber er, er hört all das und er zollt Mutter Erde Respekt, bittet sie um Verzeihung, dass es zu seinem – dem großen Plan der Wiedergutmachung gehört. Dem, seinem Volk dem des Friedens – zu seiner rechtmäßigen Position zu verhelfen, zurückzuerobern.

Mit Hopi-Taktik, mit der des Friedens. Alle müssen Opfer bringen in diesen Zeiten – auch Mutter Erde. Und er wird sie um Verzeihung bitten, um Verständnis für seine Lage und die der Hopi – dass er diesen Weg gehen muss.

Denn er ist ermächtigt, die Hopi als Hüter der Welt sind ermächtigt diese wichtige Aufgabe des Bewahrens des Gleichgewichts der Erde zu erfüllen. Denn alles ist eins und in Liebe verbunden. Er wird sie trösten, Mutter Erde, mit seinen Worten, Gedanken und Mitgefühl, dass schwierige Zeiten herrschen. Doch er dankt ihr respektvoll für ihr Verständnis. Mehr noch, er bittet sie um Mithilfe, dass sein Plan aufgeht. Der, der Wiedergutmachung. Der, der Wiederherstellung der Ordnung der Erde. Nur anders. Angepasster. Der neuen Zeit entsprechend. Mit dem Fluss schwimmen. Er weicht den Stromschnellen des Lebens nicht aus, denn er hat gelernt, mit ihnen zu leben. Auf die harte Tour. Er hat nicht nur auf der schillernden Seite des Lebens gelebt.

Jetzt schon. Seit Ahote zurück ist. Das war sein Zeichen, dass jetzt der Tanz auf dem Regenbogen begonnen hat. Jetzt ist er auf dem Weg nach oben. Auf seinem Regenbogen, auf dem für Ahote und ihn. Sie sind behütet und beschützt durch Hanias Vision. Es ist ihnen vorbestimmt, ihrem Volk bei der Wiederinanspruchnahme ihrer rechtmäßigen Position im Gefüge der Welt zu helfen. Und er weiß, das strahlt er aus, wenn er sich darauf konzentriert. Er kann das. Er kann Erfolg verkörpern. Und er weiß, dass die Weißen auf Erfolg wie Motten auf Licht fliegen. Das hat er gelernt.

Er strafft seine Schultern, richtet sich zu seiner wahren Größe auf und schreitet weiter, geschmeidig wie ein Panther auf Jagd. Ins Revier seiner Beute. Mit dem Selbstbewusstsein des Raubtiers. Mit dem Gespür im Blut, auf der richtigen Fährte zu sein, auf der Erfolg versprechenden. Jetzt zaubert er sein Gewinnerlächeln ins Gesicht und seine Rüstung ist perfekt.

„Akzeptieren wie es ist! Pah!" Alles in Ahote wehrt sich, je näher sie dem Dorf kommen, desto wütender wird sie. Fragt *sie* jemand, *was sie* eigentlich will? Seit sie hier ist, muss sie ständig etwas ausbaden, glätten. Sie hat so was von genug! Auf einmal bleibt sie stehen.

„Tut mir leid, Pamuya, ich kann das nicht! Ich kann jetzt nicht ins Dorf zurück und so tun, als ob alles in Ordnung ist. Das geht nicht."

Mit diesen Worten, dreht sie sich um und rennt davon, hinaus in die Wildnis. Tränen rinnen ihr über das Gesicht. Nichts ist in Ordnung absolut nichts! Da ist so viel heiße, kochende Wut in ihrem Bauch, pulsiert durch ihren Körper. Sie kann nicht mehr klar denken. Sie will nur noch weg. Weg von Verlogenheit und Engstirnigkeit. Einfach nur sich selbst finden und glücklich sein. Das ist alles, was sie je wollte und will. In Ruhe lassen sollen sie sie! Alle! Cheveyo, die Erdausbeuter – einfach alle. Alle, die irgendetwas von ihr wollen! Warum ist sie überhaupt hierher gekommen? Hierher, wo sie auch keiner versteht. Hat sie überhaupt einen Platz auf dieser Welt? Irgendwo?

Sie wird ihre Tasche packen und abreisen. Heute Nacht, wenn keiner Fragen stellt, Antworten von ihr will, die sie nicht geben kann. Sie will einfach nur ihre Ruhe, sonst nichts. Dann wird sie eben weiterziehen, irgendwohin. Bis sie einen Ort findet, an dem sie zuhause ist. Wütend kickt sie Steine aus dem Weg, die ihr vor den Füßen liegen. Jetzt hört sie in der Ferne ein Rauschen, sie steuert darauf zu, will wissen, was das ist. Auf einmal findet sie sich vor einer Felswand wieder. Hier gibt es keinen anderen Weg als senkrecht hinauf. Irgendwie zieht sie sich hoch, klammert sich an den verwitterten Felsen fest, tastend suchen ihre Hände und Füße Halt. Höher, immer höher, nur weg.

Irgendwohin, wo sie sich als Kugel zusammenrollen kann, wo sie nichts mehr denken und fühlen muss. Nicht mehr. Nie mehr. Wie ein Bär im Winterschlaf. Keine Ahnung, ob sie daraus je wieder aufwachen will.

Was fällt den anderen ein, ihr so eine Bürde auf die Schultern zu packen! Sie wurde nicht gefragt. Nie, ob sie bereit dafür ist. Ob sie will. Nein, einfach bestimmt haben sie über sie. Wie bisher immer andere über ihr Leben bestimmt haben. Doch jetzt ist Schluss damit! Jetzt ist es ihre Entscheidung, ob sie sich umdreht und sich in die Tiefe stürzt, oder ob sie weiter klettert. Ob sie sich an die Felsen krallt, und für das Leben entscheidet. Für diesen Moment.

Fast hat Cheveyo das Tor des Firmengebäudes der Peal Coal Company erreicht. Das Tor in eine andere Welt. Ist nah an dem blau uniformierten Mann in dem Pförtnerhäuschen, der über würdig und unwürdig entscheidet. Würdig in die bessere, die sogenannte zivilisierte Welt einzutreten.

Doch er weiß, er ist mehr als würdig. Er ist ermächtigt vom großen Geist persönlich, denn er ist der Eine, der ihr Herz berührt.

Er ist aalglatt, wie das blankgeschliffene Stück Tamarindenholz in seiner Tasche. Sein Glücksbringer.

Aalglatt und nicht greifbar, er windet sich durch das Nadelöhr des Lebens. Er presst sich durch jedes Schlupfloch, ergreift jede Möglichkeit, die sich ihm zeigt. Darum ist er als Anwalt so gut.

Auch hier hat er den Raubtierinstinkt. Diese Gabe des Großen Geistes, sie kommt ihm in allen Bereichen entgegen.

Er weiß, seine Miene ist jetzt nichtssagend und undurchdringlich, gibt nichts von seiner Persönlichkeit preis. Nur das Siegeslächeln zeigt sich darin. Genau das ist es, was die Weißen sehen wollen. Sie wollen sich blenden lassen, sie wollen nicht tiefer sehen. Nicht seine innere Schönheit entdecken. Nein – sie beschränken sich auf Äußerlichkeiten. Auf schöne Kleidung, attraktive Figur, hübsche Gesichtszüge und Muskeln. Das ist alles, was sie sehen wollen. Das können sie haben! Er ist das perfekte Chamäleon, die Studienzeit war der ideale Lernort dafür. Er war wie ein Lichtfunke in der Nacht, umschwärmt von weiblichen Insekten, die nur auf sein Fleisch aus waren. Fast alle. Nur Ilka war anders. Sie hat ihn verstanden und er sie. Doch ihr Weg hat sie woanders hingeführt auf dieser Welt.

Die Sonne seines Universums ist Ahote. Wenn er nur an sie denkt, wird ihm heiß, Hitze steigt in seinen Kopf, pulsiert durch seinen Körper. Nicht zuletzt durch seine Lenden. Süßes Ziehen der Vorfreude der allumfassenden Vereinigung. Der des Herzens, des Geistes und des Körpers. Ekstatische Leidenschaft mit Liebe gepaart. Solch einem mitreisenden Rausch hat er sich noch nie hingegeben. Noch nie hat für ihn Liebe den Sex mit Mädchen beflügelt. Das ist heilig. Ein heiliger Akt der Vereinigung.

Der ist Ahote und ihm vorbehalten. Wie passend, es muss sich anfühlen wie die Vereinigung des Universums, wenn ihre Welten, ihre Liebe aufeinanderprallt. Ungebremst, freier Fall in die unendliche Tiefe und Weite der Liebe – der bedingungslosen. Denn er liebt sie, Ahote, wie sie ist. Wie sie sich ihm zeigt. Keiner kennt sie so gut wie er. *Seine Sonne.* Sie ist Sonne und Mond zugleich. Sie ist perfekt. Sie sind füreinander bestimmt. Sie ist seine Perle und er die Muschel, die sie schützend umgibt. Denn er wird sie hüten wie den kostbarsten Schatz auf dieser Welt. Denn *sie ist* auch *die Eine*, die *sein* Herz berührt, ganz tief drin, dass er endlich wieder fühlen kann. Liebe fühlen.

Nun weiß er, was es heißt, in Liebe verbunden sein. Er fühlt es jetzt mit aller Liebe, zu der ein Mensch fähig ist, denn sie hat sein Herz befreit. Befreit vom Fluch seiner Mutter. Sein Herz war gefroren all die Jahre. Das Leid seiner Mutter hat einen Eispanzer darum gelegt. Der jetzt schmilzt durch sie, die Eine, die sein Herz berührt. Die Eine, die wie Indian Paintbrush im Frühling erblüht.

Das Kreischen eines Vogels reißt ihn aus seinen Gedanken. Er steht jetzt direkt vor dem Pförtnerhaus, hebt die Hand und drückt auf den schwarzen Klingelknopf. Siegeslächeln auf den Lippen, Raubtierenergie im Körper und lässt geschehen.

Keuchend hält Ahote auf einem schmalen Absatz an der Felswand inne, sucht einen festen Griff für ihre Hände, dreht sich dann zitternd um und schaut nach unten. Sie ist mitten in einer Steilwand im Tal des Friedens, dem Tal der Pferde. *Aponi*, Tränen quellen aus ihren Augen, das Tal verschwindet im Nebel. Sie schluchzt und keucht, brüllt und weint, schreit, bis sie heiser ist. Sie muss endlich diese Wut in sich loswerden. Sie platzt sonst daran. Sie kann so nicht weiterleben. Sie schreit, so laut sie kann, Krähen flattern erschrocken auf. Ihre Lunge brennt. Die Tränen in ihrem Gesicht trocknen, das Tal unter ihr wird wieder klarer vor ihren Augen. Soll sie? Soll sie dem allen ein Ende machen?

Sie lehnt sich nach vorn, die Fingerspitzen liegen locker am Fels.

Ihre Füße stehen auf einem schmalen Absatz. Plötzlich rutscht sie weg, schlittert abwärts. Panisch versucht sie, sich festzuhalten. Ihre Finger krallen sich in den bröckelnden Stein. Doch sie sackt ruckweise tiefer. Nach etlichen Metern finden ihre Finger Halt in einer Spalte, graben sich darin fest. Ihre Füße fassen Tritt auf einem schmalen Vorsprung. Ihr Herz pocht gegen ihre Rippen, sie zittert am ganzen Körper. Sie schnappt nach Luft. Erst jetzt merkt sie, dass sie den Atem angehalten hat. Eine Schmerzwelle rollt über sie hinweg. Finger, Knie, Rippen alles tut weh. Aber sie lebt! Sie, ihr Körper hat sich für Leben entschieden. Sie weiß nicht warum. Instinktiv hat sie darum gekämpft. Mit aller Macht.

Immer noch zitternd wendet sie den Kopf, starrt in die Tiefe. Jetzt sieht sie, dass die Pferde unter ihr stehen. Sie haben sich als Herde dort versammelt. Haben sie ihr Kraft gegeben? Kraft, um um ihr Leben zu kämpfen? Ihr wird bewusst, wie nah sie dran war, zu gehen – für immer. Erneut schießen ihr Tränen in die Augen. Sie schluchzt und sie weiß, sie kann noch nicht gehen. Nicht so einfach. Selbst wenn sie das manchmal will. Sie hat hier eine Aufgabe, auch wenn ihr das nicht gefällt. Aber sie hat jetzt die Pferde, die sie verstehen. Sie geben ihr Kraft.

Auf einmal durchdringt ein heiserer Schrei die Einsamkeit der Wildnis, vibriert in ihrem Herzen. Sie schaut nach oben. Ein Adler! Frei sein wie ein Adler! Die Schwingen ausbreiten und fliegen wohin immer sie will. Wohin der Wind sie trägt. *Die Freiheit in sich finden.* Diese Worte hallen in ihrem Kopf.

Doch wie? Die Welt der Tiere, da fühlt sie sich Zuhause. Da hat sie Platz, zu der zu werden, die sie ist. Sie hat gehofft, diesen Platz bei ihrer indianischen Familie zu finden. Jedoch ist auch hier nicht alles Natur und authentisches, erdverbundenes Leben. Lange vorbei, der Mythos von der Freiheit der Indianer, der Ureinwohner Amerikas.

Die Pferde tief unter ihr im Tal berühren sie sehr. *Aponi* ... Wie kann die Liebe zu ihr Zukunft haben? Genau wie die zu Samuel zum Scheitern verurteilt war, bevor sie richtig begonnen hat. Was soll's, lieber jetzt, als wenn die Liebe noch tiefer in ihr Herzen einsinkt. Aber der Schmerz in ihrem Herz sagt etwas anderes, spricht von Tiefe, die sie nicht will. Denn Tiefe tut weh, das hat sie schon vor langer Zeit gespürt. Ihr Vater musste gehen. Sein früher Tod hat ihre kleine Familie zerstört, die Idylle, das Nest. So leiden wie ihre Mutter, will sie auf keinen Fall! Die sich nie aus den Fesseln der Trauer befreien konnte.

Also vergiss Samuel, sagt sie zu sich selbst. Sie bleibt sowieso nicht hier, warum also ihr Herz an ihn binden? Sie will frei sein. Frei wie der Adler im Wind. Ohne Fesseln und Käfig, auch nicht die der Liebe. Außerdem, wer sagt, dass die Liebe hält? Man muss sich einschränken. Das will sie nicht, sie will endlich anfangen, frei zu leben. Niemand soll ihr vorschreiben, was sie zu tun hat. Auch nicht Cheveyo. Auch dann nicht, wenn er recht hat. Aber er kann nicht recht haben. Das will sie nicht. Wenn die Menschen aus dem Dorf unbedingt einen Retter wollen, bitte sehr, den kann sie noch bieten. Aber allein. Ihr Herz gibt sie nicht her. Nie mehr. Nur an ein Tier. Jetzt kann sie lächeln. Denn Tiere sind unschuldig und rein.

Erneut nimmt sie das Rauschen wahr, das jetzt lauter ist als zuvor. Sie hebt den Kopf und versucht, auszumachen, woher es kommt. Von oben. Wo soll sie hin? Suchend schaut sie sich um. Wie kommt sie hier wieder weg? Wie ist sie überhaupt bis hierher gekommen? Waghalsig und gefährlich war ihre Tour. Sie hat einen Kloß im Hals, noch ist sie nicht außer Gefahr. Heißer Schmerz wühlt in ihrem Körper, noch immer zittert sie. Sie hat keine Kraft. Noch immer hängt sie über dem Abgrund.

Dies ist nicht ihr Revier. Mit Klettern kennt sie sich nicht so gut aus. Außer ab und zu ein Besuch in der Kletterhalle, hat sie nichts zu bieten. Besser als nichts, versucht sie, sich Mut zu machen. Schließlich ist sie bis hierher gekommen, also wird sie es auch bis oben schaffen. Wenn sie die Eine ist, die Großes bewirken wird für ihr Volk, dann kann sie jetzt nicht sterben! Auf einmal gluckst Lachen in ihrem Hals.

„Also Großer Geist, dann streng dich mal an", schreit sie weit über das Tal. Auf einmal ist sie ruhig. Ruhe und Gelassenheit sind in ihr und so tastet sie sich Griff für Griff und Tritt für Tritt voran. Nach oben, dort wo das Rauschen auf sie wartet.

Immer wieder droht der Schmerz sie zu überwältigen, dann hält sie kurz inne, schließt die Augen und sucht die Ruhe in sich, die noch unbekannte, fremde Kraft in ihr, die sie weitermachen lässt. Die nicht fragt nach dem Warum, die einfach macht. Der Schmerz verliert sich in Bedeutungslosigkeit.

Irgendwann gibt es keine Felswand mehr über ihr, ihr Oberkörper sinkt auf ein Felsplateau. Wie ein Wurm windet und dreht sie sich auf dem rauen Boden, bis ihr ganzer Körper auf dem warmen Stein liegt. Dort bleibt sie pumpend und zitternd liegen. Sie weiß nicht wie lang. Doch auf einmal beginnt die Welt um sie herum wieder zu leben, bekommt ein Gesicht. Lautes Rauschen dröhnt in ihren Ohren. Sie hebt den Kopf und sieht, etwas nach hinten versetzt, einen Wasserfall. Weiß sprudelt die Gischt über die Felsen, stürzt von oben viele Meter herab, bis sie gurgelnd in einem Felsbecken aufschlägt, und wenig später wieder in der Unterwelt der Berge versinkt.

Ein Wasserfall! Gigantisch und mächtig. Gebündelte Energie. Mit letzter Kraft rappelt sie sich auf, geht zu dem Steinbecken, in das er sich ergießt und stellt sich darunter. Genauso wie sie ist. Ekstase pur. Beißend kaltes Nass brettert auf ihren Kopf, Nacken, Schultern, betäubt jeglichen Schmerz. Den des Körpers und der Seele.

Jetzt ist alles egal. Alles spült das reißende Wasser weg. Sie muss nicht mehr denken, fühlen, leiden. Nichts spielt mehr eine Rolle. Hier ist einfach nur pures Sein. Pure, reine Energie von Mutter Erde. Sie wäscht sich rein, von allem, was schmerzt, was Negatives sie durchdringt.

Jetzt ist sie rein, würdig, die Aufgabe anzunehmen, was immer es ist. Was immer da kommen mag. Sie ist bereit. Nur ihr Herz, das gibt sie nicht her. Das bleibt bei ihr. Das ist ihre Macht.

Samuel brettert mit Kaya durch die verdorrte Einöde, brennender Schmerz in seinem Herzen. Seit gestern, als Cheveyo die unerhörten Worte gesprochen hat. Die, die seine Hoffnung auf erfüllte Liebe zunichtegemacht haben. Wie konnte er sich so täuschen in ihr? In Ahote. Hat sie ihn für ihre Spielereien missbraucht?

Wenn er darüber nachdenkt, sie war so schnell zu haben. Das mag er nicht. Er mag nichts überstürzen. Schon gar nicht mit Frauen. Was hat sie mit ihm gemacht und warum? Warum hat er nichts davon bemerkt, dass sie mit ihm spielt? Zwei Männer gegeneinander ausspielt? Das ist das Letzte, was er will, zum Spielball der Gefühle werden. Auch er wurde zutiefst verletzt in seiner Kindheit.

Sein Vater war nach dem Tod seiner Mutter der Meinung, er müsste die fehlende Liebe durch Härte ausgleichen. Durch brutale Schläge mit dem Gürtel. Doch Pferde haben ihn geheilt. Natürlich trägt er Narben im Herzen, die ab und zu schmerzen. Genau darum versteht er die traumatisierten Jugendlichen und will sie heilen. So wie er geheilt wurde. Mit Pferden. Das ist sein Traum, seine Vision. Das ist sein Weg, er weiß nur noch nicht, wo der Anfang des Weges ist. Er muss ihn noch finden.

Der harte Stoß, als das Auto durch ein tiefes Schlagloch rauscht, reißt ihn aus seinen Gedanken.

„Hey, willst du uns umbringen?", beschwert sich Kaya. „Du fährst, als ob der Teufel hinter uns her wäre." Kurz schweigt sie, dann fragt sie ihn unverblümt: „Willst du reden?"

Er zuckt mit den Schultern. „Worüber du willst. Über deine Zukunftspläne?"

Kaya wirft ihm einen langen Blick zu. „Du siehst scheiße aus, wenn ich das mal so sagen darf."

„Darfst du nicht. Ich hatte eben nicht viel Schlaf heute Nacht."

„Das hab ich bemerkt. Ständig bist du hin- und hergetigert wie ein liebeskranker Hund. Ups!" Sie hält sich die Hand vor den Mund und schaut ihn erschrocken an. „Tut mir leid. Da bin ich wohl mitten ins Fettnäpfchen getappt."

Samuel wiegelt ab und schüttelt den Kopf. „Schon gut. Ich kann damit leben. Bin vorlaute Gören gewöhnt. Du weißt, das bringt der Beruf mit sich."

„Im Ernst, Samuel, nimm es dir nicht so zu Herzen. Ich bin davon überzeugt, dass Ahote von Cheveyos Ankündigung nichts wusste."

Sofort hat er wieder Ahotes Blick vor Augen, erschrocken wie ein gehetztes Reh. Und er ahnt, dass er umkehren sollte. Dass er ihr eine Chance geben müsste, sich zu rechtfertigen. Rechtfertigen. Was für ein Wort. Sie hat nichts getan. Aber das ist es doch gerade, poltert die lästige Stimme in seinem Kopf wieder los. Sie hätte das Missverständnis richtigstellen müssen.

„Hey!", reißt Kaya ihn aus seinen Gedanken. „Sie hatte keine Chance, zu reagieren. Jeder von uns wäre überrascht gewesen. Wer könnte darauf sofort diplomatisch reagieren? Noch dazu in diesem Hexenkessel der Emotionen! Sie hatte es schwer genug, die Menschen auf ihre Seite zu ziehen. Es ging um so viel in diesem Moment. Versteh doch!"

„Ja, ich weiß." Oder nicht? Ist das sein verletzter männlicher Stolz, der dazwischen funkt?

„Mensch, Samuel, bei anderen bist du immer so großzügig und sagst: ‚Jeder ist unschuldig, bis seine Schuld bewiesen ist.' Ich habe dich immer bewundert für deine großherzige Art."

Ihre Worte bohren sich schmerzhaft in seine Eingeweide, machen den Schmerz in seinem Herzen noch tiefer, intensiver. Er stöhnt: „Ich Idiot habe es vermasselt!"

„Nichts, was man nicht wieder in Ordnung bringen könnte. Dreh um und rede mit ihr."

Noch ist er nicht ganz und gar überzeugt. „Sie will mich jetzt bestimmt nicht sehen. Außerdem – was, wenn Cheveyo recht hat?"

Kaya zuckt mit den Schultern. „Lass sie selbst entscheiden. Du entmündigst sie!"

Er macht genau das, was er sonst oft genug bei seinen Kollegen anprangert. Was ist nur los mit ihm, dass er nicht klar denken kann?

„Samuel!" Kaya gibt keine Ruhe. „Halt hier an, dort vorn ist eine Bushaltestelle, von dort komme ich nach Hause. Dreh um und rede mit ihr!"

Er tritt auf die Bremse, legt fast eine Vollbremsung hin. Zum Glück ist es früh am Morgen und kein Auto hinter ihnen.

Kaya legt ihm zum Abschied beide Hände auf die Schultern. „Los, fahr! Und vermassele es nicht."

„Ich versuche es. Keine Ahnung, ob sie mich noch sehen will."

„Finde es raus!" Schon steigt sie aus, winkt ihm ein letztes Mal zu und geht.

Wie betäubt sitzt er im Auto. Der Kopf sagt, fahr weg. Das Herz schreit nach ihr. Da sieht er Kaya nochmals hektisch winken, sie bedeutet ihm umzudrehen. Kopf weg und Herz an, das ist sein Kompass. Er muss sie finden. Er muss mit ihr reden. Er tritt aufs Gaspedal, wendet schlitternd im Staub und düst los. Zurück zu ihr. Dorthin, wo sein Herz zuhause ist. Sein Weg!

Gleich darauf ist er im Dorf. Schon rennt er durch die Gassen, sucht Pamuyas Haus. Die irritierten Blicke der Hopi, denen er begegnet, ignoriert er. Er malt sich aus, wie es ist, Cheveyo dort anzutreffen. Noch nie war er für Gewalt. Doch jetzt kann er für nichts garantieren.

Je länger er durch die Gassen irrt, desto größer wird seine Wut. Auf Cheveyo, Ahote und sich selbst. Ein paar Mal biegt er falsch ab. Doch dann irgendwann steht er vor der Haustür. Ungeduldig klopft er an die Tür, er hat für Höflichkeiten keine Zeit. Er will Ahote finden. Will wissen, wie es ihr geht. Will sie in seinen Armen spüren, sie trösten. Gemeinsam mit ihr einen Weg finden, ihre Liebe zu leben.

Die Tür wird aufgerissen, Pamuya steht im Türrahmen, sieht müde aus. „Du hier?"

„Ist Ahote bei dir?"

Pamuya schüttelt den Kopf.

„Weißt du, wo sie ist?"

„Nicht wirklich."

„Und was weißt du?" Samuels Geduld ist am Ende.

Pamuya deutet Richtung Osten. „Ich habe sie bei den Pferden gefunden, aber sie war noch nicht so weit, ins Dorf zurückzukehren."

„Hast du eine Ahnung, wo ich sie finden kann?"

„Hm." Sie zieht die Stirn in Falten. „Eigentlich nicht."

Samuel sieht sie skeptisch an.

„Wirklich. Ich weiß es nicht. Irgendwohin, wo sie ihre Ruhe hat. Möglicherweise wieder zu den Pferden."

„Danke." Schon dreht er sich um und rennt in die angegebene Richtung. Er muss sie einfach finden. Er muss!

Seine Füße hämmern auf den festgestampften Boden, hinaus auf die Ebene. Außerhalb des Dorfes bleibt er kurz stehen und überlegt. *Pferde – das hört sich gut an.* Vielleicht findet er sie dort. Sein Atem geht pfeifend. Doch er gesteht sich keine Schwäche zu, ein Feigling, der seinen Gefühlen nicht vertraut, hat es nicht besser verdient!

Wie muss es sich für Ahote anfühlen, dass er einfach gegangen ist, ohne mit ihr zu reden? Darüber will er gar nicht nachdenken. Womöglich ist Cheveyo bei ihr! Seine Hände ballen sich zu Fäusten, sein Brustkorb wird eng. Noch weniger Luft zum Atmen. Doch jetzt erst recht, er muss weiter!

Urplötzlich durchdringt ein Schrei die Stille. Wie angewurzelt bleibt er stehen. Da noch einmal! Aus dem Tal der Pferde, die Richtung, die Pamuya ihm gezeigt hat. Er beschleunigt seine Schritte, die Angst treibt ihn voran. Fast stolpert er den steilen Hang hinab. Da, noch ein Schrei! Fast unmenschlich hört es sich an. Ein Mensch in Gefahr? Ein Puma? Oder Cheveyo, der sich an Ahote vergreift?

Ein Stöhnen entweicht seiner Kehle. Jäh stoppt er, sieht eine steile Felswand am Ende des Tals. Die Pferde stehen darunter. Er stutzt, dort zwischen den Felsen bewegt sich etwas. Er kneift die Augen zusammen, um mehr zu erkennen. Dort hängt jemand an der Steilwand. Da – erneut ein Schrei! Tief verzweifelt hört es sich an. Ein Mensch in Not! Ahote? Hektisch schaut er sich um. Wenn er ins Tal hinabrennt, kann er nicht helfen. Der Mensch ist zu weit oben. Er muss es seitlich oder von oben versuchen.

Hastig dreht er um und rennt den Berg wieder hinauf. Seine Lungen brennen, sein Herz hämmert gegen seine Rippen. Er schmeckt Blut in seinem Mund. Auf all das kann er keine Rücksicht nehmen. Es geht um Leben oder Tod! *Bitte, Gott, wenn es dich gibt, lass es nicht Ahote sein! Lass sie leben! Ich brauche sie! Das kann ich mir nie verzeihen, wenn ihr jetzt etwas passiert!*

Er hastet weiter, findet keinen Zugang zur Felswand, er muss hinauf auf das Felsmassiv und es von oben probieren. Er hat aber nichts bei sich! Wird er es ohne Seil schaffen, denjenigen zu retten? Er kann jetzt nicht zurück ins Dorf, er muss handeln. Sofort! Jede Sekunde zählt! Keuchend schraubt er sich empor. Sein Herzschlag dröhnt in seinen Ohren, ihm ist schwindelig. Er ist jetzt auf einem Trampelpfad. Ein paar Mal wäre er fast abgerutscht. Er mahnt sich zur Vorsicht, wenn er da unten liegt, ist niemandem geholfen. Seine Muskeln brennen, schmerzen, krampfen. Doch das will er nicht akzeptieren. Er muss zu Ahote! Zugleich hofft er, dass sie nicht diejenige in den Felsen ist.

Fast hat er den Gipfel des Massives erreicht, da nimmt er verschwommen ein Rauschen wahr. Weiter, immer weiter in die Richtung, in der er die Person vermutet. Der Pfad mündet in einen Hohlweg, der sich durch die Felsen schlängelt. So schmal, dass er kaum hindurchpasst. Er zwängt und drückt, er muss da hindurch. Das Rauschen wird lauter, dröhnt in seinen Ohren. Er stolpert, schlägt sich die Nase blutig. Rote Tropfen perlen auf den Boden. Egal, er muss weiter. *Es muss Ahote sein!*

Inzwischen ist er sich fast sicher. Auf einmal wird der Pfad weiter und er steht unvermittelt auf einem Felsplateau, hoch über dem Tal. Ein Wasserfall! Er zuckt zurück. Eine Halluzination? Eine Frau, in Kleidung steht inmitten der Wassergewalt. *Ahote?* Er krächzt ihren Namen. Tränen treten in seine Augen. Er taumelt auf sie zu, stolpert in das Wasserbecken und sieht sich Ahote gegenüber.

„Mein Gott, Ahote!" Er zieht sie in seine Arme und hält sie fest. Er fragt nicht, ob sie das will. Er muss es einfach tun. Er muss sie umfangen, spüren. Überall. Er muss spüren, dass sie echt ist, real.

Kein Gegenstand seines Hoffens und Bittens. Seine Lippen finden die ihren. Seine Zunge stößt in sie hinein. Er kann nicht anders. Er kann nicht fragen. Es muss so sein. Er reißt ihr die Kleider vom Leib, kann nicht denken. Auch er ist auf einmal nackt, das Wie spielt keine Rolle. Sie suchen und finden sich, unter dem Wasserfall. Es ist wie ein Rausch, es kocht und peitscht um sie herum. Er weint, er schreit. Oder ist sie es? Er weiß es nicht. Er weiß nur, sie sind vereint.

Das Feuer des Moments ist verebbt, gefühlte Ewigkeiten stehen sie noch eng umschlungen da.

„Ich liebe dich", wispert er an ihrem Ohr, knabbert zärtlich daran. Er hebt sie hoch.

Wohlige Wärme weicht Erstarrung. Gefährliche Worte bedrängen ihr Herz. Sie drückt ihren Oberkörper zurück. Was soll sie darauf antworten? „Gib mir Zeit, bitte!"

Er will sie aus dem Wasser tragen. Das löst sie aus der Starre. Sie macht sich los, schaut sich suchend um, entdeckt ihre Kleider verstreut auf den Felsen, bückt sich und sammelt sie ein. Ihr Kleid hat einen Riss.

Samuel tritt neben sie. „Tut mir leid."

Bedauernd und zugleich liebevoll streicht er darüber. Schon wieder ist da diese Wärme, diese Hitze, die sich sofort wie ein Feuerball in ihrem Bauch ausdehnt. Diese Liebe, diese Leidenschaft, die von ihm ausgeht. Die ihr gefährlich werden kann, sie verbrennt. Sie weicht zurück. Sie muss ihr Herz schützen. Sie kann das nicht!

Nicht ganz und gar. Sie kann und darf sich jetzt nicht selbst verlieren! Sie ist erst auf dem Weg, sich zu finden.

Jetzt sieht sie die Verletztheit in seinem Gesicht. Seine Augen – das Leuchten des Kornblumenblau erlischt.

Sie drückt ihm einen Kuss auf die Wange. „Lass es uns langsam angehen, ja?"

Sie spürt sein Zögern, sie weiß ganz genau, dass sie ihm weh tut. Aber sie kann nicht anders. Das ist ihre Art, mit Gefühlen umzugehen. Liebe? An Liebe will und kann sie nicht denken. Das treibt sie in die Flucht.

Er nickt, auf seinem Gesicht liegt jetzt ein Schatten. Ein Schatten der Unpersönlichkeit, der Professionalität. Das Leuchten ist verschwunden.

„Musst du heute nicht arbeiten?", will sie wissen, etwas Belangloses suchend.

„Doch, natürlich."

Sie fühlt, wie er um einen unbeschwerten Ton kämpft. Fast tut es ihr leid. Aber sie muss jetzt auch an sich denken. An ihr Versprechen sich selbst gegenüber. Sie streckt ihm die Hand hin. „Gehen wir?"

„Erst, wenn ich noch einen Kuss kriege." Er zieht sie zu sich heran. Schnell drückt sie ihre Lippen auf seine. Sie spürt sein Glucksen. Er hält sie fest, er gibt sie nicht frei. So schnell gibt er nicht auf, sie weiß. Ihr Kopf versinkt im Nebel, versinkt im Nichts.

Irgendwann löst er sich von ihr. Schaut sie prüfend an. Seine Augen flackern.

„Jetzt können wir gehen. Aber nur ein Stück."

Sie boxt ihn in die Seite. „Du bist ganz schön verrückt!" Sie lacht. Jetzt fühlt es sich leichter an. Mit dieser Lockerheit kann sie besser umgehen.

Er zwinkert ihr zu. „Harte Brocken muss man auf ungewöhnliche Weise knacken. *Damit* kenne ich mich gut aus. Glaub mir, du willst mich nicht auf die Probe stellen.“

Er grinst wie ein Junge, der gerade eine Tüte Süßigkeiten gefunden hat, die er alleine aufessen darf und nicht mehr hergibt.

Sie schüttelt den Kopf, will lieber nicht daran denken, was das bedeutet. „Zieh dich mal an oder willst du nackt gehen?“ Schnell greift sie nach seinen Kleidern, will mit ihnen davonrennen. Doch er hält sie fest, entwindet sie ihr.

„Das könnte dir so gefallen, mich nackt ins Dorf zurückzuscheuchen.“

Sie balgen sich wie junge Welpen, bis Ahote aufspringt und losrennt. Weg vom tosenden Wasserfall, der Energie der Leidenschaft. Sie dreht sich um und sieht, wie Samuel versucht, beim Rennen in seine Klamotten zu springen, stolpert und fast fällt. Außerhalb des Felslabyrinths bleibt sie schwer atmend stehen und wartet auf ihn. Die heißen Strahlen der Mittagssonne tun gut, wärmen sie durch und durch. Endlich taucht Samuel auf, schnappt ihre Hand und gemeinsam laufen sie los.

Sie ist dankbar, dass er nichts weiter sagt, auch nicht auf die gestrige Versammlung eingeht. Er hat ein feines Gespür dafür, wann sie Rückzug braucht. Einkehr in die Stille.

Je näher sie dem Dorf kommen, desto unruhiger wird sie. Händchenhaltend durch das Dorf gehen? Sie weiß nicht, ob das eine gute Idee ist. Sie will nicht noch einmal Öl ins Feuer gießen.

Doch sie will Samuel auch nicht schon wieder kränken. Soll sie ihm die Hand entziehen? Wird er es verstehen? Sie will nicht dauernd fordern von ihm. Das ist ihr verhasst. Er soll nicht ständig auf sie Rücksicht nehmen. Wissen, was sie denkt, fühlt und braucht. Doch sie will sich auch nicht länger verstellen müssen. Sie hat doch selbst keine Ahnung, wie es weitergehen soll.

Sie versucht, sich zu entspannen, erzählt ihm von Aponi. Von ihrer besonderen Begegnung mit ihr. Er versteht. Er versteht immer alles. Das will sie nicht.

„Hey, kannst du auch mal wütend sein?" Sie stupst ihn in die Seite. Er sieht sie mit hochgezogenen Augenbrauen an. „*Das* willst du nicht erleben!" Jetzt stellt er sich vor sie und legt ihr die Hände auf die Schultern. „Du bist mir keine Rechenschaft schuldig. Du weißt, ich liebe dich. Ich bin da für dich, wenn du mich brauchst. Wenn du aber einen anderen Weg einschlagen willst, kann ich das verstehen. Natürlich gefällt mir das nicht. Aber ich werde es überleben." Er zwinkert ihr zu. „Ich hab ja noch die Pferde."

Sie spürt die Lockerheit, die er ihr vermitteln will, die aber nicht die Sprache seines Herzens ist.

Sie kann nichts sagen, schaut ihn nur an, ihr fehlen die Worte, ihr Herz klopft bis zum Hals. Am liebsten würde sie die Arme um ihn schlingen und ihn nie wieder loslassen. Ihm sagen, dass er der Mann ist, mit dem sie träumen kann. Doch sie kann es nicht. Sie verschließt ihre Lippen. Sie nickt und blinzelt, fühlt Tränen hinter ihren Lidern, die sie nicht weinen will. Sie will ihr Herz nicht hergeben, das ist alles, was sie weiß. Und sie hat eine Aufgabe hier.

Sie legt ihm ihre Hand auf die Wange und nickt.

„Danke. Danke für alles. Danke dafür, dass du bist wie du bist." Er schließt die Arme um sie und zieht sie an seine Brust.

Sie stehen einfach nur da und schweigen. Kosten die Nähe des anderen aus.

Und doch ist da auch Cheveyo in ihrer Brust, in ihrem Herzen. Jetzt spürt sie es ganz deutlich. Doch was soll sie anfangen damit? Wie soll das nur werden? Sie hat keine Ahnung. Absolut nicht! Mann des Herzens? Pah!

Sie reißt sich los und murmelt, dass sie zu ihrem Großvater muss. Dass er sich Sorgen macht. Sorgen. Immer nur Sorgen!

Leichtigkeit. Wann wird sie endlich Leichtigkeit finden? Leichtigkeit, wie das Streifenhörnchen, das gerade scheinbar unbeschwert über den Weg huscht und in einem Wacholdergebüsch verschwindet. Aber – was weiß sie denn von seinem Leben? Ganz bestimmt ist es nicht einfach, hier oben in der Kargheit Nahrung zu finden. Alles ist ein Kampf. Überlebenskampf.

Sind denn ihre Probleme so wichtig? So wie die des Streifenhörnchens? Was maßt sie sich an, sich und ihre Interessen in den Mittelpunkt zu stellen? In den Mittelpunkt der Welt. Aber was, wenn die Erde immer weiter ausgebeutet wird? Dann gibt es kein Überleben. Dann ist auch Nahrungssuche für das Streifenhörnchen nicht mehr wichtig. Sie seufzt. Auf einmal steht sie vor dem Haus ihres Großvaters, irgendwie haben ihre Füße hierher gefunden. Am besten, nicht denken, einfach geschehen lassen, schießt es ihr durch den Kopf.

Eine warme Hand legt sich auf ihre Schultern, sie zuckt zusammen. Samuel, ihn hat sie fast vergessen, versunken in ihrer Gedankenwelt.

„Dann gehe ich mal. Wir hören voneinander", sagt er und schaut sie eindringlich an. Plötzlich will sie nicht mehr, dass er geht – oder doch? Sie weiß gar nichts mehr.

„Willst du noch mit ins Haus kommen? Etwas essen, trinken?"

Samuel schüttelt den Kopf. „Ich muss gehen. Danke, ich hab noch Wasser im Auto." Liebevoll streicht er ihr über die Wange, schaut ihr tief in die Augen, dreht sich um und geht.

Ihr Herz zieht sich zusammen, alles in ihr schreit, ihm nachrufen: Bleib! Doch was hätte das für einen Sinn? Sie muss ihr Leben leben und er seins. Das ist die Welt, das ist die Regel, das ist Überleben.

Sie wendet sich ab und öffnet die Tür. „Großvater?" Niemand antwortet, das Haus schweigt.

Da ertönt ein Piepton aus Richtung ihres Bettes, ihr Handy! Sie muss es aufladen. Zum Glück hat sie sich vor der Reise ein solarbetriebenes Aufladegerät besorgt, da sie nicht wusste, ob es hier Strom gibt. Sie greift sowohl nach dem Handy als auch dem Ladegerät, schnappt sich im Vorübergehen gebackene Maisfladen, die verführerisch duftend auf dem Tisch stehen, füllt Wasser in eine Flasche und klettert damit auf das Terrassendach.

Eigentlich ist es zu heiß, um sich in der Mittagshitze, hier oben aufzuhalten. Sie geht um die Ecke, dort hat sie an der Hauswand etwas Schatten und setzt sich auf einen Holzschemel. Gierig reißt sie große Stücke vom Fladen ab und stopft sie in den Mund, gleichzeitig trinkt sie dabei immer wieder, bis sie sich verschluckt. Erst jetzt beim Essen merkt sie, wie hungrig sie ist.

Nachdem der Hustenanfall abgeklungen ist, nimmt sie das Handy und sieht, dass jemand versucht hat, sie zu erreichen. Jasmin Smith – die Journalistin! Erneut verschluckt sie sich. Sie hatte eine Nachricht auf der Mailbox hinterlassen, sie hat morgen kurzfristig einen Termin frei, da ein anderer abgesagt wurde. Ob ihr neun Uhr morgens für das Interview passen würde, dann wäre es noch nicht so heiß und auch angenehmer für das Filmteam? Wenn sie nichts gegenteiliges von ihr hören würde, ginge sie davon aus, dass es klappt. Ihr Bauch krampft sich zusammen, auf einmal ist ihr übel.

Puh, die Frau hat vielleicht ein Selbstvertrauen, gepaart mit dem Tempo eines Schnellzugs. Sie hat ja noch nicht mal mit ihrem Großvater gesprochen!

Schon wieder ist sie mittendrin im Schlamassel, kaum dass sie zurück ist aus der Stille der Natur. Das Tempo des Alltags holt sie ein – ob sie will oder nicht.

8. Kapitel

Der Strudel des Lebens reißt dich mit ,
zerrt dich ins Auge des Sturms,
von Angesicht zu Angesicht
stehst du ihm gegenüber.
Lach ihm ins Gesicht und
geh unbeschwert weiter.
Unberührte Wege gehen.
Eigene – deine.
Fußspuren hinterlassen.
Auch auf Fels.

Überpünktlich um zehn Minuten vor neun Uhr tauchen am nächsten Morgen auf der Straße nach Hocavi zwei Autos aus dem Staubschleier auf. Als sie näherkommen, erkennt Ahote, dass es sich hierbei um einen Van und einen Jeep handelt. Die Autos der Zeitungscrew? Wie verabredet steht Ahote vor dem Dorf und wartet auf Jasmin Smith und ihr Team.

Gedankenverloren zwirbelt sie eine Haarsträhne um ihre Finger. Heute Morgen hat sie die vorderen Strähnen zu feinen Zöpfen geflochten und hinten zusammengefasst, die restlichen Haare fallen in schwarzbraunen Wellen über ihre bloßen Schultern. Zur Feier des Tages hat sie ihr buntgemustertes Trägerkleid mit Pamuyas handgearbeiteten Ledergürtel aufgepeppt, er hat eine kunstvoll verzierte Silberschnalle. Dazu einen passenden Armreif und feine, hellbraune Cowboystiefel – beides ebenfalls von ihrer Freundin. Jetzt fühlt sie sich durch und durch als hier Dazugehörende. Sie ist zufrieden mit sich und ihrem Outfit und doch kribbeln gefühlt tausend Ameisen in ihrem Magen. Warum nur ist sie so aufgeregt? Lächerlich, wie sie sich immer wieder sagt. Es ist doch nur ein Interview für eine Frauenzeitschrift! Trotzdem ist es ein Schritt in die Öffentlichkeit, die sie doch am liebsten scheut. Sie fühlt sich wohler als Nebenfigur im Hintergrund. Das ist ihr Metier, da kennt sie sich aus.

Autoreifen bremsen zu heftig auf Staub mit lockeren Steinen. Der Jeep dreht sich fast ein Mal um sich selbst, bevor er steht. Türen werden aufgerissen, schlagen dröhnend wieder zu. Eine junge Frau mit blonder Stoppelfrisur sticht sofort durch ihr schrille Kleidung heraus, neongrüne Hose, pinkfarbene Bluse und zitronengelbe Tasche umgehängt. Die Frau ist grelle Farbe in Person. Das muss Jasmin sein. Sie kommt mit lässigem Hüftschwung direkt auf sie zu. Augenblicklich fühlt sich Ahote klein und unbedeutend neben ihr. Trotz ihres sorgfältigen Outfits. Jasmin winkt von weitem und umarmt sie dann zur Begrüßung.

„Freu mich, dich wiederzusehen! Wie schön, dass es so unkompliziert geklappt hat." Sie schnalzt anerkennend mit der Zunge und mustert Ahote von oben bis unten, geht um sie herum. „Gut schaust du aus! Ganz Indian Girl. Natürlichkeit steht dir. Muss die Maske nicht mehr viel ran. Umso besser, können wir gleich anfangen."

Ahote nickt, fühlt sich trotzdem nicht wohl in ihrer Haut.

„Und? Wo geht's los? Ich dachte, wir machen erst Fotos von deinem Haus und auf dem Weg dorthin fangen wir schon die Atmosphäre des Dorfs ein."

Ahote wird heiß, die Journalistin droht sie zu überrollen. Sie druckst. „Na ja, ihr dürft nur an ausgewählten Orten fotografieren. Das müsst ihr verstehen."

Jasmin mustert sie aus zusammengekniffenen Augen. „Eigentlich sollten die Hopi jetzt, da alles den Bach runtergeht, kooperativer sein."

„Wie meinst du das?", stößt Ahote gepresst hervor, alles in ihr schreit Alarm.

„Habt ihr noch nicht gehört, dass der Stammesrat für die bevorstehende Abstimmung jetzt die Mehrheit für die Wiedereröffnung der Mine hier auf Black Mesa hat?"

Ahote meint, sich verhört zu haben. „Wie bitte?

„Ja, ich habe da einen zuverlässigen Informanten. Der hat mir außerdem gesteckt, dass das nicht mit rechten Dingen zuging. Bestechung und so. Du weißt schon." Vielsagend legt sie den Finger auf die Lippen. „Ich hab nichts gesagt, will meinen Informanten nicht gefährden. Ich dachte, ihr wüsstet das. Ihr habt doch sicher auch eure Informationsquellen?"

Ahote ist wie erstarrt. Die Welt um sie herum scheint nur aus hellem Flirren und wirren Stimmen zu bestehen. Ihr Kampf beginnt gerade erst, aber sie hat ihn bereits verloren, bevor es überhaupt richtig angefangen hat!

„Hey, alles in Ordnung?", holt die Stimme der Journalistin sie in die Wirklichkeit zurück.

„Ja, ja", murmelt Ahote gedankenversunken. Sie muss sich zusammenreißen, sie muss geben, was geht. Sie wird doch jetzt nicht aufgeben! Und überhaupt, wer weiß, ob Jasmin recht hat? Sie kneift die Augen zu schmalen Schlitzen zusammen, reckt das Kinn vor. „Kommt, hier lang. Ich kenn da einen sehr idyllischen Ort, dort kann man wunderbar Fotos machen."

Das Tal des Friedens, der Pferde. Sie hat es mit Pamuya und ihrem Großvater abgesprochen, so ist die Meute aus dem Dorf.

Jasmin und ihre Crew sind beeindruckt, sie schießen endlos Fotos, mit Ahote allein und den Pferden. Aponi hält sich bedeckt, lässt sich dann jedoch von Ahote heranlocken, als sich die Filmcrew im Hintergrund hält. Anschließend stellt ihr Jasmin alle möglichen Fragen zu ihrem Leben und ihren Zielen.

„Die Welt retten", hört sie sich auf einmal sagen. Es hört sich furchtbar kitschig an. Aber plötzlich ist ihr klar, das ist ihr ernst und fügt noch leise hinzu: „Die Hopi vereinigen!"

„Na, da hast du ja noch große Ziele. Ich wünsch dir viel Glück dabei. Vor allem jetzt."

Ahote nickt. „Das kann ich brauchen."

„Vielleicht können wir ein bisschen mit deinem Porträt in der Country Woman dazu beitragen!"

„Ein Tropfen auf dem heißen Stein", sinniert Ahote vor sich

hin. Was wäre wenn … Wenn sie nicht nur kleine Brötchen backen würde? Wenn sie viele Menschen erreichen könnte? Im Fernsehen! Ihr Herz pocht heftig gegen ihre Rippen.

„Sag mal, hast du Verbindungen zum Fernsehen?", platzt sie heraus.

Nachdenklich schaut Jasmin sie an und nickt. „Du bist eine Kämpferin, ich wusste es." Sie fährt mit ihren Fingern durch ihre Haarstoppeln. „Ich kenne da einen Typen vom regionalen Sender, Nachrichtenmagazin. Wir schieben uns immer wieder interessante Themen und Aufmacher zu. Wenn du genug zu bieten hast, könnte das klappen." Sie zieht ihr Notizbuch aus der Tasche, sucht, findet und schreibt Ahote Namen und Nummer auf einen Zettel. „Hier, Josh Ugwin. Sag ihm einen Gruß von mir."

„Wow, danke!" Der Zettel in Ahotes Händen fühlt sich an wie ein kostbarer Schatz.

„Jetzt noch Fotos im Dorf", reißt Jasmin sie aus ihrer Blase der Glückseligkeit.

„Nur im Haus meines Großvaters."

„Wobei", Jasmin schaut auf ihr Handy, „es ist schon spät, der nächste Termin steht an. Wir haben ja schon einige Top- Aufnahmen von dir im Kasten. Vielleicht noch dort oben auf der Anhöhe, mit dem Dorf im Hintergrund. Das sollte genügen. Text habe ich auch."

Wenig später sind sie verschwunden. Ahote steht allein oberhalb des Tals der Pferde.

„Der Stammesrat hat die Mehrheit für den Beschluss hier erneut Kohle abzubauen." Diese Worte Jasmins hallen in ihrem Kopf. Was kann sie da mit einem Interview im regionalen Fernsehen erreichen? Was kann sie überhaupt tun? Wie schnell wird der offizielle Beschluss gefasst und vor allem anschließend umgesetzt? Wie viel Zeit bleibt ihr, ihnen, zu reagieren? Plötzlich ist all ihr Mut, ihre Zuversicht verschwunden. Wie sollen sie das nur schaffen?

Ahote holt den kostbaren Zettel aus ihrer Umhängetasche und streicht ihn glatt. Etwas von der Glückseligkeit zurückholen, von dem Glauben, dass sie es schaffen können. Sie starrt auf den Namen, die Buchstaben, bis sie zu flirren beginnen. Soll sie anrufen? Sofort? Oder erst mit ihrem Großvater darüber reden? Doch sie haben keine Zeit für weitere zeitraubende Diskussionen! Außerdem – vielleicht ist es besser, ihn nicht in einen Gewissenskonflikt zu bringen. So beruhigt sie ihr mulmiges Gefühl. Kurzentschlossen nimmt sie ihr Handy und tippt mit zitternden Fingern die Nummer. Es knistert in der Leitung, die Verbindung ist hier meist schlecht, wenn man denn eine hat. Es soll sein oder auch nicht.

Kurzes Summen, dann meldet sich eine tief vibrierende Stimme: „Ja? Josh Ugwin hier."

Er klingt abwesend und gehetzt. Wie jemand, der das Telefon zwischen Schulter und Kopf einklemmt und dabei hektisch auf die Tasten seines Computers einhackt. Immer auf Habacht, wann die Stimme aus dem Hintergrund den benötigten Text von ihm fordert.

Sie spürt einen Druck auf ihrer Brust. Plötzlich ist ihr klar, dieser Typ hat keine Zeit. Keine Zeit für nichtige Belästigungen. Das macht es nicht leichter für sie und ihr Anliegen.

„Hallo, ist da jemand?" Der Ton ist jetzt gereizt.

„Ja", krächzt sie, die Hand verkrampft um das Handy geklammert. „Jasmin Smith – ich hab deine Nummer von ihr", stammelt sie.

„Und?" Die Stimme ist eine Nuance weicher. Interessiert.

„Es geht um die Hopi, um den Kohleabbau im Reservat, Black Mesa." Ihre Stimme bricht.

„Ja?" Schon wieder ungeduldiger.

Sie beißt sich auf die Lippe, sie muss sich zusammenreißen! Eine zweite Chance gibt es nicht.

„Wie es scheint, hat der Stammesrat jetzt die nötige Mehrheit für einen Beschluss zur Wiedereröffnung der Mine. Ziemlich sicher auch für die Expandierung des Abbaugebiets. Auf Grundlage von Bestechung! Ich weiß, dass Mitglieder des Stammesrats gekauft wurden."

Stille am Telefon, sie hört seinen Atem. „Beweise?"

Ihr Herz scheint stillzustehen. „Noch nicht." Sie hasst sich dafür, dass ihre Stimme zittert.

„Keine Chance für eine Story ohne Aufmacher. Das ist hier Alltag."

Seine Worte bohren sich tief in ihr Herz. Sie muss diese Chance kriegen! Sie ist so nah dran!

„Mein Vater wurde vor zwanzig Jahren umgebracht wegen dieser Sache. Dieser Korruption überall! Sein angeblicher Unfall wurde nie aufgeklärt. Jeder kuscht hier vor jedem. Es kann doch nicht sein, dass sie jedes Mal damit durchkommen! Die mit viel Geld, die Machtgierigen. Hilf mir, die Welt ein bisschen besser zu machen! Lass uns gemeinsam für die Rechte der Hopi kämpfen. Für die Natur. Sie hat keine Stimme außer uns! So wie die wahren, die traditionellen First Nations nicht gehört werden. Noch nie. Du wohnst doch auch hier. Es kann doch nicht sein, dass materialistische Denkweisen all das hier, die Natur, das heilige Kulturgut der Hopi, zerstört. Dass es niemanden interessiert. Dass ..."

„Okay, okay, gut", unterbricht sie die Stimme am Telefon, klingt jetzt fast ein wenig belustigt. „Du hast mich überzeugt, du hast den Drill zu mehr. Zur Kämpferin – Real First Nation eben."

Seine Worte dröhnen in ihren Ohren.

„Hallo, bist du noch dran?"

„Ja, klar", haucht sie in den Hörer. Kann kaum Glauben, was sie gehört hat.

„Wann können wir uns treffen?"

„Wann immer du willst."

Am anderen Ende raschelt es. „Morgen Abend. Wo?", fragt die tiefe Stimme nach.

„Auf ein Bier oder Kaffee? Schlag du was vor, ich kenn mich hier nicht so aus." Ihr ist alles recht.

„*Painted Gras* in Flagstaff? 18 Uhr?"

„Super. Ich komme", stößt sie heiser hervor.

„Dein Name?"

„Ahote Rittmann."

„Mmhh." Kurzes Schweigen. „Interessant. Bis denn."

„Ja, bis morgen. Und – danke." Es klickt und die Leitung ist still. Ihr Herz vibriert wild in ihrer Brust. *Wow, was ist da gerade passiert?* Sie kann es kaum glauben. Sie hat den Termin! *Ahote, bleib auf dem Boden! Das ist nur ein erstes Gespräch, das ist noch kein Fernsehauftritt! Ja, und?* Aber die erste Hürde hat sie gemeistert! Sie stößt die Fäuste in die Luft, jubelt und tanzt im Kreis. Wie ein Indianer auf Kriegspfad, nach einem Sieg. Sie kichert und lacht. Das muss jetzt raus, sonst platzt sie vor Freude und Stolz. Sie muss, sie will es jemandem erzählen. Samuel? Sie hat inzwischen seine Nummer.

Nein, zuerst Pamuya! Sie kennt sich mit den Gegebenheiten und den Problemen hier besser aus. Sie muss sofort zu ihrer Freundin und ihr alles erzählen, sie braucht jetzt eine Mitstreiterin, die sie vorbehaltlos unterstützt. Eine Verbündete, die ihr hilft, einen Plan, Argumente auszuarbeiten, um den Nachrichtenmoderator vollkommen zu überzeugen. *Beweise! Bis morgen Abend!* Urplötzlich hallen Joshs Worte in ihrem Kopf, sie bleibt wie angewurzelt stehen. Der Glücksrausch in ihr ist erloschen. *Wie* soll sie *die* jemals bis morgen Abend beschaffen?

Sie hat doch Pamuya an ihrer Seite! Sie weiß, sie kann sich auf ihre Freundin verlassen. Doch Beweise, das ist ein anderes Kaliber.

Sie ballt die Hände zu Fäusten. Sie werden es schaffen, sie muss daran glauben. *Wenn ich das nicht tue, kann ich gleich aufgeben.*

Sie darf nicht zweifeln, sie sollte ihren Sieg auskosten und darauf vertrauen, dass alles gut werden wird. Sie werden es schaffen. Sie wird Josh morgen Abend die geforderten Beweise auf den Tisch legen. Ansonsten wird sie ihn in Grund und Boden reden bis er nicht mehr anders kann, als den Bericht über die Hopi zu senden. Sie lacht, diese Vorstellung gefällt ihr. Sie wird sich ihren Sieg jetzt nicht verderben lassen. Von niemandem. Schon gar nicht von sich selbst und dämlichen Zweifeln.

Sie atmet tief aus, lässt sich auf den staubigen Boden fallen und saugt die gnadenlose Kompromisslosigkeit der Landschaft ein. Leben oder Sterben. Wasserfall und Dürre so nah, so dicht beieinander. Sie entscheidet sich für den Wasserfall, für das Leben. Den Wasserfall und die Leidenschaft.

Samuel … Sie lächelt, Wärme umschmeichelt ihr Herz wie eine schnurrende Katze. Ihn hat sie auch noch als Verbündeten! Sie ist nicht allein.

Mit einem Satz springt sie auf, sie muss augenblicklich zu Pamuya, ihr alles erzählen. Aber ihre Freundin muss schweigen wie ein Grab. Niemand darf von ihren Plänen wissen. Sie braucht jetzt niemanden, der den Lichtfunken am Horizont verdunkelt. Der die Chance der Hopi auf Gegenwehr vereitelt. Verstohlen schaut sie sich um. Doch hier ist nur sie und die Stille der kargen Einsamkeit.

Blubberblasen des Glücks treiben sie voran, sie prescht durch die schmalen Gassen. Sie lässt sich jetzt von niemandem aufhalten, auch nicht von Kotor, Pamuyas Vater, dem eingeschworenen Traditionalisten. Kein Regentropfen, kein Sandsturm kann sich ihr entgegenstellen, sie fühlt sich riesengroß, gewachsen im Moment. Im Moment des unerschütterlichen Glaubens an sich selbst. Jetzt hat sie die Rüstung der Zuversicht, nichts ist ihr zu groß, zu stark, zu weit. Wie größenwahnsinnig fühlt es sich an. Sie ist im Flow. Im Flow der Siegerin. Das lässt sie sich nicht nehmen! Nicht jetzt.

Nie mehr. Fast macht es Spaß sich dem größtmöglichen Problem der Welt entgegenzustellen, dem größten Schmerz. Sie wird ihm nicht ausweichen. Nie wieder. Das macht sie unbesiegbar. Sie lacht.

Auf der Glückswolke schwebend stoppt sie vor Pamuyas Haustür, bremst sich gerade noch, schwungvoll dagegen zu hämmern. Das ist nicht angebracht, sie weiß. Schnell saust sie um die Ecke, späht durch das kleine Fenster, ob sie jemanden sieht. Doch nichts, nur dunkle Stille im Haus. Egal, sie hat keine Zeit. Weg mit Konventionen! Sie geht zurück zur Tür, räuspert sich lautstark, hustet, wartet einen Moment und klopft dann kräftig an. Keine Reaktion von drinnen! Sie klopft erneut, diesmal kräftiger. Sie tritt von einem Fuß auf den anderen.

„Pamuya, bist du da?", ruft sie ungeduldig gegen die geschlossene Tür. Sie will, sie muss sie erreichen. *Jetzt!*

Ihre Freundin hat gesagt, dass sie Zuhause ist, dass sie gespannt drauf wartet, was Ahote über das Interview zu berichten hat.

In diesem Moment krächzt eine Stimme über ihr, sie zuckt zusammen. „Meine Tochter ist auf dem Feld, sie kümmert sich um unsere Lebensgrundlage."

Kotor! Mehr sagt er nicht. Doch Ahote hört sehr wohl den missbilligenden Unterton heraus.

Geistesgegenwärtig sagt sie: „Ich helfe ihr. Wo kann ich sie finden?"

Vage deutet er in Richtung der Ebene, die Tafelberge – die Mesa – hinab.

Fragend schaut sie ihn an.

„Dem Arroyo folgen."

„Was?" Verständnislos zieht sie die Stirn kraus.

„Dem ausgetrockneten Flussbett folgen!"

„Mit dem Auto?"

„Was sonst." Er murmelt noch etwas, das sie nicht versteht. Sie winkt, dreht sich um und rennt zum Haus ihres Großvaters, den Autoschlüssel holen.

Hania ist nicht zuhause, er ist bei einer der vielen Versammlungen seines Clans, sie suchen auf ihre Weise nach Lösungen. Außerdem bereiten sie die üblichen heiligen Zeremonien vor. Näheres weiß sie nicht, sie hat ihren Großvater die letzten Tage kaum gesehen. Sie seufzt, hat ein schlechtes Gewissen; wegen ihm und ihrer Familie ist sie schließlich hier. Im Moment sind jedoch andere Dinge wichtiger. Aber gerade die Zerstörung des Lebensraums hier betrifft ihre Familie, so beruhigt sie ihr ungutes Gefühl.

Auf dem Tisch stehen wieder frische Maisfladen. Wie gut, dass ihr Großvater immer für Nachschub sorgt. Ihr Herz wird warm, wenn sie an ihn denkt. Sie lächelt, greift nach den Fladen und nimmt sich vor, sich die nächsten Tage mehr Zeit für ihren Großvater zu nehmen und ihm bei der täglichen Arbeit zu helfen. Noch eine Flasche Wasser, ihren Hut gegen die sengende Sonne und schon huscht sie wieder aus der Tür.

Wenig später schlängelt sie sich in ihrem Jeep die engen Kurven von dem Hochplateau der Mesas auf die Ebene hinab. Hoffentlich findet sie Pamuya. Bis zu ihrem Treffen morgen Abend mit dem Reporter bleibt ihr nicht mehr viel Zeit. Ihr Magen krampft sich zusammen, wenn sie daran denkt.

Unten angekommen, entdeckt sie einen ausgetrockneten Flusslauf. Der, dem sie folgen soll? Aber in welche Richtung? Ratlos hält sie an, steigt aus. Links oder rechts? Sie steht mit dem Rücken zur Mesa, also muss sie rechts fahren, das ist die Richtung, in die Kotor gedeutet hat.

Sie steigt ein und folgt dem Flussbett, das scheinbar schon länger ausgetrocknet ist. Nichts deutet auf Wasser hin, breite Risse teilen den Boden in Schollen. Eine Ameise würde hier nicht weit kommen, schießt es ihr durch den Kopf. Die Perspektive ist entscheidend – wie so oft im Leben.

So sinniert sie während der Fahrt, trotzdem ist sie ständig achtsam, einen grünen Fleck oder ein Auto zu entdecken. Sie fährt schon so lange und noch immer nichts. Hat Kotor sie in die Irre geschickt, um sie von Pamuya fernzuhalten? Doch das passt nicht zur Art der First Nations, beruhigt sie sich. Hat ein schlechtes Gewissen, dass sie so denkt. So denkt, wie Weiße denken. Die Natives sind gerade und direkt, authentisch eben. Jeder muss selbst seine Entscheidungen treffen und die Konsequenzen dafür tragen.

In Schlangenlinien, weiter dem ausgetrockneten Flussbett folgend, fährt sie einer hohen Felswand entgegen. Am tiefblauen Himmel kreisen Vögel, sie sind die einzigen sichtbaren Lebewesen in der staubigen Halbwüste, nur karg bewachsen mit Präriegras und wenigen knorrigen Büschen. Nun bemerkt sie, dass die Felswand leicht nach vorn gewölbt ist und einen natürlichen Sonnenschutz bildet, unter dem verschiedenste Pflanzen wachsen. Dort steht ein Pick-up! Sie entdeckt am anderen Ende des Ackers eine Gestalt, die den Boden bearbeitet. Pamuya?

Sie ist noch mehrere hundert Meter entfernt, sie drückt auf die Hupe. Die Gestalt hält inne und schaut auf. Ahote hat das andere Auto erreicht und parkt dahinter. Jetzt erkennt sie Pamuyas leuchtend gelbes Top unter ihrem langärmeligen Hemd, das sie vor der Sonne schützt. Gelb wie der Mais und die Sonne – Pamuyas Lieblingsfarbe.

Sie rennt zu ihrer Freundin, an hüfthohen Maispflanzen, rankenden Kürbisschösslingen und Stangenbohnen vorbei.

„Pamuya!", ruft sie von weitem. „Ich brauche deine Hilfe!"

Sie umarmen sich zur Begrüßung.

„Hey, beruhig dich mal!", sagt Pamuya und zieht sie tiefer in den Schatten neben einen zugedeckten Korb und setzt sich auf den Boden. Während Pamuya ihr mitgebrachtes Essen und Trinken auspackt, erzählt Ahote ihr alles, was sich diesen Vormittag ereignet hat.

„Das darf doch nicht wahr sein!" Ihre Freundin ist bestürzt, dass der Stammesrat jetzt eine Mehrheit für die Wiedereröffnung der Mine haben soll.

„Und? Kannst du mir helfen, an Beweise zu kommen?"

Pamuya überlegt. „Pete, ein Freund aus dem Dorf, hat einen Cousin, Howard, der ist Mitglied im Stammesrat."

„Meinst du, er weiß was? Und wenn ja, würde er uns weiterhelfen?"

Ihre Freundin zuckt mit den Schultern. „Möglicherweise, das kann man nie wissen."

„Können wir zu ihm?"

„Jetzt?" Pamuya klingt nicht begeistert, ihr Blick schweift über den Acker.

„Weißt du, wo er sein könnte?", bohrt Ahote nach.

„Vermutlich ebenfalls auf dem Acker seiner Familie. Viele arbeiten vormittags hier draußen."

Ahote schaut sich um. „Ich sehe nur euren Acker."

„Die sind etwas verteilt, den natürlichen Gegebenheiten der Landschaft angepasst."

„Ah, Plätze wo es Wasser und Schatten gibt."

„So ungefähr."

„Und? Weißt du, wo er sein Feld hat?", drängt Ahote.

„Ich bin hier noch nicht fertig. Ich muss mich um diese kleinen Pflanzen kümmern, sonst haben sie keine Chance zu gedeihen. Sie vertrocknen. Sorry, aber diese Keimlinge sind unser Essen von morgen."

„Die ihr bald nicht mehr habt, wenn hier Kohle abgebaut wird!", braust Ahote auf.

Pamuya schaut sie erschrocken an.

„Entschuldige, doch das ist Tatsache. Außerdem besuchen wir Pete nicht zu unserem Vergnügen."

Ihre Freundin nagt auf ihrer Unterlippe. „Hilf mir, diese kleinen Pflanzen hier anzuhäufeln, dann geht es schneller."

„Wenn du mir zeigst, wie es geht", lenkt Ahote ein. „Ich kann dir auch die nächsten Tage dabei helfen."

„Gut. Mit der Hacke häufst du die Erde um die Pflanzen an. So." Sie führt es ihr vor. „Anschließend nimmst du eine von den Steinplatten oder ein Blech, und stellst es neben der Pflanze auf."

„Wozu?"

„An den Blechen oder Platten sammelt sich morgens Tau, mit diesem Wasser können die Pflanzen überleben, sogar wenn es monatelang nicht regnet."

„Unglaublich, was ihr alles wisst", staunt Ahote. „Und warum pflanzt ihr den Mais nicht dichter, ihr könntet viel mehr anpflanzen?"

Pamuya lächelt. „Dieses maximale Gewinndenken funktioniert hier draußen nicht. Die Pflanzen hätten zu wenig Wasser, wenn sie enger stehen."

Ahote deutet auf den Mais. „Die Pflanzen sehen so mickrig aus." Sie hält sich die Hand auf den Mund, sie wollte ihre Freundin nicht beleidigen.

Die lacht. „Ich weiß, dass du keine Ahnung hast. Aber nur diese Art Mais wächst hier. Hier ist kein Wasser für große Blattpflanzen. Dafür sind die Inhaltsstoffe konzentrierter. Die Maiskörner enthalten viel mehr Eiweiß als die herkömmlichen."

Ahote ist fasziniert. Schweigend arbeiten sie, bis die Schösslinge alle versorgt sind.

„Können wir dann gleich? Was meinst du, wie stehen die Chancen, dass Pete etwas weiß?"

Pamuya zuckt mit den Schultern. „Keine Ahnung, aber er und sein Cousin verstehen sich gut."

Nach dem die Arbeit getan ist, steigen beide in ihre Autos, Pamuya fährt voran. Sie folgen weiter dem Flussbett. Nach ungefähr zehn Minuten Fahrt entdeckt Ahote erneut eine grüne Anbaufläche, daneben parkt ein weiterer verbeulter Pick-up. Pamuya hält ebenfalls dort. In der Mitte des Grundstücks bearbeitet ein junger Mann mit einer Hacke den harten Boden.

Erstaunt kommt er ihnen entgegen. „Hallo Pamuya! Was macht ihr zwei hier draußen? Braucht ihr Hilfe?"

„Genau, wir …", will Ahote sofort loslegen, doch Pamuya hält sie zurück.

„Hallo, Pete, schön dich mal wieder zu sehen. Ist dein Vater auch gerade ständig in der Kiva und du musst den Acker alleine bearbeiten?"

Pete lacht, dabei zeigen sich zwei Grübchen auf seinen Wangen, die ihn sofort sympathisch erscheinen lassen.

„Schwere Zeiten was?", greift er das Thema auf. „Und? Sonst so?"

Pamuya deutet auf Ahote. „Das ist Ahote, meine Freundin. Vielleicht hast du schon von ihr gehört?"

Vielsagend zieht Pete die Augenbrauen hoch. „Wer nicht? Meinen Respekt, kein leichtes Ding, das du dir da ausgesucht hast."

„Das mir übergestülpt wurde! Das trifft es eher. Aber sag mal …"

Erneut unterbricht Pamuya sie. „Was macht Ethan? Geht es ihm besser?"

Petes Miene verdunkelt sich. „Mein Bruder! Was'n Shit! Letzte Woche hab ich ihn aus dem Krankenhaus abgeholt, er hat sich ein paar Tage zuvor fast den letzten Trip verpasst. Ich wollte ihn mit zu uns nehmen, damit er wieder runterkommt von Drogen. Wollt' ihn einfach nach Hause fahren. Doch als er es gemerkt hat, ist er vor einer Kreuzung aus dem fahrenden Auto gesprungen." Seine Augen sind verschleiert.

Pamuya legt ihm die Hand auf den Arm. „Das tut mir leid."

Stille breitet sich aus.

„Genau deswegen sind wir hier!", platzt Ahote schließlich heraus.

Verständnislos schaut Pete sie an.

„Wir müssen etwas dagegen tun, gegen die Hoffnungslosigkeit. Die Menschen davon überzeugen, dass der Weg hinaus in der Rückkehr zur Natur, zu Traditionen führt. In der Rückverbindung zu den Wurzeln."

Pete nickt. „Ja, irgendwie schon."

„Sag mal, hast du schon gehört, dass der Stammesrat die nötige Mehrheit für die Wiedereröffnung der Mine hat?"

Pete sieht Ahote prüfend an, scheint abzuwägen, was er sagen kann oder soll. „Hab was munkeln hören."

Pamuya funkt dazwischen. „Weißt du, Ahote hat vorhin mit dem Reporter eines Nachrichtenmagazins telefoniert und sie hat die einzigartige Chance, mit dem Anliegen der Hopi ins Fernsehen zu kommen."

Ehrfürchtig schaut Pete Ahote an.

„Ich treffe mich morgen Abend mit ihm, aber ich muss ihm interessante Neuigkeiten bieten, damit der Fernsehtermin zustande kommt. Er will Beweise für die Bestechung der Stammesmitglieder hinsichtlich der Abstimmung für die Wiedereröffnung der Mine."

Pete schüttelt den Kopf. „Tut mir leid, da kann ich dir nicht weiterhelfen."

„Aber du wusstest doch schon davon! Woher?", bohrt Ahote nach. „Hast du nicht einen Cousin, der beim Stammesrat ist?"

Pete wendet sich ab. „Ich hab zu tun. Muss heute noch fertig werden."

Ahotes Herz pocht bis zum Hals. Sie kann und will seine Ablehnung nicht akzeptieren. Jetzt, da sie so nah dran ist. Sie geht ihm nach. „Pete, bitte, es ist wirklich wichtig, dass du uns sagst, was du weißt. Nur so können wir unseren Leuten und dem Land helfen."

Pete bleibt stehen. „Howard hat gesagt, er verschafft mir auch einen guten Job, wenn die Mine wieder geöffnet wird." Nachdenklich fügt er hinzu: „Weiß noch nicht so recht, ob ich das will. Ich brauche das Sonnenlicht um mich herum und den Wind."

„Genau das wollen wir uns und allen erhalten! Es geht auch anders! Mit der Natur! Vielleicht müssen wir nur mehr die Öffentlichkeit nutzen, das Interesse an der Landschaft und unserer Kultur wecken. Irgendwie muss es uns gelingen, das alles zu retten." Sie deutet auf die Landschaft um sie herum. „Dazu braucht es Mut! Ungewöhnliche Wege – die erfordern immer Mut. Hilf uns dabei, die Welt ein bisschen besser zu machen und für Gerechtigkeit zu sorgen. Dass die mit viel Geld nicht immer mit allem durchkommen, weil sie meinen, sie könnten alles kaufen. Auch die Stimmen im Stammesrat. Bitte hilf uns und sag uns, was du weißt!"

Pete schweigt und sagt nach einer Weile leise: „Ich will Howard da nicht mit reinziehen. Wir haben uns immer gut verstanden."

„Du musst nicht seinen Namen nennen. Fürs Erste genügt deine Aussage." So hat sie wenigstens etwas zu bieten. Josh wird ihr sagen, was er für ein Interview braucht. Oder sie muss sich etwas anderes einfallen lassen. „Ich würde das, was du sagst, anonym mit dem Handy aufnehmen. Dann hab ich etwas vorzuweisen – einen Zeugen."

Pete zögert. „Ich will da nicht reingezogen werden."

„Das ist nur für Josh, damit er weiß, dass es Zeugen gibt. Außerdem kann man die Stimmen verzerren, es wird dich niemand erkennen. Wenn keine Namen genannt werden, wie kann man dann wissen, dass du der Informant bist?"

Pete schaut auf den Boden, fährt mit seinen Händen an dem Stiel seiner Hacke entlang, als wolle er ihn melken.

„Tut mir leid, ich kann das nicht."

Die Worte der Niederlage bohren sich tief in sie hinein. Es fühlt sich an wie freier Fall in eine tiefe Schlucht. Auf einmal ertönt der heisere Schrei eines Vogels über ihnen. Alle starren wie auf Kommando zum Himmel.

„Ein Adlerpaar!", wispert Pamuya ehrfürchtig.

„Wie schön", murmelt Ahote. „Wild und frei."

Urplötzlich ertönt aus dem Wipfel der Weißpappel am anderen Ende des Ackers krächzende Antwort. Durch die Zweige hindurch kann man ein Nest erkennen.

„Ein Adlerhorst!", stößt Ahote hervor.

Das Adlerpaar kreist noch eine Weile über ihnen, anschließend fliegt es Richtung Pappel und einer von beiden landet im Nest. Der andere kreist weiter am Himmel, wahrscheinlich erneut auf Futtersuche für den Nachwuchs.

Ahote kann die Augen nicht von den Adlern wenden, sie berühren zutiefst ihr Herz. Nach einer Weile erwacht sie aus ihrer Starre. „Bitte hilf uns, diese kostbare Natur zu bewahren. Lass uns wie dieses Adlerpaar ihre Brut, gemeinsam dieses einzigartige Land beschützen! Wenn wir es nicht tun, wer tut es dann?"

Pete starrt gebannt auf den Baum und schweigt.

Was kann sie noch sagen? Wie ihn erreichen, dass er versteht? Verzweiflung drückt kalt auf ihr Herz, windet sich lähmend durch ihren Körper. Sie will sich schon abwenden und gehen, sie hat dem nichts mehr entgegenzusetzen, da unterbricht Pete plötzlich heiser die erdrückende Stille. „Du hast recht. Ich mach's! Es gibt Dinge, die muss man einfach tun."

Ahote trommelt mit ihren Fingern im Takt der Musik auf das Lenkrad, die Musik dröhnt laut durch den Jeep und sie singt fröhlich mit. Sie ist auf dem Weg nach Flagstaff. Erst, um sich spontan mit Samuel zu treffen und dann mit Josh Ugwin. Sie kann kaum glauben, was gerade geschieht, eins fügt sich zum andern. Alles passt!

In diesem Augenblick fährt sie an einem der raren Verkehrsschilder vorbei. Noch zwanzig Meilen bis Flagstaff. Sie kann es kaum erwarten, Samuel wiederzusehen. Wohliges Kribbeln perlt durch ihren Körper, wenn sie an ihn denkt. Er nimmt sich heute Nachmittag extra zwei Stunden frei für sie, das sollte möglich sein, hat er gesagt. Er wollte mit seiner Kollegin die Mittagspause tauschen. Seine Wohnung will er ihr zeigen … Besonders sein Schlafzimmer interessiert sie und erst das Bett … Sie kichert wie ein verliebter Teenager, dreht das Radio noch lauter und trällert lauthals mit.

Wie sie diesen Tag liebt! Sie könnte die ganze Welt umarmen. Auch wenn es draußen heiß und stickig wie in einem Glutofen ist. Sobald sie das Haus oder das mehr schlecht als recht klimatisierte Auto verlässt, meint sie, gegen eine brütende Dunstglocke zu laufen. Der Himmel ist heute in milchiges Sandgelb getaucht und hat seine blaue Leuchtkraft verloren. Die bleierne Hitze drückt auf alles, die Luft scheint zu stehen, als ob sich etwas zusammenbraut. Ein Sandsturm? Sie zuckt die Schultern, keine Ahnung, ob es das hier gibt. Sie hofft, im grünen Flagstaff der Gluthitze des Hochplateaus wenigstens für ein paar Stunden zu entgehen und durchatmen zu können. Aber eigentlich ist es egal, den Tag heute kann ihr nichts vermiesen! Den Erfolgskurs lässt sie sich nicht nehmen!

Das Radio ist so laut, dass sie fast das Läuten ihres Handys nicht hört. Sie bremst und fährt rechts ran. Hektisch fingert sie nach dem Telefon und sieht Joshs Nummer auf dem Display. Will er sich früher mit ihr treffen? Wäre an sich kein Problem, sie ist ja schon mittags in Flagstaff. Aber zu ihrem Vergnügen. Erneut kichert sie, gut gelaunt spricht sie ins Telefon: „Hey Josh, was gibt's? Bin gerade auf dem Weg nach Flagstaff."

„Oh, ich habe gehofft, dich noch zu Hause zu erwischen." Seine Stimme klingt kein bisschen fröhlich. Ihre Alarmglocken läuten.

„Ist dir etwas dazwischen gekommen? Kein Problem, ich hätte auch morgen Zeit. Ich könnte in Flagstaff bei einem Freund …"

„Ahote, tut mir leid", unterbricht sie der Reporter. „Aber der Sender hat umdisponiert. Dieses Thema passt im Moment nicht in unser Konzept."

Seine Worte dröhnen in ihren Ohren.

„Ich habe auch kein Problem damit, wenn wir uns erst nächste Woche treffen oder …"

„Nein, das ist es nicht. Ich meine … grundsätzlich."

„Wie? Gar nicht?"

„Genau. Tut mir leid."

„Aber du hast doch gesagt, dass …"

Erneut fällt er ihr ins Wort. „Ich bin auch nur ein Angestellter. Tut mir leid, ehrlich. Mir sind die Hände gebunden."

Die Welt um sie herum wird schwarz, alles dunkel und eng. Sie kann kaum atmen, ihr Brustkorb schmerzt.

„Ich wünsche dir viel Glück! Tschau."

Es klickt und die Leitung ist tot. Tot wie ihre Hoffnung.

Das darf doch nicht wahr sein! Sie lässt den Kopf auf das Lenkrad sinken. Sie weiß nicht wie lange. Auf einmal hämmert die Frage in ihrem Kopf: Wusste jemand etwas davon? Hat jemand den Sender informiert, gegen sie intrigiert? Nur Pamuya wusste davon. Nein, auch Pete. Genau, Pete! Vielleicht hat Pete seinem Cousin etwas erzählt? Sie muss Pamuya anrufen, sofort. Hastig greift sie nach dem Handy und tippt Pamuyas Nummer. Es surrt gefühlte Ewigkeiten, Ahote will schon auflegen, als Pamuya sich meldet.

„Stell dir vor, das Interview – nein, der ganze Fernsehbericht wurde gestrichen! Passt nicht mehr ins Konzept. Pahh! Das geht doch nicht mit rechten Dingen zu. Bestimmt hat Pete kalte Füße gekriegt und seinen Cousin gewarnt. Die stecken doch hier alle unter einer Decke", faucht Ahote wütend ins Telefon.

„Was?" Pamuyas Stimme am anderen Ende bricht. Es hört sich an, als ob sie weint.

„Pamuya? Pamuya, was ist los?"

„Es tut mir so leid. Ich wollte das nicht, aber ..." Die Stimme verschwindet im Schluchzen.

Ahotes Herz zieht sich schmerzhaft zusammen. „Du? Du hast es jemandem erzählt? Wie konntest du!"

Das Schluchzen wird lauter. „Ich ... konnte nicht anders. Ich ... wollte das nicht. Es ist mir einfach rausgerutscht. Cheveyo hat keine Ruhe gegeben."

„Cheveyo? Was hat er damit zu tun?"

„Er arbeitet für die Peal Coal Company."

„Was?" Ahote kann es nicht glauben. „Wie kann er nur! Das darf doch nicht wahr sein. Und du verrätst es ihm auch noch."

Pamuyas Worte lösen sich erneut in Schluchzen auf, dann bricht die Verbindung ab.

„Pamuya? Pamuya!"

Doch die Leitung bleibt still.

„*Mist!! Mist!! Mist!*" Sie hämmert auf das Lenkrad ein, sie spürt den Schmerz nicht mal.

War sie zu hart zu ihrer Freundin? Der eigentliche Schuldige ist Cheveyo! So kann sie nicht zu Samuel fahren. Sie muss zurück. Sie wird sich Cheveyo vorknöpfen, aber so was von! Dieser Typ ist jetzt endgültig für sie gestorben. *Aus und vorbei. Nichts mehr Freundschaft.*

Kurz vor Hocavi bremst sie schlitternd, der Jeep schert auf dem losen Staub seitlich aus. Das Auto dreht sich einmal um sich selbst, bevor es zum Stehen kommt. Ahotes Herz pocht bis zum Hals. Seit dem Telefonat mit Josh schwirrt alles im Nebel, nichts ist klar. Alles verhüllt und dumpf. Ihr Atem geht schnell und abgehackt.

Sie muss sich beruhigen. Erneut saust ihre Faust auf das Lenkrad. Sie will sich aber nicht beruhigen!

Sie schnappt sich ihre Tasche und steigt aus dem Auto. Sie zuckt zurück, der Dampf hier ist noch dicker als bei ihrer Abfahrt. Dunkle aufgetürmte Wolken am Horizont zeugen von heftigen Energien. Ungezügelte Elektrizität liegt in der Luft. Fernes Grollen erschüttert die Atmosphäre.

Ein kurzer Blick aufs Handy. Samuel hat versucht, sie zu erreichen. Sie hat ihm vorher auf die Mailbox gesprochen, dass aus ihrem Treffen leider nichts wird. Dann hat sie den Klingelton ausgeschaltet. Sie wollte nicht gestört werden, mit niemandem reden. Auch nicht mit Samuel. Sie will nicht, dass er ihre Wut abkriegt. Die ist für Cheveyo, und zwar ungebremst. Das muss sie mit ihm allein ausmachen. Sie ballt ihre Hände zu Fäusten und läuft los.

Ungewohnte Betriebsamkeit herrscht in den Gassen, hastig werden getrockneter Mais und Kräuter, sowie Vorräte ins Haus geholt und sicher verstaut. Leute nicken und winken ihr eilig zu und werkeln dann weiter. Maskenhaft zwingt Ahote ein Lächeln in ihr Gesicht und hastet weiter, zu Pamuyas Haus.

Bitte, lass Cheveyo Zuhause sein, fleht sie innerlich. Schon hat sie das Haus seiner Familie erreicht. Diesmal pocht sie sofort energisch an die Tür. Keine Antwort. Jemand muss zuhause sein! Sie will, sie muss ihre Wut entladen, so wie die Natur es wahrscheinlich demnächst hier tun wird.

Das Tageslicht tritt nur noch gedämpft durch die schwarze Wolkenwand. Waagrechte Blitze zucken vielfach verzweigt wie mahnende Finger am Horizont gen Himmel. Das Donnergrollen ist jetzt so heftig, dass sie die Vibration an ihren Füßen spürt. Die Erde bebt. Ihre Nackenhaare stellen sich auf, Gänsehaut läuft über ihren Rücken. Vielleicht ist wirklich niemand zuhause, weil jeder noch schnell wichtige Dinge in Sicherheit bringt.

Erste Regentropfen fallen, schwer und groß. Dann bricht plötzlich die Hölle los, Regen prasselt vom Himmel, als wolle er fest auf den Boden einschlagen. Erneut klopft sie an die Tür. Mist, sie ist schon durchnässt. Hier ist sonst nichts, wo sie unterkommen kann. Das Haus ihres Großvaters ist zu weit weg. Entschlossen drückt sie die Klinke herunter, die Tür springt auf, sie war nicht verriegelt. Wer soll hier auch etwas klauen?

„Hallo, Pamuya, Cheveyo? Jemand zuhause?" Auf einmal merkt sie, dass ihre Wut weg ist. Das Unwetter draußen hat ihr die Wut genommen. Die braucht sie aber, um sich zu wehren.

„Cheveyo!" Diesmal kräftiger. Da, etwas raschelt! Sie fährt herum. Eine Katze. Sie kommt kläglich maunzend zu ihr, streicht ihr mit erhobenem Schwanz um die Beine.

„Na, was ist mit dir? Bist du allein zuhause?" Allmählich gewöhnen sich ihre Augen an die Dunkelheit. Die Katze maunzt jammervoll.

„Hast du Hunger? Keine Ahnung, was du kriegst. Gibt es hier auch Katzenfutter?" Sie geht durch den Raum in Richtung Spülbecken. Plötzlich hört sie etwas, es klingt wie ein Stöhnen. Sie erstarrt. Es kommt vom Bett auf der anderen Seite des Raumes.

„Hallo?"

Keine Antwort. Erneutes Stöhnen. Sie hastet zum Bett. Dort liegt Pamuya.

„Pamuya! Geht es dir nicht gut?"

Schon ist sie bei ihrer Freundin. Doch sie reagiert nicht. Ahote schüttelt sie, erst sanft, dann kräftiger. „Pamuya! Pamuya, was ist mit dir? Wach auf!"

Doch keine Reaktion. Da fällt ihr Blick auf eine Schachtel auf dem Boden neben dem Bett. Eiseskälte breitet sich in ihr aus. Sie greift danach. *Schlaftabletten!* Ihr wird übel. *Pamuya hat Schlaftabletten genommen!*

Sie reißt ihre Freundin hoch, schüttelt sie. *Sie reagiert nicht.* Ahote schlägt ihr auf die Wangen, ein Stöhnen ist die einzige Reaktion. „Pamuya, was machst du denn?" Was soll sie nur tun? Ihre Freundin braucht Hilfe, und zwar schnell! *Ich muss sie ins Krankenhaus bringen!*

Doch, wo ist das nächste Krankenhaus? Und überhaupt, bei dem Wetter? Sie greift nach ihrem Handy. Doch wen soll sie anrufen, wen kann sie fragen? Ihr Großvater und Samuel sind die Einzigen, dessen Nummer sie noch hat. Sie tippt Hanias Nummer. Sie hat kein Netz! *Verdammt! Bitte nicht jetzt!* Ihr Großvater! Vielleicht ist er zu Hause und kann helfen? Aber sie kann Pamuya nicht dorthin tragen! Nachbarn um Hilfe bitten? In diesem Moment poltert es an der Tür, wird sie plötzlich mit Schwung aufgerissen. Cheveyo kommt tropfnass mit Krügen und Körben beladen ins Haus.

Er stutzt, als er Ahote sieht. „Was …?"

„Schau, was du angerichtet hast, du Idiot! Hilf mir! Pamuya stirbt!" Sie schluchzt, bricht über ihrer Freundin zusammen. Sofort ist Cheveyo über ihr, schiebt sie von Pamuya weg und beugt sich über seine Schwester.

„Hier!" Ahote streckt ihm die Tablettenschachtel entgegen. „Die hat sie genommen."

Hastig schaut Cheveyo darauf, dann zieht er seine Schwester hoch. „Komm, wir müssen sie ins Krankenhaus bringen."

„Wie sollen wir das bei dem Unwetter schaffen?"

„Wir müssen! Wir haben keine andere Wahl, sonst stirbt sie."

Auf einen Schlag scheint die ganze Welt still zu stehen. Nur Cheveyos Worte kreisen in ihrem Kopf. Ziehen sie in die Tiefe hinab. Dorthin, wo es nur ein „Entweder-oder" gibt. Kein „und". Sie muss eine Entscheidung treffen. Sofort. Klar und deutlich.

„Los, hilf mir!" Cheveyo Worte reißen sie aus ihrer Trance.

Sie überlegt fieberhaft. „Gibt es hier jemanden, der ihr helfen kann? Mein Großvater vielleicht?"

Abschätzig schaut er sie an. „Sie hat starke Chemie genommen! Wie sollen da Hokuspokus-Zauber und Kräuter helfen?"

„Wie bitte?" Ahote meint, sich verhört zu haben. „Hilf mir, sie muss das Zeug loswerden. Schnell, wir müssen sie zum Erbrechen bringen!"

„Aber sie kommt nicht zu sich! Wie soll das gehen?" Cheveyo greift unter Pamuyas Beine und Nacken und hebt sie hoch.

„Was machst du?"

„Ich bring sie raus in den Regen. Der ist kalt. Vielleicht wacht sie dann auf."

Ahote springt mit einem Satz zur Tür und reißt sie auf. Cheveyo trägt sie hinaus. Dorthin, wo die Welt unterzugehen scheint. Wo der Regen wütend auf die rote Erde hämmert. Er rutscht auf dem nunmehr breiig aufgeweichten Untergrund aus, fast wäre er gefallen. Gerade noch kann er sich und seine kostbare Last abfangen. Jetzt plattert der Regen direkt auf Pamuya, in ihr Gesicht.

Ahote klopft ihr auf die Wangen, rüttelt an ihr.

„Pamuya! Pamuya wach auf! Bitte!" Regen, Donner, Dunkelheit und Schmerz hüllen sie ein. Es fühlt sich an wie Weltuntergang.

Da sieht sie, dass ihre Freundin blinzelt.

„Pamuya! Wach auf! Alle wird gut!"

Sie zieht Cheveyo zu der Bank an der Hauswand. „Setz sie hin! Sie wacht auf. Sie muss das Zeug in ihrem Bauch loswerden!"

Jetzt hat ihre Freundin die Augen offen.

„Steck dir den Finger in den Hals, Pamuya. Die Tabletten müssen raus!"

Doch Pamuya schaut nur mit leerem Blick, dann schließt sie die Augen erneut. Ahote schüttelt sie, sie lässt nicht zu, dass ihre Freundin stirbt. Sie drückt ihr die Kieferknochen auseinander und drückt mit ihrem Finger weit hinten auf die Zunge. Pamuya würgt.

„Pack sie von hinten und beug sie vornüber, damit sie nicht erstickt. Drück ihr auf den Bauch. Das Zeug muss raus", ruft sie Cheveyo zu.

Pamuya würgt und erbricht sich. Schnell hält Ahote ihr eine Keramikschale an den Mund, die vor dem Haus auf dem Boden steht.

„Gut, du schaffst das", feuert Ahote sie an.

Pamuya stöhnt. Es kommt nichts mehr außer pure Galle. Erneut wird sie ohnmächtig.

„Und jetzt? Woher willst du wissen, wie viel von dem Zeug schon in ihrem Blut ist?" Cheveyo Stimme klingt panisch.

„Los, gehen wir zu meinem Großvater. Er kann uns helfen."

Sie hasten durch die verlassenen Gassen, Gegenstände fliegen ihnen entgegen, die Sturmböen vor sich her treiben. Starker Regen behindert die Sicht. Endlich stehen sie vor Hanias Haus. Ahote reißt die Tür auf.

„Großvater, bist du da? Großvater?"

Hania schlurft aus seinem Zimmer, sieht sie fragend an.

„Was ist passiert? Pamuya! Legt sie dort aufs Bett." Er deutet auf das Bett neben ihrem.

„Sie hat Schlaftabletten genommen. Gerade hat sie sich erbrochen", stößt Ahote hervor. „Bei dem Unwetter können wir nicht zum Krankenhaus fahren. Kannst du ihr helfen?"

Ihr Großvater sieht sorgenvoll und angespannt aus.

„Cheveyo, du bleibst bei ihr. Hier ist eine Schüssel. Wenn sie sich erbricht, richte sie auf. Ahote, zieh du ihr die nassen Kleider aus!"

Ahote nickt.

„Hüllt sie in die Decke. Wir müssen sie warm halten. Ich mache ihr einen Sud."

Ahote ist froh, etwas tun zu können. Wie blass und zerbrechlich Pamuya aussieht. Wie leblos sie da liegt.

„Zittert sie?", ertönt die Stimme ihres Großvaters vom Kaminfeuer.

Cheveyo verneint.

Hania murmelt: „Das ist schlecht. Ihr Geist hat sich von ihrem Körper entfernt. Ihr Körper kann sich nicht mehr wehren."

Panik nimmt Ahote den Atem, sie schluchzt: „Bitte, Großvater, du musst ihr helfen! Versprich mir, dass du sie rettest! Denn ich habe schuld. Ich und Cheveyo."

Tränen laufen ihr über das Gesicht. Das wird sie sich nie verzeihen! Sie hat Pamuya einfach so verurteilt am Telefon, ohne nähere Kenntnisse, was wirklich geschehen ist. Sie weiß doch, dass ihre Freundin zu ihr hält, dass sie sich auf sie verlassen kann. Auf einmal kocht Wut in ihr hoch. Wut auf den Mann neben ihr. Doch sie zwingt sich, sie runterzuschlucken. Schuldzuweisungen helfen Pamuya jetzt auch nicht.

„Ahote, Ruhe bewahren! Das, beten und sie gut versorgen, ist alles, was wir tun können. Ich komme gleich mit dem Sud, der wird ihre Lebensgeister neu wecken. Wir müssen ihn ihr tropfenweise mit einem Lappen einflößen, ihre Lippen benetzen damit. Nicht zu viel, solange sie bewusstlos ist. Das ist wichtig, sonst kann sie daran ersticken."

Er schlurft mit einer Schale heran, zeigt ihnen, was sie machen müssen, dann holt er eine kleine Dose aus dem Regal und drückt sie Ahote in die Hand.

„Reib ihren Körper mit dieser Salbe ein. Das regt die Durchblutung an. Und zieht eure nassen Sachen aus! Eine Kranke ist genug."

Ahote will schon widersprechen, doch die Stimme ihres Großvaters duldet keinen Widerspruch. Er reicht Cheveyo ein Bündel Wäsche. „Hier zieh das von mir an." Dann geht er zurück zum

Feuer, werkelt herum und kommt mit einer Tasse wieder. „Schluckt sie den Sud?"

„Bisher nicht", antwortet Cheveyo.

„Sie nimmt ihn trotzdem auf, über Lippen und Mundschleimhaut. Hier ist noch Tee. Sobald sie halbwegs zu sich kommt, flößt ihr beides abwechselnd ein. Das Gift muss raus. Sie muss viel trinken, damit die Nieren keinen Schaden nehmen."

Er setzt sich zu Pamuya, legt ihr seine faltige Hand auf die Stirn und schließt seine Augen.

Ahote konzentriert sich darauf, die Salbe in die kalten, leblosen Glieder ihrer Freundin einzumassieren. Sie will, sie muss etwas tun, sonst wird sie verrückt. Dunkle Schleier der Angst lauern in ihr, warten darauf, übermächtig zu werden, sie in die Trostlosigkeit hinabzuziehen. Alles was sie dem entgegenzusetzen hat, ist die Liebe in ihr. Die für Pamuya, die ihr wie eine Schwester ans Herz gewachsen ist. So legt sie all ihr Gefühl in ihre Hände, zeigt so ihrer Freundin, wie sehr sie sie liebt. Dass sie zurückkehren soll ins Leben.

Doch die Angst kehrt immer wieder zurück, bedrängt die Liebe zu weichen, schwach zu sein, sich zu unterwerfen. Wo Angst ist, ist kein Vertrauen, kein Glaube und keine Liebe. Nur dunkle Kälte.

Plötzlich reißt ihr Großvater sie aus ihren düsteren Gedanken und murmelt: „Sie braucht eine Heilungszeremonie."

Ahote weiß nicht, ist das ein gutes Zeichen? Doch sie wagt nicht, ihrem Großvater noch einmal die alles entscheidende Frage zu stellen. Sie weiß nicht, ob sie die Antwort erträgt.

Hania erhebt sich, auf einmal fühlt Ahote den Druck seiner warmen Hand auf ihrer Schulter. Er will ihr Mut machen, das spürt sie genau.

Leise sagt er: Liebe ist alles, was uns bleibt. Liebevolle Gedanken und die der Hoffnung, der Zuversicht. Der Große Geist weiß immer, was er tut und warum. Liebe ist kein nur. Liebe ist alles. Ohne Liebe ist alles nichts."

Sie kann nur nicken. Die Magie seiner Worte schwingt in ihr drin, setzt das Gesetz von Zeit und Raum außer Kraft, trägt sie hinfort zu einem inneren Ort der Ruhe, des Friedens.

Irgendwann ist da würziger, kraftvoller Rauch, hüllt sie tröstlich ein. Es riecht nach Salbei, Wacholder, Beifuß und anderen herben Kräutern. Aus einer irdenen Schale verteilt ihr Großvater Rauch mit einer Adlerfeder, dabei singt er mit kehliger Stimme seltsame Worte. Hopi. Worte, deren Bedeutung langsam in ihr Bewusstsein dringt. Sie schwingen in Ahote nach, beschwören das Gesicht ihres Vaters herauf. Die Erinnerung kommt als silberner Faden, leuchtend in der Dunkelheit der vergessenen Gedanken.

Hania tanzt und dreht sich in alle Richtungen, immer wieder schwingt er auch die Rassel. Das Feuer im Kamin prasselt jetzt kräftig, der Raum ist heiß und stickig. Der Qualm beißt in Ahotes Hals, sie muss husten.

Sie weiß nicht, wie viel Zeit vergangen ist, als Hania die Zeremonie beendet. Das Feuer im Kaminofen ist bereits bis zur Glut heruntergebrannt. Jetzt reicht er ihnen einen Becher mit dampfendem Tee.

„Trinkt und ruht euch aus. Ich passe auf Pamuya auf." Auf einmal sagt er: „Seht, sie zittert!"

Ahote erschrickt. Begütigend legt ihr Hania die Hand auf die Schulter. „Das ist ein gutes Zeichen, ihr Geist ist wieder hier, näher an ihrem Körper."

„Noch nicht im Körper? Heißt das, du weißt nicht, ob sie es schaffen wird?", fragt Ahote mit bebender Stimme.

Hania wiegt den Kopf hin und her. „Wer kennt schon die Wege des Großen Geistes? Es ist ein gutes Zeichen, mehr kann ich nicht sagen."

Wiederholt legt er Pamuya, die Hand auf die Stirn und schließt die Augen. Nach gefühlten Ewigkeiten sagt er: „Ihr Geist ist zerrissen. Die Verhältnisse müssen erst geklärt werden, bevor sie zurückkehren kann. Und vor allem will!" Dabei schaut er Cheveyo bedeutend an.

Der schlägt betreten die Augen nieder. Jäh brodelt in Ahote erneut heiße, giftige Wut auf. Sie packt Cheveyo am Arm und zieht ihn mit sich hinaus. Sie muss mit ihm reden, bevor sie daran erstickt.

„Bist du verrückt!" Ahote stößt Cheveyo vor die Brust. Fast wäre er auf dem lehmigen Boden ausgerutscht. „Sie könnte sterben! Was hast du dir nur dabei gedacht? Bei der Peal Coal Company zu arbeiten! Hast du sie noch alle?"

„Beruhige dich mal!" Er legt ihr die Hand auf die Schulter, doch sie stößt ihn weg.

„Lass mich! Du und deine Machenschaften. Das ekelt mich an. Wie kann man nur so tief sinken und Freunde und Familie hintergehen? Verraten, verkauft hast du dich! Unglaublich. Das hätte ich nie von dir gedacht. Wo ist der Cheveyo, der einst loszog, für Gerechtigkeit zu sorgen?"

Tränen der Wut laufen über ihre Wangen. Sie tritt ihm gegen sein Schienbein. Sie will ihm weh tun, er soll schreien. Er soll solche Schmerzen haben, wie sie in sich drin. Sie boxt ihm in den Bauch, in die Rippen, egal wohin. Hauptsache, es tut weh.

Er lässt es sich gefallen, es kommt kein Laut über seine Lippen. Sie stößt immer fester zu, sie will seine Schreie hören. Seine Schreie, damit es ihr besser geht, damit sie sich besser fühlt. Weil sie weiß, dass er auch leidet. Leidet so wie sie. Wenn auch nur körperlich. Denn er kann in seinem Herzen keinen Schmerz spüren so wie sie. Denn wenn er das könnte, hätte er sein Volk nicht verrate. So soll er wenigstens den Schmerz in seinem Körper fühlen.

Irgendwann umfängt er ihre Arme und presst sie fest an sich. „Ahote! Ahote, hör auf! Du hilfst ihr so nicht."

„Du wagst es, diese Worte in den Mund zu nehmen? Du hast sie in die Enge getrieben. Du hast sie so weit gebracht, bis sie keinen Ausweg mehr gesehen hat." Ahote bricht zusammen und weint. „Nein, auch ich bin schuld", wispert sie qualvoll. Ihr Herz scheint zu zerspringen. Wie kann sie jemals wieder lachen? Sich an der Sonne erfreuen?

Jetzt merkt sie, dass auch Cheveyo weint. Er weint, er schluchzt, er stöhnt. Sie stehen gemeinsam fest umschlungen im Nieselregen und weinen, um Dinge, die geschehen, vergangen sind, nie wiederkommen. Der Regen hört auf, die Tränen versiegen, doch der Schmerz und die Ungewissheit bleiben. Lasten bleiern auf ihren Herzen.

Er zieht sie auf die Bank vor dem Haus, schlingt den Arm fest um sie. „Bitte, Ahote. Du musst mir glauben, es tut mir unendlich leid. Ich wollte, ich könnte es ungeschehen machen. Ich wollte auf meine Weise helfen. Ich dachte, ich habe alles unter Kontrolle. Ich war hochmütig, wollte euch den Erfolg zu Füßen legen, den ich auf meine fortschrittliche Art errungen habe."

Er schweigt. Nur das Herabtropfen der Regentropfen von den Häusern ist zu hören.

„Unterschätze nie deinen Feind. Diesen Satz habe ich mir zu eigen gemacht. Und jetzt ist er wie ein Bumerang zu mir zurückgekehrt."

„Wie hast du Josh Ugwin dazu gebracht, sein geplantes Interview mit mir zurückzuziehen?"

„Ich – gar nicht. Ich habe es meinem Chef gegenüber erwähnt, ich dachte, er sollte es wissen, will darauf reagieren. Aber nicht so! Nicht, indem er den Sender mit Spendengeldern erpresst. Ich wollte, dass es fair zugeht. Dass wir uns fair messen. Traditionelle und Progressive. Ich hatte ihm ein Fernsehduell vorgeschlagen."

„Fair messen! Du spinnst. Wie naiv bist du, zu glauben, dass es fair zugeht? Mein Vater wurde vor zwanzig Jahren wegen dieser Sache umgebracht. Schon vergessen? Ist das fair? Sie sind unberechenbar und kalt. Es geht nur um Profit. Nicht um Menschen. Und schon gar nicht um die First Nations oder die Natur." Ihre Stimme bricht. „Sie haben uns besiegt. Alle beide! Das ist alles."

„Noch ist nichts zu Ende, der Kampf noch lange nicht vorbei." Er hebt seine geballte Faust. „Ich gebe noch nicht auf. Jetzt erst recht! Sie werden mich noch kennenlernen. So nicht!"

„Ach, Cheveyo, wach endlich auf, aus deiner Traumwelt.", sagt Ahote mit müder Stimme. „Gegen die kommen wir nicht an. Die sind eine Nummer zu groß für uns. Sieh doch, was sie geschafft haben. Entzweit haben sie uns. Nicht nur uns beide. Die Hopi sind gespalten, wie können sie sich jemals wieder vereinen?"

„Ich räche deinen Vater für dich und meine Schwester."

„Noch ist sie nicht tot", fährt Ahote ihn an.

„Natürlich nicht", beeilt er sich, zu sagen. „Aber bitte, vertrau mir in Zukunft. Egal was ich tue. Vertrau mir einfach." Er nimmt ihr Gesicht in seine Hände und schaut ihr tief in die Augen. Erst will sie sich losreißen, doch dann sieht sie dort ein Leuchten, ein warmes Glitzern, das sie kennt.

„Ich möchte, dass wieder Sterne in deinen Augen sprühen", haucht sie, kann den Blick nicht von ihm wenden. Sie will sich einfach nur fallen lassen, Frieden finden. Sonst nichts. Auf einmal fühlt sie seine Lippen auf ihren, ganz sanft, ganz weich. Tröstend, nicht fordernd. Sie wendet ihren Kopf zur Seite und kuschelt sich in seine Halsbeuge, atmet seinen herben Kräuterduft ein.

„Können wir es nicht gemeinsam schaffen?", wispert sie. „Gemeinsam, zusammen. Nicht jeder für sich allein."

Sein Brustkorb hebt sich, sie spürt einen tiefen Seufzer, bevor sie ihn hört.

„Wir sind zu verschieden. Jeder muss es auf seine Weise tun."

„Aber ich habe keine Kraft mehr."

Sanft streicht er ihr über die Wange. „Das meinst du nur. Du bist doch die Eine, die Großes bewirkt für unser Volk. Schon vergessen?"

Wie könnte sie? Der Stachel sitzt tief. Sie zuckt zurück. Sie will zu einer Schimpftirade ansetzen, die Dinge richtigstellen, wie sie es schon lange hätte tun sollen, doch dann schüttelt sie nur den Kopf.

Was richtigstellen, was sie selbst nicht genau weiß? Das Einzige, was sie weiß, ist, sie ist die Eine. Zumindest sagt ihr Großvater das. Und auch die anderen glauben daran. Wie kann sie die jetzt enttäuschen? Nachdem sie neue Hoffnung gefunden haben. In ihr. Durch sie. Ist sie es jetzt nicht gerade Pamuya schuldig für die Sache der Hopi weiterzukämpfen? Auch für ihren Großvater. Er gehört hierher. Wie alle anderen, die hier leben. Wie kann sie jetzt aufgeben? Das alles hier dem Untergang preisgeben? Sie muss weitermachen. Irgendwie. Mit Cheveyo oder allein. Sie muss.

Sie macht sich los. „Ich werde weitermachen. Aber komm mir nicht mehr in die Quere. Nie wieder!" Mit diesen Worten dreht sie sich um und geht zurück ins Haus.

9. Kapitel

Mutter Erde:
Liebe Mutter, ich nehme mich deiner an.
Verzeih mir meine unbedarfte Art.
Mein Herz und meine Seele sind alles,
was ich habe.
All das schenke ich dir, Mutter Erde.
Werde zum Werkzeug für dich.
Kämpfer ohne Waffen.
Scharfe, spitze Worte sind in mir drin,
finden ihren Weg in die Welt hinaus,
dich und deine Natur zu retten.
Du kennst kein zu spät – alles ist möglich.
Glaube versetzt Berge, heilt Seelen und Herzen,
reinigt die Erde.

anke, dass du gekommen bist. Ich brauche jemanden zum Reden." Ahote drückt sich an Samuels Brust, sie hat vor dem Dorf auf ihn gewartet. Er schließt seine Arme fest um sie. „Keine Ahnung, wie es weitergehen soll. Ich kann doch nicht einfach abwarten, bis der Beschluss des Stammesrats offiziell ist. Ich muss doch irgendetwas tun! Und jetzt auch noch Pamuya."

„Wie geht es ihr?"

„Unverändert. Mein Großvater kümmert sich um sie, sie will einfach nicht aufwachen. Er hat gesagt, sie ist innerlich zerrissen, sie wird erst gesund, wenn die Unstimmigkeiten beseitigt sind. Wie soll ich das schaffen? Wie kann ich oder irgendjemand jemals alle Hopi vereinen? Es ist, als ob du die ganze Welt vereinen willst. Es gibt nun mal unterschiedliche Meinungen. Menschen gehen verschiedene Wege. Das war schon immer so und wird auch immer so sein."

Zärtlich streicht er ihr über den Kopf, küsst ihre Stirn und sagt besänftigend: „Du kannst nicht die ganze Welt retten. Diesen Schlamassel hier zu beseitigen ist schon genug."

„Gehen wir ein Stück. Ich möchte dir Aponi zeigen."

„Gerne." Er lässt sie los und nimmt ihre Hand. „Was ist jetzt mit Cheveyo? Du hast vorhin am Telefon gesagt, dass du es ihm verdankst, dass dein Interview abgesagt wurde. Unglaublich dreist von ihm, bei der Peal Coal Company zu arbeiten. Hat er gekündigt?"

Ahote schüttelt den Kopf: „Ich glaube nicht."

„Wie denken die anderen darüber?"

„Keine Ahnung. Ich habe noch mit niemandem darüber gesprochen."

„Weiß dein Großvater davon?", will er wissen.

„Von mir nicht."

Er bohrt nach: „Warum?"

„Er hat gerade mit Pamuya genug zu tun. Außerdem will ich diese Energie nicht mit zu uns ins Haus bringen, weil unter anderem genau das das Problem ist, warum sie nicht aufwacht." *Kann er nicht verstehen?*

„Es kann doch nicht sein, dass er dort in aller Seelenruhe weiterarbeitet und hier im Dorf ein- und ausspaziert. Weißt du denn, wozu er noch fähig ist?"

Sie versucht, ihn zu besänftigen. Sie will nicht, dass er sich so aufregt. Will einfach nur verstanden werden. „Ach, es ist alles nicht so einfach. Es tut ihm leid."

„Leid! Das hätte er sich mal vorher überlegen sollen." Samuels Stimme wird lauter.

Ahote spürt seine Anspannung in seiner Hand, die ihre umschließt.

Er bleibt stehen. „Gewisse Handlungen erfordern bestimmte Reaktionen. Grenzen setzen. Er kann euch doch nach Lust und Laune ausspionieren und für seine Zwecke missbrauchen. Sein Vater ist Traditionalist, hast du gesagt? Da sitzt er direkt an der Quelle."

„Ach, Samuel. Das macht er nicht. Er ist, wie er ist." Sie weiß nicht, was sie noch sagen soll, sie weiß, dass er sie nicht versteht. Dieses Mal nicht. Nicht bei diesem Thema. Sie will weitergehen, zieht an seiner Hand, doch er bleibt wie angewurzelt stehen, stellt sich vor sie hin. Seine Gesichtsmuskeln sind angespannt und er sagt mit schneidender Stimme: „Willst du damit sagen, dass du ihn verstehst? Noch immer verstehst und ihn in Schutz nimmst?" Sein Blick scheint sich in ihr Innerstes zu saugen.

„Er wird mir nicht mehr in die Quere kommen", beeilt sie sich zu sagen. Sie spürt, sie muss ihn beschwichtigen.

„Was genau heißt das?"

„Er macht sein Ding und ich meins. Jeder versucht, auf seine Weise zu helfen."

Er legt seine Hand auf die Brust. Seine Stimme ist leise und klingt seltsam verloren, als er sagt: „Weißt du, ich fühle hier drin, dass du Cheveyo liebst. Das ist kein Problem für mich. Ich weiß, dass du ihn schon lange kennst. Lange vor mir. Möglicherweise habe ich das falsch eingeschätzt und er ist wirklich der Eine für dich. Der eine Richtige, der dein Herz berührt. Nur du kannst das wissen und fühlen. Ich will einfach nur, dass du glücklich bist. Dass du deine Liebe lebst." Er verstummt.

Wortfetzen schwirren wie Nebelschwaden in ihrem Kopf. Sie öffnet den Mund, doch nichts kommt heraus. Eiseskälte hat sich in ihr ausgebreitet.

Er fährt fort mit Worten, die sie nicht hören will. Denen sie ohne Gegenwehr ausgeliefert ist.

„Ich habe das Gefühl, hier trennen sich unsere Wege. Du musst deinen gemeinsam mit Cheveyo gehen. Wie auch immer du das machst."

Noch immer kann sie ihn nur anstarren. Irgendetwas läuft falsch und sie kann nichts dagegen tun. Ihr Herz wird zu Eis.

„Ich weiß, du bist eine Kämpferin und irgendwie werdet ihr euch zusammenraufen und gemeinsam die Hopi retten."

Er nimmt ihr Gesicht in seine Hände und küsst sie zärtlich auf den Mund. „Du bist so mutig und stark. So viel stärker als du glaubst. Du kannst alles schaffen, was immer du willst. Lass dir von niemandem etwas anderes einreden! Ich liebe dich! Vergiss das nie. Pass gut auf dich auf."

Jetzt sieht sie, dass ihm Tränen über die Wangen laufen. Doch sie kann nichts tun, nichts sagen. Sie ist wie gelähmt, innerlich erstarrt. Sie fühlt seine Worte nicht in sich drin. Sie hört sie nur, wie in einem Film.

„Leb dein Leben und werde glücklich." Er dreht sich um und geht. Verschwindet einfach aus ihrem Leben.

Er ist weg. Einfach weg. Urplötzlich ist da ein tiefes Loch in ihr. Hier gibt es kein Licht und kein Entkommen. Alles aus und vorbei! Jetzt ist sie endgültig allein.

Ihr Kopf weiß es, aber alles andere will es nicht verstehen. Vielleicht ist es nur ein Albtraum, wie die letzten beiden Tage. Vielleicht wacht sie auf, die Sonne scheint und alles ist wie immer.

Mechanisch dreht sie sich um und geht weiter. Aponi war ihr Ziel. Da wollte sie doch gerade noch hin. Wie gut, dass ihr Herz jetzt ein Eisklumpen ist. Dann kann es nicht weh tun. Denn Schmerz hat sie genug erfahren in der letzten Zeit. Und so wird sie einfach weitermachen. Ohne zu denken. Ohne zu fühlen. Einfach tun, was nötig ist. Sich auf niemanden verlassen, außer auf sich selbst. Das ist ihre Antwort. Das war sie schon immer. Schon immer hat sie gewusst, dass das ihre einzige Chance ist, zu überleben. *Halte dein Herz mit beiden Händen fest, gib es niemals her! Es könnte brechen und niemals mehr heilen.* Wie gut, dass sie es sehr gut versteckt hat. Dass sie Übung darin hat.

Jetzt sieht sie die Pferde. Wie schön sie aussehen im Sonnenlicht, sie strahlen und glänzen. Schon immer. Außen wie innen. Genau darum liebt sie diese Wesen, diese feinen, sensiblen.

Sie geht den Hang hinab und alle Pferde kommen auf sie zu. Sie wiehern, scharren mit den Hufen. Auf einmal fällt ihr ein, sie haben Hunger! Pamuya hat sich sonst um sie gekümmert.

Aber sie hat jetzt nichts dabei. Noch weniger als nichts. *Nicht einmal mehr sie ist vollkommen.* Nur ein Teil von ihr ist hier. Der andere ist mit Samuel gegangen. Plötzlich wird ihr das schmerzlich bewusst. Sie will den Schmerz nicht! Sie will nicht lieben. Sie will sich nicht verschenken: Sie will nur sich selbst gehören.

Da ist Aponi, sanft pustet sie ihr den Atem ins Gesicht.

„Tut mir leid, meine Schöne, ich habe euch nichts mitgebracht. Ich muss Großvater fragen, womit ich euch füttern soll. Nicht einmal das weiß ich! Ich bin nicht einmal dazu fähig, mich um euch zu kümmern. Tut mir leid."

Tränen tropfen über ihre Wangen. Aponi stupst sie vorsichtig an. Ahote streicht ihr über den Hals, versenkt ihr Gesicht darin, wühlt sich in die Mähne. Die wird auf einmal nass. Nass wovon? Vergießt sie Tränen? Die sie nicht weinen will. Jetzt wird ihr Körper von einem Weinkrampf geschüttelt. Alles zerfließt, vergeht, löst sich in neuem Schmerz und Trauer auf.

Wie viel Schmerz kann ein Mensch ertragen? Mein Gott, Ahote, du bist weder sterbenskrank, noch ist jemand gestorben. Nur Samuel hat dich verlassen, sonst nichts. Nichts, was die Welt interessiert. Aber der Untergang der Hopi schon. Reiß dich zusammen, kämpfe für die Welt!

Sie schluchzt, lässt Aponi los und trocknet die Tränen. Samuel wollte es so! *Samuel …*

In diesem Moment klingelt ihr Handy. Eigentlich will sie jetzt nicht rangehen. *Pamuya?* Erneut krampft ihr Herz zusammen. Es könnte etwas Wichtiges sein.

Jasmin Smith, steht auf dem Display.

„Ja?", meldet sie sich zögerlich.

„Ahote, super, dass ich dich erwische. Setz dich hin oder du fällst gleich um!"

Ahote ist nicht zu Scherzen aufgelegt.

„Sitz du?"

„Bin gerade draußen unterwegs."

„Also gut, halte dich fest! Ich hab für dich gerade einen Termin für heute Abend ausgemacht! Und was für einen! Tatataaaa!!! Kennst du die TV Talkshow *Was du schon immer sagen wolltest?*, bester Sender, beste Sendezeit abends?"

„Äh, nein."

„Mensch, Ahote! Du bist heute Abend Gast in dieser Sendung!"

„Wie? Ich hab mich nirgends beworben."

„Diesmal nicht. Diesmal war ich die gute Fee. Ich hab mit Josh gesprochen, er hat mir erzählt, dass das mit eurem Interview leider nicht geklappt hat. Das tat mir so unendlich leid. Ich wollte dir und deiner Sache so gerne weiterhelfen. Du bist mir so sympathisch und du bringst die Sache der Hopi so emotional rüber, dass sie jeder versteht. Außerdem ist es ein Thema, das alle angeht. Aber kommen wir zur Sache, mich hat gerade ein Kumpel vom Fernsehen angerufen. Er arbeitet dort als Agent und wirbt Leute für alle möglichen Sendungen. Ihnen hat heute Abend kurzfristig ein Kandidat abgesagt. Ob ich jemanden kenne, der etwas Wichtiges zu sagen hat? Da hab ich sofort an *dich* gedacht!"

Jasmins Worte hallen in ihren Ohren.

„Und? Machst du's?"

„Äh, wie? Wo? Ich habe keine Ahnung", stammelt Ahote.

„Die Show ist heute Abend in Phoenix. Ich hab schon einen Mittagsflug von Flagstaff aus reserviert."

„Ich kenne mich doch gar nicht aus! Ich habe keine Ahnung, was ich da soll?"

„Na, die Welt retten", sagt Jasmin schnippisch.

Das sitzt. Das rüttelt wach. „Ich habe kein Konzept."

„Du gehst dorthin und bist einfach du – die natürliche Indianerin, die für das Überleben ihres Volkes kämpft. Das ist alles!"

Ahote schweigt.

„Ahote! Und?"

„Ich mach's!" Was hat sie schon zu verlieren?

„Yeah!", brüllt Jasmin ins Telefon. „Ich wusste, du hast Mumm. Setz dich sofort ins Auto mit dem gleichen Outfit wie neulich, und fahr los zum Airport Flagstaff Filig! Flug geht um 13 Uhr. Ich organisiere die Tickets, wir treffen uns in der Eingangshalle."

Samuel steht auf dem Paddock, sein Pferd Tawa neben sich, seinen Lippen entweicht ein Stoßseufzer. *Endlich! Endlich sind die Kinder nach Hause gegangen.* Normalerweise liebt er die Arbeit mit ihnen sehr, aber heute … Heute ist ihm alles zu viel. Er will einfach nur in einem Loch versinken und seine Ruhe haben. Nichts denken. Er drückt sein Gesicht in Tawas Mähne.

„Hallo, Samuel!"

Er zuckt zusammen. *Kaya!* Schnell versucht er, sich zu sammeln. *Zu neutralisieren,* wie er das früher nannte, wenn er nach den körperlichen Züchtigungen seines Vaters ins normale Leben zurückkehren musste. Er dreht sich zu ihr um.

„Oh, hallo, ich habe dich gar nicht kommen hören."

„Ich bin schon eine Weile hier. Dort oben habe ich gesessen." Sie deutet mit der Hand auf einen Stapel Hölzer, die hinter dem Paddock am Waldrand liegen. „Ich liebe es, dir und den Pferden bei der Arbeit mit den Kindern zuzuschauen. Es ist immer wieder faszinierend, wie Pferde spüren, was verletzte Seelen brauchen."

Jetzt fühlt er ihren prüfenden Blick auf seinem Gesicht. Sie streicht über Tawas Hals. „Ist alles in Ordnung bei euch?"

Samuel zuckt mit den Schultern. Er will nicht darüber reden. Will nicht die Kontrolle verlieren. Will nicht, dass die Trauer ihn mitreißt, hinab in die tiefste Dunkelheit des Seins. Dort wo nur Leere ist.

Leere, die sich sofort mit Schmerz füllt, wenn er darüber nachdenkt, warum das große schwarze Loch in ihm ist, das jegliches Gefühl einsaugt. Ihn aushöhlt. Die Welt mit ihren Farben vor ihm verschließt.

Tawa stupst ihn an und schaut ihm fragend in die Augen. Sanft legt er seine Hand auf dessen Nüstern. Sagt aber nichts.

Kaya gibt nicht auf. „Geht es Tawa gut? Er liebt doch Kinder, aber heute ist er nicht von deiner Seite gewichen."

Erneut der prüfende Blick, der seinen Schutzpanzer zu durchbohren scheint. „Ihm geht es gut. Aber …" Er verstummt, kann das unaussprechliche nicht in Worte fassen. Will es nicht noch realer machen, als es schon ist. Die Liebe seines Lebens. Davongeflogen. Wie ein nie da gewesener Traum. Er schluckt, legt seine Stirn an die von Tawa.

„Samuel?" Er spürt Kayas Hand auf seiner Schulter.

„Hmm?"

„Was ist los?" Jetzt liegt ihr Arm um seine Schultern und Tawa prustet ihm sanft ins Gesicht.

„Ich … Ahote … Wir sind nicht mehr zusammen." Seine Stimme bricht, seine Schultern beben. „Scheiße".

Tränen strömen und er weint. Er weint tatsächlich. Kann nichts machen, das schwarze Loch hat ihn ausgehöhlt, alle Freude aus ihm rausgezogen, eingesaugt. Er will den Schmerz nicht fühlen. Er will nicht. Doch Tawas Nähe und Kayas liebevolle Umarmung sagen etwas anderes. Sagen das, was er seinen kleinen Patienten immer sagt: „Spürt in euch hinein, versenkt euch in euer Innerstes und fühlt. Habt den Mut zu fühlen, dann wird es besser. Gefühle, das seid nicht ihr, das sind nur Informationen für euch, wo ihr hinschauen müsst. Wo ihr Schmerz annehmen müsst. Windet euch durch den Schmerz und es wird besser."

Aber, das gilt doch nicht für ihn! Er steht doch über den Dingen. Er hat doch gelernt, mit Schmerz umzugehen.

So dachte er. Jetzt fühlt er Kayas Arme um sich, sie umschlingt ihn fest und wispert Worte. Er weiß nicht welche, es ist egal. So egal wie alles. Er hat sie verloren, die Liebe seines Lebens! Er musste sie gehen, sie ziehen lassen. Lieben heißt auch loslassen. Fliegenlassen wie ein Adler im Wind. Nicht seine Flügel stutzen, ihn festhalten. Sein Körper bebt.

Tawas Atem bläst warm in sein Gesicht. Er wird auch diesen Schmerz überleben, so wie er schon viele körperliche Schmerzen überstanden hat. Die von der Gürtelschnalle seines Vaters. Doch dies hier ist tiefer. Es ist seine Seele, nicht sein Körper. Doch Adler müssen frei sein und fliegen können. Wohin auch immer sie wollen. Die Weite des Himmels muss über ihnen sein.

Er wird auch das überleben. Irgendwie.

Stunden später sitzt Ahote im Flugzeug, ihr Herz pocht heftig gegen ihre Rippen. Gerade noch hat sie den Flug geschafft. Jetzt erst mal zurücklehnen und entspannen, sie hat sogar einen Fensterplatz. Doch ob sie den heute genießen kann? Jetzt, da sie zur Ruhe kommt, stürmen alle möglichen Bedenken auf sie ein. Jasmin hat sie vollkommen überrumpelt. Was soll sie auf dem Sofa einer Talkshow, mit Leuten, einem Moderator, den sie nicht kennt? Was, wenn ihr nichts einfällt? Wenn die Worte in ihrem Hals stecken bleiben, so wie vorhin bei Samuel?

Nein, nicht an ihn denken! Lieber sich mit dem möglichen Inferno der Fernsehshow als mit ihm auseinandersetzen!

Außerdem – sie kann jederzeit gehen. Sie kann jederzeit das Sofa des Moderators verlassen. Denn es ist egal, welchen Eindruck sie hinterlässt. Dies ist nicht ihr Land! In keinem anderen Land wird man von ihrer Blamage erfahren.

Welt retten … Jasmin hat gut reden! Was soll's, das lenkt sie wenigstens von Samuel ab. *Samuel* …

Schon wieder sein Name. Und immer wieder sein Name. Tränen lauern hinter ihren Lidern, die jedes Mal mit seinem Namen hervorquellen wollen, die sie aber hastig weg blinzelt. Sie wird darüber hinwegkommen, wie sie andere Dinge auch schon überstanden hat. Außerdem ist dieser Planet hier voll von Menschen mit Problemen und Liebeskummer. Damit ist sie nicht allein. Das tröstet ungemein, zu denken, nicht nur sie ist traurig.

Traurig … das trifft es nicht. Sie beißt auf ihre Lippe. *Ist auch egal. Es ist aus und vorbei – fertig. Schlusspunkt. Abhaken, das Kapitel. Aber vielleicht, vielleicht gibt es einen Hoffnungsfunken? Nein, so will sie nicht denken. Sich keine Hoffnung machen, wo es keine gibt.*

Das gleichmäßige Brummen der Flugzeugturbinen hüllt sie ein, wiegt sie in den gnädigen Schlaf des Vergessens.

Sie wacht erst wieder auf, als eine Stewardess sie an der Schulter rüttelt. Verschlafen schaut sie auf. Die Turbinen stehen still und das Flugzeug ist fast leer.

„Wachen Sie bitte auf! Wir sind da. Sie wollen doch nicht wieder mit uns zurückfliegen?", scherzt sie.

Am liebsten schon, denkt Ahote schlaftrunken. Sie packt ihre Sachen zusammen, steigt aus und geht Richtung Ausgang des Flughafens. Davor soll eine pinkfarbene große Limousine warten, die könnte sie nicht übersehen, hat Jasmin sie angewiesen. Sie wird abgeholt. Na, wenigstens das, so muss sie sich um nichts weiter kümmern. Sie wird direkt zum Fernsehstudio gebracht. Welch ein Luxus.

Noch ist kein Lächeln, keine Wertschätzung dafür in ihr drin. Sie braucht noch Zeit, so sagt sie sich. Doch Zeit, was ist Zeit, wenn ein Teil von ihr fehlt? Bevor sie weiter darüber nachdenken kann, entdeckt sie eine riesige Limousine in der beschriebenen Farbe. Sie schnappt nach Luft. Die ist mal richtig groß, gestreckt und so! Vielleicht eine Bar, etwas zu Essen und ein Fernseher an Bord? Sie schüttelt den Kopf, sie kann es nicht glauben. Wegen ihr sind sie hier? Unfassbar.

Vielleicht doch ein Irrtum, besser sie hält nach einem weiteren pinkfarbenen Auto Ausschau. Doch nichts anderes zu sehen. Langsam geht sie auf den Riesenschlitten zu. Jetzt sieht sie, daneben steht ein Chauffeur in Anzug und hält eine Tafel vor sich. „Ahote Rittmann". Das ist dann ja wohl sie! Irrtum ausgeschlossen.

Bisher hat die Trauer, der Schock überwogen, doch jetzt kribbelt es nervös in ihrem Magen. Sie geht auf das Auto zu.

„Ich bin Ahote Rittmann." Glaubt er ihr oder muss sie ihren Ausweis zeigen? Es wäre sonst so einfach, so eine Fahrt in diesem Auto zu erhaschen! Jetzt muss sie fast über ihre abwegigen Gedanken lachen.

Der Chauffeur öffnet die Autotür. Natürlich will er keine Beweise. Sie setzt, wie sie meint, eine angemessene Miene auf und steigt ein.

Platz für eine Fußballmannschaft, schießt es ihr durch den Kopf, als sie sich in die rosa Plüschpolster fallen lässt. Das ganze Auto ist ein Mädchentraum in Pink. Sie kichert, ist versucht, zu fragen, ob männliche Wesen mit einem Auto in herbem Männerblau abgeholt werden. Oder eher in einer schwarzen Men-in-black Karosse?

Mann, oh, Mann, wo ist sie hier nur hingeraten? Die Show scheint wohl etwas Größeres zu sein. Jasmin hat vorhin am Flughafen so etwas angedeutet. Aber es war ihr egal. Wie ihr vorhin alles egal war. Doch inzwischen ist ihre Neugier geweckt. Sie nimmt ihr Handy und googelt.

TV Talkshow *Was du schon immer sagen wolltest?*, zur Zeit erfolgreichste Fernsehshow der USA mit Steven Stiller. Gnadenlos ständig auf der Suche nach purer Wahrheit bohrt er bei den Kandidaten nach. Entweder er liebt und unterstützt sie oder er zerreißt sie in der Luft. Er ist bekannt für seine Skrupellosigkeit und geht bedenkenlos über Leichen …" Der weitere Text verschwimmt vor ihren Augen. Sie ballt ihre Hand zur Faust.

Danke, Jasmin, dass du mir das eingebrockt hast! Genau das brauche ich jetzt! Sie weiß nicht, ob sie wütend sein oder Angst haben soll. Am besten alles auf einmal. Eine explosive Mischung.

Sie versucht, sich auf die Straßen draußen zu konzentrieren, tief ein- und auszuatmen. Ruhe zu bewahren. Vielleicht wäre es doch langsam an der Zeit, sich ein Konzept, Worte zurechtzulegen.

„Du gehst dorthin und bist einfach du – die natürliche Indianerin, die für das Überleben ihres Volkes kämpft. Das ist alles!" Jasmins Worte kreisen in ihrem Kopf. Wollte die Journalistin sie verheizen, lächerlich machen, damit die Nation mal wieder was zu lachen hat oder wollte sie ihr wirklich helfen? Im Moment weiß sie nicht, was sie glauben soll. Im Grunde ist es auch egal. Sie ist jetzt sowieso auf sich allein gestellt. *So wie die Hopi im Kampf um ihr Überleben und letztendlich das der Welt!*

Nur eine kurze Autofahrt, dann bremst der Chauffeur, steigt aus, öffnet ihr die Tür und deutet auf das gläserne Gebäude daneben.

„Hier ist das Studio. Einfach am Empfang melden, Sie werden schon erwartet."

Sie nimmt ihren Mut zusammen und geht durch die Drehtür direkt zu der schicken Dame am Empfang.

„Ahote Rittmann. Ich soll mich hier melden."

Die blassgeschminkte Frau mit den kirschroten Lippen nickt und greift zum Telefonhörer.

„Frau Rittmann ist jetzt hier. Ja, sofort." Sie legt auf und sagt zu Ahote: „Erster Stock, dort werden Sie bereits erwartet."

Suchend schaut Ahote sich um, die Dame weist geradeaus. „Dort ist der Lift."

Kaum oben angekommen, wird sie schon von einem rothaarigen Jüngling mit Blumenbrille in Empfang genommen.

„Wir haben nicht mehr viel Zeit bis zur Sendung. Wir müssen gleich in die Maske." Kritisch mustert er sie. „Möglicherweise noch zur Garderobe. Das wird knapp." Er schnappt sie am Arm und zieht sie hinter sich her.

„Meine Kleidung passt, da bin ich mir sicher."

Wenn sie sich auch alles andere als wohlfühlt, aber sich in Kleidung stecken zu lassen, die nicht zu ihr passt, das kommt nicht in Frage. Sie will sich nicht zur Modepuppe hindrapieren lassen. Das ist sie nicht! Sie weiß, sie passt nicht hierher. Aber sie vertritt die Welt der Hopi und mit ihrer Art, sich zu kleiden, bringt sie einen Teil von ihnen mit.

Der Jüngling schaut sie mit hochgezogenen Augenbrauen an, die jetzt buschig über dem blumigen Brillenrand thronen, sagt aber kein Wort.

Wenig später sitzt sie in einem stickigen Raum ohne Fenster, wird von zwei hellen Scheinwerfern angestrahlt, während eine Kosmetikerin in ihrem Gesicht herum tupft und eine andere nach Ahotes Anweisung ihr feine Zöpfe in die vorderen Haarsträhnen flicht.

Ihr Herz flattert nervös, ihr Magen schmerzt und ihr ist übel. Noch immer weiß sie nicht wirklich, was sie sagen soll. Normalerweise gibt es ein Vorgespräch mit dem Assistenten des Regisseurs, hat die Kosmetikerin gerade gesagt. Doch dafür ist keine Zeit, die Show sei schon am Laufen. Sie sei reichlich spät. Eigentlich sollten sie ihr dankbar sein, dass sie so kurzfristig eingesprungen ist.

Es klopft, eine junge Frau steckt den Kopf herein: „Bist du so weit? Du bist gleich auf Sendung. Kommst du?"

Das Pochen in Ahotes Brust wird heftiger, ihr Atem ist jetzt kurz und abgehackt. Schweiß läuft ihr den Rücken hinab, gleich-

zeitig ist ihr kalt und sie hat Gänsehaut. Sie zittert, wie Schüttelfrost fühlt es sich an. Nur nicht daran denken, dass du im Fernsehen bist, sagt sie zu sich selbst.

„Komm!" Die junge Frau fasst sie am Arm. „Du gehst rein, war-
test bis du vorgestellt wirst und gehst dann zu Steve auf das Sofa.
Alles Weitere ergibt sich dann."

„Wird er mir Fragen stellen?", fragt Ahote hastig.

„Du erzählst, was dich hierher führt und Steve hakt dann nach,
wenn ihn etwas interessiert. Ganz easy."

„Aber …"

„Und push!" Die Blonde drückt die schwere Stahltür auf und
schubst sie hinaus in das gleißende Licht. „Rein mit dir. Viel Glück!"

Ahote weiß nicht, wie ihr geschieht. *Verdammte Scheiße!* Noch
immer hat sie keine Ahnung, was genau sie sagen soll. *Wie anfangen?* Plötzlich hört sie wie in Trance ihren Namen.

Sie muss loslaufen, sie muss zum Sofa gehen. Sie konzentriert
sich darauf, gerade zu gehen, nicht zu stolpern. Wenigstens hat
sie sich geweigert, Highheels zu tragen. Lächeln, sie muss lächeln.
Ihre Wangen fühlen sich steif und unbeweglich an. Alles an ihr.
Wenn sie es nur schon hinter sich hätte!

„Nun, wen haben wir denn da? Eine hübsche, junge Dame, indianischen Ursprungs, wenn ich mich nicht täusche." So wird sie
empfangen.

Sie lächelt, sie lächelt einfach und lächelt. Lächeln passt in diese
dumpfe Welt des Erfolgs. Des Erfolgszwangs der Weißen. Weiß,
so wie sie zur Hälfte ist. Kann nichts dafür. Niemand kann etwas
für seine Eltern. Ist halt so. Solche dämlichen unbrauchbaren Gedanken eiern in ihrem Gummigehirn herum. Die kann sie jetzt
nicht brauchen! Sie ist auf Sendung.

Mensch, auf Sendung! Amerikas populärste Showtime und sie
ist mittendrin. Starrt dümmlich den Moderator Steven Stiller an

und weiß nichts Besseres zu sagen, als: „Ja, die bin ich!" *Klasse, einfach klasse, Ahote. Du kannst dich nur noch steigern!*

„Was also hast du uns zu sagen heute?"

Nichts! Die Worte liegen krumm in ihrem Bauch herum. Am liebsten würde sie anfangen zu lachen. Doch möglicherweise könnte das hysterisch werden. So analysiert sie kalt.

„Nun?" Aufmunternd schaut Steven sie an. „Kann ich verstehen, manchmal verschlägt es einem die Sprache, wenn man hier in dieser vollbesetzen Arena in Phoenix steht. Und dann auch noch unverhofft, wie diese junge Frau hier. Sie ist todesmutig kurzfristig für einen anderen Kandidaten eingesprungen, der wohl die Hosen voll hatte! Nicht den Mumm im Hintern, hier aufzutreten, vor dem Volk der stolzen Amerikaner zu sprechen."

Die Zuschauer johlen und grölen. Steven fährt unbeirrt fort: „Von du zu du. Schon komisch, wenn man auf einmal weiß, dass man gehört wird. Von Millionen. Keine Ausrede mehr hat, sich klein zu machen. Unter dem Tisch zu nuscheln und zu sagen: Nö, ich weiß auch nicht, aber mir hört sowieso nie jemand zu. Also Arote, nun zu dir, deine Chance. Nutze sie oder geh ohne Worte. Du hast die Wahl." Auf einmal ist es mucksmäuschenstill.

„Ahote", krächzt sie.

„Wie?" Verständnislos sieht der Moderator sie an.

„Ahote! Ich heiße Ahote!"

„Okay! Leute, habt ihr gehört, sie kann doch sprechen!"

Erneut johlen und klatschen die Zuschauer. Dann ist es wieder still. So still wie es nur im entferntesten Universum sein kann.

„Ich bin für die Hopi hier. Sie haben genug erduldet." Ihre Stimme bricht. Sie sieht all die Blicke der Leute auf sich. Ihr wird heiß, ihr Hals kratzt. Sie schließt die Augen und schluckt, atmet tief ein und aus. Auf einmal spürt sie einen Hauch von Wärme an ihrem Rücken, als ob Aponis Atem sie streift. Plötzlich wird sie ruhig und weiß, was sie zu tun hat. Für sich, Samuel, die gespaltenen Hopi und Mutter Erde.

Sie strafft die Schultern, richtet sich auf, räuspert sich und sagt klar und deutlich: „Die Zeit der Veränderung ist gekommen. Steht dieses Land nicht seit der alles verändernden Unabhängigkeitserklärung für Gerechtigkeit? Dafür, dass die Freiheit des Einzelnen über allem steht? Ist es nicht unabdingbar, das Persönlichkeitsrecht des Einzelnen nicht zu verletzen?"

Leute klatschen, grölen: „Hoch lebe Amerika!"

Ahote knetet ihre feuchten Hände, soll sie weitersprechen? Doch deswegen ist sie hier! Sie hat etwas zu sagen. Eine wichtige Mission. Sie schluckt und erhebt erneut ihre Stimme, um einiges lauter als zuvor: „Akzeptieren wir die First Nations als gleichberechtigte Partner oder nicht? Ist dieses Land von Beginn an eine Mogelpackung für Rassismus? Einst sind mutige, verlorene Seelen, verfolgte Menschen, erfüllt von Enthusiasmus, in dieses Land auf diesen Kontinent aufgebrochen, um in Frieden und Gleichheit zu leben. Kein Königs- und Untertanengehabe. Jeder sollte vor dem Gesetz gleich sein. Warum waren und sind wir heute noch so vermessen, zu glauben, dass die weiße Rasse die überlegene ist? Schaut doch an, welche Zerstörung wir hinterlassen! Wir schaffen es, unseren eigenen Lebensraum zu zerstören, indem wir jegliches Gefühl für Maß verloren haben. Werte wie Achtsamkeit und erfüllt von Mitgefühl zu leben, gingen unter. Warum? Weil wir ein Mangeldenken haben. Ständig meinen wir, wir kommen zu kurz. Daraus entsteht Neid, Gier, Hass, Missgunst, Lügen und Betrug. Die First Nations aber haben immer erfüllt von Vertrauen in das Universum gelebt. Wenn wir die Natur und Tiere wie unsere Brüder und Schwestern achten, ist immer genug für alle da. Wenn wir sie nicht ausbeuten!" Sie hält inne, überlegt kurz, atmet tief ein und aus und spricht weiter: „Warum haben die Siedler, als sie hierher in den Westen kamen, die Bisons sinnlos abgeknallt? Nicht, weil sie das Fleisch zum Überleben brauchten. Nein! Als Triumph! Es war nichts als Machtgehabe. Stark haben sie sich gefühlt. Was für ein Kerl man war, so ein großes starkes Tier zu erlegen. Endlich selbst der Überlegene sein. Auf der Siegerseite stehen. Genau das, wovor sie geflüchtet sind aus ihrem Ursprungsland. Viele Tausende Bisons wurden sinnlos abgeknallt. Gedankenlos und gierig. Wohin war der Grundgedanke des Neuanfangs verschwunden? Die Werte, die man zurücklassen wollte, hat man mitgebracht. Die First Nations waren schon lange vor uns da. Sie gehören zu diesem Land. Sie gehören wirklich hierher."

Ahote kneift die Augen zusammen, die Scheinwerfer blenden und ihr ist heiß. Sie muss etwas trinken. Sie greift nach dem Wasserglas vor sich auf dem Tisch, nimmt einen tiefen Schluck, schließt kurz die Augen.

„War es das, was du uns sagen wolltest, Ahote?", reißt sie eine tiefe Stimme aus ihrem inneren Raum. Steve Stiller schaut sie fragend an.

Vehement schüttelt sie den Kopf: „Nein, ich brauche noch mehr Redezeit. Noch viel mehr." Hastig fährt sie fort: „Wenn Besuch kommt, sollte er da nicht die Regeln der Gastgeber akzeptieren? Denn es ist deren Haus. Nichts anderes haben die First Nations von uns erwartet. Sie waren bereit, alles großzügig mit uns zu teilen. Und wie haben wir es ihnen gedankt?"

Einzelne Pfiffe ertönen. Ihre Augen wandern über das Publikum, sie fährt dann jedoch unbeirrt fort: „Wenn jetzt einige von euch sagen, das ist lange vorbei, muss ich leider sagen: Nein! Nein, noch lange nicht. Es geht täglich weiter. Weiter mit der Beschlagnahmung von Land. Von Land, das vor über Hundert Jahren von der US-Regierung den First Nations zugesprochen und vertraglich anerkannt wurde. Die First Nations halten sich daran, sie bleiben in den winzig kleinen Reservaten, die wir ihnen großzügig zugewiesen haben. Sie könnten auch einfach über die Grenzen hinauswandern und dieses Land, das ihnen ursprünglich gehörte, wieder in Besitz nehmen. Rebellieren." Jetzt schweigt sie. Stille um sie herum. Sie schwingt die Faust in die Luft und stößt hervor: „Aber das tun sie nicht! Sie begnügen sich mit dem, was wir ihnen großmütig zugestanden haben. Und selbst das ist uns noch nicht genug. Warum? Warum sind wir so gierig, dass wir vergessen, dass wir nur eine Mutter Erde haben? Warum achten wir sie nicht liebevoll?"

Sie verstummt erneut, ihr Blick schweift umher. Dann spricht sie weiter, leiser, eindringlicher: „Sie sorgt für uns. Wie eine Mutter. Ohne sie können wir nicht leben und doch treten wir ihre Unversehrtheit und Wunder abfällig mit Füßen. Wir reißen sie auf, entreißen ihr Rohstoffe, in bestialischer Weise. Wir fragen sie nicht! Wir nehmen einfach. Wir fragen uns nicht, warum diese Stoffe im Boden sind. Vielleicht haben sie eine besonderen Bedeutung oder Funktion? Achtlos reißen wir also die Erde auf und hinterlassen Zerstörung, Verwüstung im Hopi-Land, in Arizona auf dem Colorado Hochplateau. Es ist uns egal, dass wir die Lebensgrundlage der leidgeprüften First Nations zerstören, die Flüsse, die Erde vergiften."

Ihre Stimme bricht, sie spürt all die Blicke der Menschen auf sich. Schweiß rinnt ihr den Rücken hinab. Kurz schließt sie die Augen und fährt fort: „Unter Präsident Carter wurde das Four-Corner-Gebiet zum nationalen Opfergebiet erklärt, um den unersättlichen Energiehunger dieses Landes zu stillen. Hier ist die einzige Stelle in den USA, wo vier US-Bundesstaaten aneinandergrenzen. Colorado, New Mexico, Arizona und Utah. Hier ist das größte Kohletageabbaugebiet der USA. Doch der Hunger dieses Landes wird nie gestillt sein. Schritt für Schritt wird das Abbaugebiet erweitert und damit die Natur und unser Lebensraum zerstört."

Zwischenrufe ertönen. Sie rutscht auf dem Sofa hin und her, fährt nervös mit ihrer Zunge über die Lippen, setzt sich gerade hin und spricht energisch weiter: „Es ist das Land der Hopi und Navajo. Sie wurden nie gefragt. Es wurde einfach beschlagnahmt. Ist opfern nicht eher freiwillig? Die Hopi und Navajo wurden unfreiwillig im gleichen Reservat auf engstem Raum zusammengepfercht, weil man nicht wusste, wo man sie sonst hinstecken sollte. Der weiße Mann brauchte das ganze Land. Gierig, wie er ist. Man hat zwei verschiedene Stämme der First Nations zusammengesteckt, mit vollkommen unterschiedlichen Lebensweisen. Die nomadischen Navajo mit ihrer Schafzucht und die sesshaften Hopi mit ihrer traditionellen Landwirtschaft. Da sind doch Probleme vorprogrammiert! Probleme, die von den Weißen gepusht wurden, und zwar in der Art, dass propagiert wurde, dass beide Stämme sich bekriegen würden und der Staat müsse mit einem Stacheldraht Abhilfe schaffen. Ein Zaun, der mitten durchs Land geht, der Tiere von Wasserquellen abtrennt. Die beiden Stämme hatten sich arrangiert, aber propagiert wurde das Gegenteil. Stimmen wurden laut, die nach Umsiedlung der Navajos schrien. Komischerweise setzten sich gerade die Hopi für ihre ‚Feinde‘ ein, sie doch im Reservat der Hopi wohnen zu lassen."

Erster Beifall ertönt. Sie nickt und lächelt. „Ja, dafür haben die Hopi wahrlich Beifall verdient." Jetzt wartet sie, bis es wieder still ist. „Doch die eigentliche, verborgene Wahrheit war, der weiße Mann war wieder einmal scharf auf die Bodenschätze dieses Landes. Zwangsumgesiedelt wurden die First Nations. Schon wieder. Alte, Junge, jeder musste gehen. Sie bekamen lediglich eine Besitzurkunde für ein Haus in der Stadt mit einer einfachen Fahrkarte in die Hand gedrückt. Dann wurden sie sich selbst überlassen. Wie sollten Analphabeten mit vollkommen anderer Lebensweise und Traditionen in einer Stadt der Weißen zurechtkommen? Ihre

Hütten wurden abgebrannt, damit sie ja nicht zurückkehrten. Die Hopi sind ein friedliebendes Volk, sie haben dort auf dem Hochplateau eine wichtige Aufgabe: Das Gleichgewicht der Erde zu hüten." Abermals brandet Beifall auf, dieses Mal lauter. Ihr Lächeln vertieft sich. „Ja, sie haben eine wirklich ehrenwerte Aufgabe. Wie schön, dass Ihr das zu würdigen wisst." Sie hält die Hände über den Kopf und klatscht mit. Als wieder Ruhe eingekehrt ist, spricht sie weiter: „Es ist wissenschaftlich erwiesen, dass die Berge im Reservat, die Mesas, eine geologische Besonderheit sind. Dort befinden sich besondere, elektromagnetische Kraftfelder von großem Ausmaß, die weltweit mit anderen in Verbindung stehen. Hier herrscht ein empfindliches Gleichgewicht, dessen Störung sich auf das gesamte Klima der Welt auswirkt. Und genau dort sollen Kohle und andere Bodenschätze abgebaut werden, doch die haben im Boden bestimmte Funktionen! Geschweige denn, der gigantische Eingriff in die Natur und deren unwiederbringliche Zerstörung. Die Hopi übernehmen für uns die Aufgabe, durch Durchführung von Zeremonien unter anderem für Regen zu sorgen. Es ist kein Hokuspokus, es ist Fakt. Auch das ist wissenschaftlich festgehalten."

Vereinzelte Protestrufe werden laut. Doch jetzt ist sie in Fahrt, sie lässt sich jetzt nicht bremsen. Jetzt ist *ihre* Redezeit, *ihre* Chance, viele Menschen zu erreichen! Entschlossen erhebt sie ihre Stimme: „Hören wir endlich auf damit, überheblich die Nase zu heben und uns als etwas Besseres zu fühlen! Erkennen wir die heilige Aufgabe und Gabe der Hopi an und helfen ihnen dabei, die wichtige Aufgabe des Haltens des Gleichgewichts der Erde zu erfüllen, die ihnen einst von Massau'u dem Schöpfer übertragen wurde. Doch, um dies zu können, müssen sie im Einklang mit der Natur gemäß ihrer traditionellen Landwirtschaft in Einfachheit, Bescheidenheit und Unabhängigkeit leben. Denn unsere Kultur vergiftet sie. Vergiftet den Geist aller Menschen. Unsere Kultur sät Gier, Neid,

Hass. Wir entfernen uns immer mehr von der Liebe und Verbindung zu uns und allem, was ist. Die Erde ist nur zu retten, wenn wir uns besinnen und umkehren. Zurück zur Natur."

Menschen klatschen, nicken ihr anerkennend zu. Doch sie muss weitersprechen, sie hat noch Wichtiges zu sagen: „Vor allem, fangen wir endlich an, gemäß der Unabhängigkeitserklärung zu leben! Gleiche Rechte für alle. Hören wir auf, uns einzumischen. Der Stammesrat ist nur eine Marionette der Regierung, er besteht aus Mitgliedern, die weder traditionell noch im Reservat leben. Sie bestimmen aber darüber. Erkennen wir an, dass die First Nations eine eigenständige Nation sind, über die wir nicht einfach hinweg bestimmen dürfen. Sie sind Menschen wie alle anderen. Gestehen wir ihnen endlich ihre Freiheit zu, zu leben wie sie wollen! Wie sie es für richtig empfinden." Ihr Hals kratzt, sie schluckt. Es nützt nichts, sie muss etwas trinken. Sie greift nach dem Glas Wasser vor ihr auf dem Tisch, nimmt einen Schluck, räuspert sich und fährt mit kratziger Stimme fort: „Ist es nicht so, dass wir, die sogenannten fortschrittlichen und zivilisierten Menschen, immer deutlicher erkennen, dass wir *so* nicht weiterleben können? Es gibt zunehmend mehr Bewegungen zurück zur Natur. Was nichts anderes bedeutet als: Die First Nations hatten schon immer recht. Sie haben immer naturbewusst gelebt. Aber wir, die zivilisierten Weißen, waren so vermessen, zu glauben, wir wüssten alles besser. Aber jetzt ist die Zeit der Arroganz vorbei. Die sogenannte Zivilisation kann es sich nicht länger leisten, sich weiter von der Natur abzuwenden. Sonst ist es in naher Zukunft unwiederbringlich zu spät für eine Umkehr. Vielleicht ist es das schon?" Fragend schaut sie ins Publikum, stumme Gesichter starren sie an. Sie muss die Menschen erreichen. Berühren. Es muss ihr gelingen! Sie legt all ihr Herz und ihre Leidenschaft in ihre Stimme: „Aber wir müssen es wenigstens versuchen! Wenn wir alle miteinander umdenken und diese Botschaft um die Welt senden, bin ich davon überzeugt, dass wir es schaffen können. Mutter Erde lebt! Wenn sie spürt, dass wir uns anstrengen, wirklich unser Bestes geben, wird sie sich reinigen und uns helfen. Machen wir den ersten Schritt, lassen wir den First Nations, den Hopi ihr Land. Keine Wiedereröffnung der Mine auf Hopiland. Keine sinnlose Zerstörung der Natur und Heiligtümer dort."

Sie verstummt, schaut zu den Menschen dort in der Halle. Mucksmäuschenstill sitzen sie wie gebannt auf ihren Sitzen, starren sie an. Ahotes Herz pocht bis zum Hals.

Was, wenn die Leute nicht verstehen? Sie die Menschen nicht erreicht, ihr Innerstes nicht berührt hat? Plötzlich reißt sie die Fäuste in die Luft, setzt alles auf eine Karte und brüllt: „Freiheit für die Hopi! Freiheit für die Hopi!"

Ihre Worte verhallen in Stille. Kalte Fassungslosigkeit fasst nach ihrem Herz. Doch wie aus dem Nichts bricht auf einmal die Hölle los, die Arena bebt und dröhnt: „Freiheit für die Hopi! Freiheit für die Hopi! Freiheit für die Hopi!" Die Leute stehen auf den Sitzen und schwingen ebenfalls die Fäuste in die Luft.

Der Moderator schaut Ahote ungläubig mit offenem Mund an und fällt dann ebenfalls ein. Ahote laufen die Tränen über die Wangen. Sie lacht, sie weint, sie kann es nicht glauben. Nach gefühlten Ewigkeiten versucht Steven Stiller, die Menge zu beruhigen. Er braucht mehrere Anläufe, bis ihm das gelingt.

„Leute, was für ein Wahnsinn! Die Arena kocht! So etwas habe ich in meiner Karriere noch nie erlebt. Und ich habe schon viel gesehen, das könnt ihr mir glauben!" Er verbeugt sich vor Ahote. „Meinen tiefsten Respekt!" Er geht zu ihr und schüttelt ihr die Hand. Erneut tobt die Menge. Ahote winkt und lacht.

„Wie du siehst, steht die Nation hinter dir! Das ist Amerika! Das ist der wirkliche Grundgedanke dieses Landes! Freiheit für alle!"

Das vielfache Echo schallt zurück aus der Menge. „Freiheit für alle! Freiheit für alle!"

Erneut versucht der Moderator, die Menge zu beruhigen. „Wenn es irgendetwas gibt, was wir für dich tun können, lass es uns wissen. Das ist das neue Amerika!"

Die Menge johlt, klatscht, tobt.

„Danke, dass du uns an diesen Grundgedanken erinnert hast. Auf zu neuen Ufern! Wir dürfen keine Zeit verlieren! Wie Ahote sagt, gemeinsam können wir es schaffen! Gemeinsam sind wir stark. Für die Hopi und ihre ehrenvolle Aufgabe." Seine Worte gehen in tosendem Beifall unter. Er wartet, bis die Menge sich etwas beruhigt hat. „Unterstützen wir sie dabei! Dürfen wir daran teilhaben? Dürfen wir euch dort besuchen und helfen? Wo kommst du her?"

Kurz zögert sie, was kann, was darf sie sagen? „Hocavi. Eines der letzten traditionellen Dörfer", sagt sie leise. Ihr wird heiß, sie kann das so nicht stehen lassen, sie muss noch etwas hinzufügen: „Doch ich bitte euch inständig: Überfallt uns nicht! Die Menschen leben dort in Frieden und vollkommen zurückgezogen. Bitte akzeptiert das. Wir freuen uns natürlich über jegliches Interesse und Hilfsbereitschaft. Danke dafür. Gerne möchten wir euch Einblick in unsere Lebensweise geben. Aber wir müssen uns erst Gedanken machen, in welcher Form und wie das aussehen könnte. Ihr habt schon sehr viel nur durch eure Reaktion heute Abend bewirkt. Da bin ich mir sicher. Wir lassen nicht zu, dass die Black Mesa Mine erneut eröffnet wird. Wir lassen das nicht zu!" Sie schwingt die Fäuste in die Luft.

Die Antwort der Menschen folgt prompt. „Wir lassen das nicht zu! Wir lassen das nicht zu!"

Ahote nickt und verbeugt sich, sie ist einfach nur fassungslos, was hier geschieht. Sie winkt der Menge zu. „Danke, vielen Dank!"

Der Moderator kommt wieder zu ihr, schüttelt ihr erneut die

Hand und verabschiedet sie mit den Worten: „Wenn ich heute Abend einen Hut aufhätte, würde ich ihn ganz tief vor dir ziehen. Wir danken dir für deinen Mut und dein Kommen. Halte uns auf dem Laufenden und lass uns wissen, wenn du unsere Hilfe brauchst. Du weißt, wo du mich findest!"

„Vielen, vielen Dank!" Sie winkt, verbeugt sich nochmals und lacht. Dann dreht sie sich um und geht unter Standing Ovations hinaus.

Sie schwebt durch die Tür, raus aus der Halle, zurück zur Garderobe. Die Menschen, denen sie auf dem Gang begegnet, treten ehrfürchtig zurück, schauen sie respektvoll an. Einige nicken ihr anerkennend zu.

Jetzt will sie nur noch weg, in Ruhe überdenken, was gerade passiert ist. Sie ist noch nicht richtig da, kann keinen klaren Gedanken fassen. Sie braucht jetzt Stille, Natur um sich herum. Hastig schnappt sie sich ihre Sachen, will gehen, da ruft ihr der rothaarige Jüngling, der sie empfangen hat, hinterher: „Ich soll dir sagen, die Limousine bringt dich, wohin du willst. Sie steht dir zur freien Verfügung bis du zurückfliegst. Übernachtung für dich ist im „Royal" gebucht. Geht aufs Haus."

Ahote dreht sich überrascht um.

„Chefsache." Er zeigt mit dem Daumen nach oben. „Nicht schlecht, Pocahontas." Er lacht und zeigt seine zahnspangenbesetzten Zähne.

Ahote meint, sich verhört zu haben. „Wahnsinn. Danke."

„Danke nicht mir! Danke dem Chef!"

„Dann richte ihm das bitte aus."

Sie fährt mit dem Lift nach unten in die von Kunstlicht durchflutete Halle und geht zur Tür. Sie will jetzt am liebsten mit irgendjemandem reden. Mit jemandem, der ihr am Herzen liegt, den sie gut kennt. Doch mit wem? Es ist niemand mehr da in ihrem

Leben! Alle verschwunden. Alle gegangen … *Samuel*! Sofort sind die Tränen wieder da.

Hastig blinzelt sie sie weg. Und was ist mit Pamuya? Wie es ihr wohl geht? Außerdem – werden die Menschen im Dorf ihren Alleingang auch gut finden? Ihn feiern? Als Sieg? Sie bekommen Unterstützung! Jäh sind Kotors Worte präsent in ihrem Kopf: „Kein Touristenrummel! Das ist unsere Oase des Friedens, unser Rückzugsort …"

Der Glanz der letzten Stunde ist verflogen. So schnell wie er gekommen ist. Sie will jetzt nur noch allein sein, sich in ihrem Zimmer verkriechen und nicht mehr denken müssen.

10. Kapitel

Seele, erhebe dich über
deinen kleinlichen Verstand.
Tanze mit dem Wind,
vertraue dich ihm an.
Er kennt deinen Weg.
Dann, wenn Sehnsucht Schmerz trifft –
im Herzen, ganz tief,
bewegt sie Wände aus Fels.
Sehnsuchtstanz der Worte bahnt sich Weg.
Tanzende Herzen im Wind – in Ewigkeit vereint.

*A*m frühen Nachmittag des nächsten Tages ist Hocavi nach gefühlten Ewigkeiten endlich in Sicht. Ahotes Nacken schmerzt, die Fahrt war lang. Außerdem hat sie seit gestern einen Druck im Magen, der sich zu Krämpfen gesteigert hat. Ihr Großvater kann bestimmt Abhilfe schaffen, er hat sicherlich einen Tee für sie. Wenn sich nur alle Probleme mit einem Tee aus der Welt schaffen lassen würden …

Plötzlich stutzt sie, vor dem Dorf parken viele Autos. Es erinnert sie an ihren Ankunftstag, als die Versammlung auf der Plaza war. Der Druck in ihrem Magen steigert sich zum dumpfen Schmerz. Sie stellt ihr Auto neben den anderen ab und zwingt sich, auszusteigen. Am liebsten würde sie sich verkriechen. Doch sie muss zurück. Sie muss zu ihrem Großvater und Pamuya. Die Glitzerwelt von gestern ist nunmehr wie ein Traum. Kaum ist sie aus dem Auto, kommen zwei Männer auf sie zu. Zwei Weiße.

„Hey, bist du nicht Ahote?"

Argwöhnisch schaut sie die beiden an. „Ja, warum?"

Die zwei werfen sich einen vielsagenden Blick zu. Plötzlich hat der Eine eine Kamera in der Hand und drückt auch schon auf den Auslöser, der andere hält das Mikro vor sie hin.

„Deine Rede gestern Abend war phänomenal, hat die ganze Nation wachgerüttelt. Trotzdem wurde vorhin bekannt, dass der Stammesrat heute Morgen die Wiederaufnahme des Minenbetriebs sowie die Erweiterung beschlossen hat. Was sagst du dazu?"

Die Worte schallen in ihren Ohren. „Das kann doch nicht wahr sein. Damit kommen sie nicht durch!"

„Wer genau will die Peal Coal Company daran hindern? Du?"
Ahote zuckt mit den Schultern. „Warum nicht?"

„Du weißt schon, dass Energieangelegenheiten in diesem Land Präsidentensache sind? Und der lässt sich nicht von ein bisschen Kritik im Fernsehen und seitens der Bevölkerung von seinem Vorhaben abbringen. Im Gegenteil, für Publicity sind ihm alle Mittel recht. Er liebt es, seine Stärke und Unabhängigkeit zu demonstrieren."

Plötzlich scheint sich alles um sie zu drehen. Sie sagt nichts, geht einfach weiter. Das kann nicht sein! Das darf nicht sein, dass alles umsonst war!

Sie geht durch die Gassen, die heute alles andere als verlassen sind. Alles vertreten: Weiße, Natives – einzeln, in Gruppen, stehen, gehen und diskutieren.

Sie will nicht nochmal angesprochen werden! Sie muss mit ihrem Großvater sprechen. Sie schaut auf den Boden und huscht vorbei, schnell zu Hanias Haus.

Gerade, als sie die Tür öffnen will, hört sie von drinnen Stimmen. Ist Pamuya aufgewacht? Schmerz weicht Hoffnung. Doch die Stimmen sind laut und hektisch, reden durcheinander! Hoffnung fällt in sich zusammen wie Holz zu Asche. Wird zu kalter Angst. *Ist Pamuya …?* Sie will nicht weiterdenken, reißt hastig die Tür auf. Am Tisch sitzen ihr Großvater und weitere fünf Männer. Zwei davon kennt sie, Kotor und Charly.

„Pamuya! Wie geht es ihr?", platzt sie ins Gespräch hinein. Totenstille ist urplötzlich im Raum. Die Männer starren sie an.

„Beruhige dich, Ahote, Pamuya geht es besser", antwortet ihr Großvater. Seine Stimme hat einen schleppenden Unterton, den sie nicht kennt. „Sei gegrüßt, mein Kind." Er steht nicht auf und kommt zu ihr.

Ahote atmet geräuschvoll aus. „Zum Glück.

„Du hast unsere Regeln nicht beachtet! Es hat dich *nicht* interessiert, dass wir hier unsere Ruhe haben wollen", wettert Kotor los. Er springt auf, der Stuhl fällt um. „Unruhe und Zwietracht herrschen im Dorf seit heute Morgen. Reporter und Neugierige stromern überall herum."

Ahotes Kehle ist wie zugeschnürt, sie hat gehofft, in Ruhe mit ihrem Großvater reden zu können. Bevor ihr Fernsehauftritt bekannt wird.

„Du hast uns der Meute preisgegeben. Der da draußen. Nicht genug, dass meine Tochter zwischen den Welten schwebt. Seit du hier bist, ist Pamuya innerlich wie zerrissen. Wir, die Stammesältesten, halten es für das Beste, wenn du das Dorf verlässt."

Sie schnappt nach Luft, meint, sich verhört zu haben. Fassungslos sieht sie ihren Großvater an. Hania sagt nichts, schüttelt nur fast unmerklich den Kopf, seine Augen liegen tief in den Höhlen, er sieht müde und erschöpft aus.

„Aber – was ist mit dem Beschluss des Stammesrats? Habt ihr *davon* schon gehört? Wir müssen die Öffentlichkeit jetzt nutzen! Versteht ihr nicht?"

„Nein! *Du* verstehst nicht", schaltet sich Charly ein. „Geh und komm erst zurück, wenn du unsere Regeln gelernt hast."

Seine Worte schmerzen wie ein Schlag ins Gesicht. Ahote kann nicht glauben, was sie gehört hat. Sie dreht sich um und will gehen, da ruft ihr Großvater leise ihren Namen.

„Ahote! Warte!" Seine Stimme ist schwach und zittrig.

Ahote erschrickt. Nicht auch noch ihr Großvater! Schnell ist sie bei ihm. Auf einmal kocht Wut in ihr drin.

„Seht, was ihr angerichtet habt. Ich versuche, nur zu helfen. Auf meine Art. Merkt ihr nicht, dass hier alles dem Untergang geweiht ist? Dass man manchmal mit alten Methoden nicht weiter kommt. Dass man neue Wege gehen muss. Alt und neu verbinden. Wacht endlich auf! Die Presse ist nicht nur wegen mir hier! Sie sind auch wegen der geplanten Wiedereröffnung der Mine hier. Sie sind wie die Aasgeier, die sich auf Verwesung stürzen. Hier vergammelt und vermodert alles aus Tradition. Aus krampfhaftem Festhalten an Altem. Ich sage nicht, dass Traditionen schlecht sind. Aber sie müssen dem Leben heute dienlich sein. Manchmal muss man Dinge erneuern, wenigstens ein kleines Bisschen. Ich meine damit nicht, alle Traditionen über Bord zu werfen. Nein! Natürlich sind viele gute Dinge und Wert dabei, Überlieferungen, die man nicht verlieren darf. Visionssuche. Vielleicht ist es das, was ihr braucht? Eine neue Zukunftsvision. Und jetzt bitte ich euch, zu gehen. Mein Großvater braucht Ruhe." Mit diesen Worten schiebt sie die Männer zur Tür hinaus. Schlägt sie laut zu und lehnt sich schweratmend dagegen. Jetzt sieht sie, dass ihr Großvater lächelt. Sein zahnloses Lächeln, das sie inzwischen so liebt, das ihr Herz wärmt. Und ihr Herz ist so kalt in letzter Zeit.

„So gefällst du mir, mein Kind. Das ist die Eine, die Großes bewirken wird für ihr Volk."

Ahote starrt ihn an, weiß nicht was sie sagen soll. Lachen oder weinen. Ein Wechselbad der Gefühle. Sie geht zu Hania, schlingt ihre Arme um ihn und hält sich fest an ihm, als ob er sie vor dem Ertrinken retten kann.

„Was soll ich nur tun? Ich scheine alles falsch zu machen. Schon immer! Irgendetwas stimmt nicht mit mir!" Tränen laufen über ihre Wangen. Sie schluchzt: „Schon wieder keine Heimat."

Hania reibt ihr liebevoll über den Rücken und summt ein beruhigendes Lied, das sie nur noch mehr zum Weinen bringt. Sie schluchzt, sie keucht, alles will raus. Nichts mehr da, woran sie sich festhalten kann.

„Alles gut, mein wildes Fohlen. Alles wird gut. Das verspreche ich dir. Auf eine Nacht folgt immer ein Tag. Das ist das Gesetz des Universums. Vertraue. Du musst nur vertrauen auf dich. Auf deine Stimme hier drin." Er legt ihr die Hand auf das Herz.

Ahote schluchzt weiter. „Aber ich höre sie nicht. Alles, was ich höre ist falsch!"

„Das meinst du nur im ersten Moment. Gib den Dingen Zeit, sich zu entwickeln. Sie nehmen ihren Lauf."

„Sie haben mich rausgeschmissen. Hast du das gehört? Sie wollen mich nicht mehr hierhaben. Nicht mehr bei sich. Ich gehöre nicht mehr dazu. Wie ich nie irgendwo dazu gehört habe!"

„Du gehörst zu mir. Du bist mein Fleisch und Blut."

Jetzt sieht sie, dass auch Hania weint. „Es tut mir leid. Ich kann dich vor diesen Schmerzen nicht bewahren. Das konnte ich nie. Das stand nicht in meiner Macht. Der Weg musste dich formen. Verstehst du? Es tut weh, ich weiß. So sehr, dass du meinst, dass du daran zerbrichst. Aber die Wahrheit ist, es macht dich stark. Es formt dich zu einem Menschen von Größe und mit Herz."

„Aber mein Herz ist kalt und ich bin allein", wispert sie.

„Schh, schh, kleines Fohlen, du hast mich. Und du hast noch viel mehr, als du glaubst. Fühl in dich hinein. Wer ist in deinem Herzen? Wer hatte dort immer Platz?"

Ahote wird ruhig, ist plötzlich ganz still in sich drin. „Pferde. Aponi."

Ihr Großvater nickt.

Sie flüstert: „Mein Seelenpferd, aber sie gehört mir nicht."

„Doch. Pamuya hat sie dir geschenkt."

Ahote zuckt zusammen, schaut auf. „Wie? Sie schläft doch."

„Davor. Sie wollte es dir noch sagen. Sie wusste vom ersten Moment an, als sie euch zusammen gesehen hat, dass sie zu dir gehört."

Ahote presst sich erneut an ihren Großvater.

Hania beruhigt sie: „Alles wird gut. Auch wenn du es noch nicht erkennen kannst. Der Morgen naht, glaube mir."

Ahote weiß nicht so recht, ob sie glauben soll, was er sagt. „Wo soll ich jetzt hin? Kann ich dich überhaupt alleine lassen? Dir geht es nicht gut. Und alles wegen mir! Ach, Großvater, es tut mir so leid!"

Hania wehrt ab: „Es muss dir nichts leidtun. Es ist, wie es ist. Ich bin glücklich, dass du zurückgekehrt bist. Hier ist dein Platz und deine Heimat."

Ahote schüttelt den Kopf. „Ich weiß nicht, ich glaube, auch hier passe ich nicht her. Alles ist so eng …"

Hania schaut sie liebevoll an. „Jetzt ist jetzt. Es ist Zeit, dein Erbe anzutreten."

„Ach, Großvater!", beschwichtigt sie ihn.

„Dein Vater hat eine Ranch aufgebaut, damals. Dort wollte er Pferde züchten und mit euch leben. Das alles gehört jetzt dir!"

Ahote seufzt: „Das ist doch lange her und bestimmt schon verfallen."

„Nein, Cheveyo und Pamuya haben mir immer geholfen, es instand zu halten."

„Cheveyo?" Sie meint, sich verhört zu haben.

Hania nickt. „Pamuya war in letzter Zeit oft dort. Immer wenn sie Ruhe brauchte. Es sind bestimmt noch Vorräte da. Außerdem ist der Stall dort das Winterquartier für die Pferde. Es ist auch Futter da. Geh dorthin! Nimm Aponi und Tohopka mit, er gehört jetzt dir."

Ahotes Herz macht einen Satz. „Der schwarze Hengst? Aber ich weiß nicht, ob ich bleibe."

Ihr Großvater sagt nichts, schaut sie nur an. Er sieht blass und zusammengefallen aus.

„Kann ich dich jetzt allein lassen?", fragt sie besorgt. „Ich mache dir noch einen Tee und koche dir eine Suppe, bevor ich gehe."

„Das heißt, du gehst zu den Pferden?", will er wissen.

Ahote zuckt mit den Schultern. „Wo soll ich sonst hin? Außerdem kann ich dich doch nicht ganz allein lassen. Noch nicht." Sie geht zur Feuerstelle und legt Holz nach. „Ich frage Kaya, ob sie kommt und sich um dich und Pamuya kümmert."

Etwas später steht sie mit den Pferden vor der Ranch ihres Vaters. Davor ist ein großer, eingezäunter Paddock, dorthin bringt sie die beiden fürs Erste. Sie trägt ihre Sachen ins Haus und läuft durch die Räume. Nichts davon kommt ihr bekannt vor. Warum? Warum hat sie all das vergessen?

Sie läuft durch die Zimmer und sieht Fotos. Fotos von sich und ihren Eltern. Auf dem Kamin steht ein Bild, auf dem sie ihre Eltern umarmt. Sie nimmt es in die Hand und starrt es an. Wie sie alle drei strahlen und glücklich sind! Wird sie das jemals wieder sein? Ihr Herz spüren? Jemanden lieben können wie ihre Eltern sich geliebt haben? Wie sie ihre Eltern in diesem Moment, als das Foto entstanden ist?

Samuel ... hätten sie eine Chance gehabt? Eine Chance, wenn sie sich klar zu ihm bekannt hätte? Hätte Samuel Cheveyo akzeptiert, wenn sie ihr Herz geöffnet hätte für ihn? Aber vielleicht ist wirklich Cheveyo der Eine? Wie nur kann sie das herausfinden? Sie muss auf ihr Herz hören. Auf ihr Herz, dem sie keine Stimme einräumen will. Das sie nicht hören wollte. Weil es weht tat, sie wollte nicht, dass es weh tut. Sie kann nicht noch mehr Schmerz ertragen! Nicht in ihrem Herzen!

Schnell geht sie hinaus zu den Pferden. Friedlich stehen die beiden beieinander, liebevoll beknabbern sie sich. Auch Aponi scheint den Mann an ihrer Seite gefunden zu haben!

Wie nur kann sie ihr Herz öffnen? Was hat Großvater vorhin zu ihr gesagt?

„Fühl in dich hinein. Wer ist in deinem Herzen? Wer hatte dort immer Platz?" Und ihre Antwort war: *„Pferde. Aponi."*

Aber ist das wirklich alles? Sind da wirklich nur Pferde? Sonst nichts? Aber ist das nicht genug? Sie tun ihr nicht weh. Nicht in ihrem Herzen. Sie seufzt und geht zum Paddock, setzt sich auf den Holzzaun und schaut den beiden zu. Aponi spitzt die Ohren, schaut zu ihr, kommt dann auf sie zu. Ahote gleitet vom Zaun in den Paddock hinein. Die Stute bleibt vor ihr stehen, reibt ihre Stirn an Ahotes Brust, stupst sie an. Tohopka trottet hinterher, stellt sich neben Aponi. Das ist ihre Herde, das ist ihre Familie. Darauf ist sie stolz. Sie will nicht mehr denken. Nichts denken, fühlen müssen. Manche Dinge kann man nicht erzwingen, es braucht den rechten Moment. Ihr Großvater würde sagen, sie braucht Geduld. Geduld, die sie nicht hat.

Erneut geht sie ins Haus, schaut sich um, in welchem Zimmer sie es sich gemütlich macht. Im Schlafzimmer ihrer Eltern? Oder in einem der vielen anderen Zimmer? Sie entschließt sich für ein großes, helles Zimmer mit Blick auf die Pferde. Pferde … dann kann sie sie immer sehen.

Sie legt sich aufs Bett und schläft ein, als sie aufwacht, ist es bereits dunkel. Mist, sie wollte noch die Pferde füttern und ihnen Wasser bringen.

Samuel, Cheveyo … wie sie beide vermisst! Wie kann das sein? Ist ihr *ein* Mann nicht genug? Nein, eigentlich braucht sie gar keinen. Die können sie alle mal. Irgendwie haben sie sie alle enttäuscht.

Jetzt steht sie mit einem Karren Heu und einem Eimer Wasser draußen vor dem Paddock, die Pferde leuchten am anderen Ende im Mondlicht. Tohopka tanzt um Aponi herum. Er wiehert leise, stupst sie zärtlich an, zwickt sie vorsichtig in die Seite und am Hintern. Aponi quietscht kokett. Die beiden sind verliebt!

Ahote verteilt das Heu innen am Zaun und stellt den Eimer daneben, anschließend holt sie sich eine alte Pferdedecke, die sie in der Scheune beim Futter gefunden hat und kuschelt sich ins Gras.

Sie will die beiden nicht stören, aber sie sind so wunderschön in ihrer Intimität. Sie kann jetzt nicht reingehen. Sie sind ihre Familie. Hier fühlt sie sich wohl.

Ihre Hand tastet nach dem silbernen Anhänger um ihren Hals, den Kokopelli. Trost, sie braucht Trost, denn sie ist nun wieder allein. Aufs Neue – wie so oft.

Sie rollt sich zusammen und wünscht, auch sie hätte einen Partner. Jemanden an ihrer Seite. Einer, der für sie bestimmt ist. Einer, der ihr Herz berührt …

Jemand, der mit ihr durch dick und dünn geht. So jemand wie Samuel, der sie sein lässt, wie sie ist. Der sie loslässt, wenn sie nicht festgehalten werden will. Denn das wollte sie bisher nicht. Das wird ihr auf einmal klar. Sie muss Signale aussenden. Aber erst muss sie sich selbst verstehen, fühlen, was sie will. Sich nicht abtrennen vom Gefühl, von ihrem Herzen. *Samuel.* Sie wünschte, er wäre jetzt bei ihr. Er könnte die beiden Pferde sehen.

Jetzt kommen sie im eleganten Trab heran geschwebt, legen ein paar übermütige Galoppsprünge hin und rasen auf sie zu. Doch sie hat keine Angst, sie bleibt im Gras unter ihrer Decke liegen. Sie weiß, sie kann den Pferden vertrauen. Sie wünscht, sie kann das eines Tages auch bei Menschen sagen. Doch bei ihnen zieht sie sich lieber zurück.

Jetzt hebt sie lediglich ihre Hände und spricht: „Langsam ihr zwei, hier liege ich."

Kurz vor ihr stoppen beide, gesellen sich zu ihr, beugen sich herab und tasten mit ihren sanften Mäulern ihren Körper ab, massieren sie zärtlich mit den Lippen. So wie sie es vorhin gegenseitig bei sich getan haben. Ahote schließt die Augen und stellt sich vor, Samuel würde neben ihr sitzen. Er würde sie streicheln und massieren. Was ist nur immer mit ihrem Herzen? Dass sie nicht weiß, wer der Eine ist?

Plötzlich kommt die Erkenntnis wie ein Stromstoß: *Sie weiß es sehr wohl. Sie hat nur Angst, eine Entscheidung zu treffen.* Nicht nur wegen Cheveyo. Nein, wegen sich selbst. Weil Samuel dann der Eine ist, der ihr Herz berührt. Sie wollte doch nicht, dass ihr Herz berührt wird! Wie kann sie da eine Entscheidung treffen und die Dinge klarstellen? Überhaupt würde es bedeuten, sie müsste sich gegen viele Menschen stellen. Hoffnungen enttäuschen. Die Hopi erwarten, dass jemand, der Großes bewirken wird für sie, aus ihren eigenen Reihen kommt. So Ahotes Annahme bisher. Aber was ist schon, wie man es will, wie man es erwartet?

Aponi prustet ihr sanft ihren warmen Atem ins Gesicht. Tohopka leckt über ihre Hand, zupft vorsichtig an ihrem Haar. Sie strengen sich so an, die beiden! Sie sind so sanft und zärtlich und beziehen sie mit ein in ihre Liebe. Für sie ist alles einfach und klar. Nur sie, Ahote, muss immer alles so kompliziert machen. Sie hat sich einem Millionenpublikum gestellt, eine Arena voller Menschen auf ihre Seite gezogen. Ebenso die Hopi auf der Versammlung. *Das war nicht Cheveyo!* Das war nicht seine Ankündigung, dass er der Eine ist an ihrer Seite, der ihr Herz berührt. *Das war sie. Sie allein!*

Es ist Zeit, sie muss sich endlich authentisch zeigen und zu ihrer wahren Liebe bekennen und stehen. *Es ist Samuel. Sie wusste es die ganze Zeit.*

Sie hatte nur nicht den Mut, sich gegen alle zu stellen, so hat sie sich eingeredet. Denn eigentlich war es der Mut, sich zu sich selbst zu bekennen. Zu ihrem Herzen. Zu ihrer Liebe. Auf einmal weiß sie, sie muss gehen. Sie muss zu ihm. Sie muss ihm ihr Herz zu Füßen legen. Wenn er es denn noch will. Sofort!

Sie steht auf, streichelt und küsst die Pferde, atmet ihren Geruch ein.

„Ich danke euch! Danke, dass ihr mir Mut gemacht habt, an

mich und mein Herz zu glauben. Zu meiner Liebe zu stehen. Ich komme wieder. Bald. Und wenn ich Glück habe, bringe ich denjenigen welchen mit. Den Mann, der mein Herz berührt. Der Mann, dem ich mein Herz schenke."

Plötzlich rinnen Tränen über ihr Gesicht. Tränen des Glücks, der Rührung, der Erkenntnis, der Liebe.

Sie geht ins Haus, zieht sich um, nimmt ihren Autoschlüssel und rennt los. Hinaus in die Dunkelheit. Den Mann ihres Herzens suchen.

So schnell es irgend geht, gibt sie wenig später Gas auf der mondhellen Piste durchs Reservat, Richtung Flagstaff. Schon wieder voller Hoffnung, wie neulich. Und doch fühlt es sich komplett anders an. Sie ist ein anderer Mensch, gewachsen an ihrer Pflicht und an sich.

Je näher sie Flagstaff kommt, desto stärker pocht ihr Herz, schreit verzweifelt nach Liebe und hat Angst, dass dieser Schrei zu spät kommt. Dass der Mann ihres Herzens genug von ihr hat. Genug von ihren Eskapaden. Von der Kompliziertheit der Dinge, die um sie herum sind. Sie weiß nichts, will nichts Wissen, keine Zukunft, nicht den Weg, den sie gehen wird. Sie kann ihm nicht viel bieten. Keine Sicherheit und Beständigkeit im Leben. Sie weiß, sie fühlt, sie muss ihrer Stimme folgen. Sie kann sie nie wieder ignorieren. Nie wieder. Genauso wenig wie ihr Herz. Das haben die Pferde sie gelehrt.

Jetzt ist sie in Flagstaff. Ihr Navi leitet sie sicher zu der Straße, in der er wohnt. Noch ist es dunkel. *Wird er da sein? Auch für sie?* Sie schluckt, beißt sich auf die Lippen. Ihre Hände kleben feucht am Lenkrad.

Fast wollen schon wieder Tränen unter ihren Lidern hervorquellen, weil sie Angst hat. Dass sie ihn nicht findet. Dass er nicht da

ist. *Aber was noch viel schlimmer ist, wenn er da ist, dass er sie zu-
rückweist!* Dann muss sie damit leben. Damit, dass sie ihr Herz
geöffnet, verschenkt hat. Dass es weh tut, wenn da niemand mehr
ist, der es will. Der es zärtlich in seine Liebe einhüllt und auf sie
aufpasst. Sie achtet und liebt. Bis … Ja, bis wann? Für nichts gibt
es eine Garantie. Auch nicht für die ewige Verbundenheit zweier
Herzen, die sich gefunden haben.

Bis dass der Tod euch scheidet … Bittersüße Worte der Hoch-
zeitszeremonie. Ihren Eltern zum Verhängnis geworden. Doch
das kann und will sie nicht mehr als Maßstab nehmen. Sie will
sich nicht länger einschränken, eingrenzen lassen von ihren Ängs-
ten. Ihr Herz will endlich frei sein. Wie ein Adler im Wind. Fliegen in die Unendlichkeit, in die Tiefe des Seins. Bis zum tiefsten
Schmerz. Egal. Sie muss es einfach wagen, probieren. Sie muss es
tun, sie kann nicht mehr anders. Es gibt kein Zurück.

Fahrig parkt sie das Auto halb auf dem Gehweg, steigt zittrig
aus und läuft zur Tür. Er wohnt in einem flachen Backsteinhaus.
Am Klingelknopf liest sie seinen Namen. *Samuel Green.*

Zärtlich fährt sie mit dem Daumen darüber, drückt dann auf
den Klingelknopf, kann nicht mehr aufhören, darauf zu drücken.
Plötzlich ist es dringlicher denn je. *Er muss sie hören, er muss auf-
machen! Er muss ihr eine Chance geben! Wenn es denn noch eine gibt …*

Es poltert, dann öffnet sich das Fenster neben der Haustür, verschlafen beugt sich ein blonder Mann mit nacktem Oberkörper
nach draußen. „Jaaa?"

Mit einem Satz ist sie bei ihm, beugt sich über das Fensterbrett
und wirft sich ihm an die Brust. Erschrocken weicht er zurück.

„Was? Äh …" Er weiß nicht, wie ihm geschieht.

„Samuel, ich liebe dich! Kannst du mir verzeihen?"

Sie klettert über das Fenster ins Zimmer, steht vor ihm, schlingt
dann ihre Arme um seinen Nacken und zieht in zu sich heran.

Schon liegen ihre Lippen auf seinen, warten seine Antwort nicht ab. Doch noch hält er sie nicht fest, hängen seine Arme leblos herab.

„Ahote", murmelt er zwischen Zunge und Lippen.

„Ich liebe dich, hörst du. Ganz und gar. Für immer und alles was du willst. Aber bitte nimm mich zurück. Mein Herz schreit nach dir. Ohne dich bin ich nichts …"

Samuel lacht kehlig. „Beruhige dich. Ist ja gut. Dafür kommst du mitten in der Nacht?"

Entrüstet schaut sie ihn an. „Was ist das für ein Empfang? Ich lege dir mein Herz zu Füßen. Du bist der erste Mann, der es bekommt. Fürs Erste."

Samuel steht vor ihr und schaut sie an, sein Lachen ist verschwunden. Seine Augen schauen ernst. So ernst.

„Du … Du musst nicht, wenn du nicht willst." Tränen brennen in ihren Augen. Da sieht sie das Leuchten in seinem Gesicht, seine Augen ziehen sie in sich hinein. Dort drin ist ihr Platz. Ihr persönlicher, für sie reserviert. Sie sieht, sie spürt, sie weiß es. Auf einmal umfängt er sie mit seinen Armen, legt seine Lippen auf ihre und wispert: „Du bist mein Leben, meine Liebe, meine Seele. Du bist ich und ich bin du. Wir gehören zusammen."

Und sie weinen miteinander. Um sich, für sich. Für die Welt. Für alles, was darin Platz haben wird. Dann hebt er sie hoch und trägt sie zum Bett.

11. Kapitel

Heiler, heile!
Seher, seh!
Rettet die Welt – unser aller Heimatnest,
geborgen und rein, sicher und fein.
Niemals allein – stets verbunden
mit allem vereint.

*A*hote sitzt mit Samuel im Haus ihres Großvaters an Pamuyas Bett und strahlt ihre Freundin an.

„Wie schön, dass es dir wieder gut geht. Du hast ja keine Ahnung ...“ Ihre Stimme bricht. „Ich ... Ich habe mir solche Vorwürfe gemacht. Nicht auszudenken, wenn ....“ Sie blinzelt, will jetzt diese Schuld, diese Schwere auf ihren Schultern nicht mehr fühlen. „Nur weil ich dumme Nuss dich am Telefon so angefahren habe. Es tut mir so leid. So unendlich. Verzeih! Ich hatte keine Ahnung ...“

„Lass gut sein, Ahote“, murmelt Pamuya.

Doch Ahote ist noch nicht fertig: „Und dass du mir Aponi geschenkt hast! Ich weiß nicht, wie ich dir je dafür danken soll!“

Ihre Freundin winkt lächelnd ab. „Das hast du schon mehr als genug. Du hast uns unsere Heimat zurückgegeben. Wir haben gewonnen! Keine Mine hier! Nie wieder!“

„Noch ist nichts endgültig entschieden“, widerspricht Ahote.

„Untertreibung des Jahres!“ Samuel knufft sie in die Seite und grinst sie liebevoll an. „Akzeptiere, was du erreicht hast.“

„Trotzdem – bisher gibt es *nur* eine einstweilige Verfügung“, wehrt Ahote ab.

Pamuya ereifert sich: „*Nur* ist gut! Die ist vom Supreme Court. Damit diese Angelegenheit endgültig geklärt wird und endlich Ruhe einkehrt. Zumal sich jetzt auch noch die Kommission der UNESCO eingeschaltet hat und unser Land als äußerst schützenswert sieht, mit sehr guter Aussicht, zum Weltkulturerbe erklärt zu werden. Dazu noch all der Rummel, die Öffentlichkeit, die sich auf einmal für uns interessiert. Selbst ausländische Presse ist hier. Über all das kann sich auch ein Präsident nicht einfach hinwegsetzen. Überhaupt, dass es dir gelungen ist, dass Traditionelle und Progressive sich endlich an einen Tisch setzen und ernsthaft und respektvoll miteinander reden. Ich glaube, dir ist nicht bewusst, wie schwer und unmöglich das bisher war. *Du* hast es geschafft." Sie zieht Ahote in ihre Arme. „Sei stolz auf dich."

Hania schlurft herbei und streicht seiner Enkelin liebevoll über den Rücken.

„Du bist wahrlich die Eine, die Großes bewirkt für ihr Volk." Seine Augen leuchten erfüllt von Stolz. Er legt den Arm um Samuel. „Mit dem, der dein Herz berührt."

Ahote schaut zu Samuel, ihr Herz glüht, wenn sie ihn nur ansieht.

„Habt ihr schon von Samuels Plänen gehört? Er will ein Projekt zur Traumabehandlung von Jugendlichen und Kindern im Reservat aufbauen. Heilung finden im Umgang mit Pferden und in der Wiederverbindung mit den eigenen Wurzeln."

Samuel ergänzt: „Kaya steigt auch mit ein, wenn es gut läuft. Im ersten Schritt setzt sie sich für eine mögliche Zusammenarbeit mit der Stiftung ein, bei der sie arbeitet."

Hania und Pamuya sind sofort begeistert und Hania hat eine Idee, wie er helfen kann: „Ich könnte die Kinder in traditioneller Landwirtsschaft unterweisen."

Samuel ist sichtlich gerührt. „Ich danke euch, ich komme gern darauf zurück."

Jetzt platzt Ahote mit noch einer Neuigkeit heraus: „Stellt euch vor, Steven Stiller von der Talkshow neulich will mit mir eine Reihe über die Hopi drehen, den Menschen ihre Traditionen, Lebensweise und was ihnen wichtig ist, nahebringen. Um ein neues Verständnis für die Natur und Mutter Erde zu wecken. Unter dem Motto *Mutter Erde lebt*."

Die anderen gratulieren ihr begeistert.

„Außerdem möchte ich die Ranch zu einer Begegnungsstätte von Tradition und einem möglichen Weg in die Zukunft für die Hopi und alle Menschen machen. Unter anderem mit Gesprächsrunden, Wanderritten für Touristen, um ihr Bewusstsein für die Schönheit der Natur, Mutter Erde und die besondere Rolle der Hopi für die Welt zu wecken. Dass die Menschen die Natur besser verstehen, achten und wieder lernen, im Einklang mit ihr zu leben."

In diesem Moment klopft es an die Tür und Cheveyo tritt mit Kaya ein. Kurz zögert er, als er all die Menschen sieht.

„Kann ich mit Pamuya sprechen?"

Hania nickt ihnen zu und winkt sie heran.

„Seid gegrüßt. Schön euch zu sehen."

Kaya umarmt ihren Großvater.

„Willst du alleine mit deiner Schwester reden?", fragt Ahote.

Er überlegt einen Augenblick. „Nein, das, was ich zu sagen habe, geht alle an."

Nachdem er alle begrüßt hat, setzt er sich zu Pamuya ans Bett. „Kleine Schwester, was machst du für Sachen?"

Pamuyas Blick ist ernst, ihre Lippen zusammengepresst.

„Nein, du hast recht. *Ich* bin das verirrte Schaf. *Ich* habe meinen Weg verloren. Ich war so verbohrt auf *meine* Weise zu helfen. Dachte, *ich* hätte *die* Lösung für alles." Jetzt leise: „Ich weiß nun, wie vermessen das war, so zu denken. Nicht Hopi Art. Es tut mir leid."

Noch immer schweigt Pamuya. Er spricht weiter: „Mir war nicht klar, wie sehr du zwischen die Fronten von Vater und mir geraten bist. Wie Mutter hast du ständig versucht, zu vermitteln. Mutter …" Er sucht Pamuyas Blick. „Ich habe Mutter gefunden!"

„Du hast was?" Pamuya fährt hoch.

„Ich habe gestern mit ihr telefoniert."

„Und?"

„Sie will uns so bald wie möglich besuchen."

„Dann geht es ihr gut?", wispert sie.

„Sie hat den Weißen geheiratet und hat zwei Kinder mit ihm."

Pamuya laufen Tränen über die Wangen. Cheveyo zieht sie in die Arme.

„Kleine Schwester, ich habe so viel gutzumachen. Ich habe gekündigt, ich lasse mich nicht länger für die Zwecke der Weißen missbrauchen. Ich gehe jetzt meinen eigenen Weg, den nach Hopi Art – den des Friedens. Mit Frieden im Herzen. Ich werde hier irgendwo eine Kanzlei aufbauen und anderen Hopi zu ihrem Recht verhelfen. Genau so wie ich es immer vorhatte."

Er steht auf, geht zu Ahote und nimmt ihre Hände. „Verzeih, wenn ich dich mit meiner Ankündigung in Schwierigkeiten gebracht habe. Es geschah einfach so. Du bist eben die Frau meines Herzens."

Er zieht sie an seine Brust. Alles in ihr wehrt sich dagegen, sie sucht nach Worten, da fährt er fort: „Als Schwester. Wir bleiben auf ewig verbunden. Aber …" Er lässt sie los und dreht sich nach Kaya um.

„Da ist noch Platz in meinem Herzen für eine andere Frau. Die an meiner Seite ist." Er tritt zu Kaya, nimmt ihre Hand und schaut ihr tief in die Augen.

Kaya scheint zu glühen, ihr Gesichtsausdruck ist Liebe pur. Sie schmiegt sich wie eine Katze an Cheveyos Brust und schlingt ihre Arme um ihn.

Erleichterung wird zu Wärme, breitet sich in Ahote aus. „Wie schön! Ich freu mich für euch."

Cheveyo nickt lächelnd, wird aber ernst, als er sagt: „Ich werde für dich herausfinden, was damals wirklich geschah mit deinem Vater."

„Das ist lange her."

„Trotzdem. Es war unrecht. Die Wahrheit soll ans Licht kommen."

Alle schweigen, so viel Neuigkeiten schwirren in diesem Raum. Doch da ist noch etwas, was sie loswerden will: „Meine Mutter kommt zu Besuch. Ich habe mit ihr telefoniert."

Sie schlingt die Arme um Samuel und schaut ihm tief in die Augen. „Denn so schnell wirst du mich nicht wieder los. Wenn sie mich sehen will, muss sie hierher kommen."

Sie versinken in einem endlosen Kuss.

Heiß pocht der Kokopelli, der silberne Anhänger, auf ihrer Haut, zwischen ihrer beider Herzen.

Endlich angekommen, ihre Sehnsucht nach Heimat und Familie erfüllt. Sie gehört dazu, ist mittendrin.

Doch wird der Frieden andauern?

Und sie weiß, es wird alles andere als einfach werden, die Welten zu vereinen.

Die Autorin

Nimm auf, was zu dir kommt,
wie der Baum das Licht.
Schreibe ohne jede Anstrengung.
Genieße die Stimme, die in dir wächst.
Sei wie das Wasser, das fließt, egal wohin.
Folge ihr.

Heike Stadelmann lebt mit ihrer Familie sowie ihren Katzen und Pferden auf dem Land auf einem alten Bauernhof. Auf ihren ausgedehnten Streifzügen zu Pferd sammelt sie Wildkräuter und Inspiration für bildhafte und emotionale Texte, die den Leser anregen, über sich und den Sinn des Lebens nachzudenken.

Das Wort leuchtet in deine Seele
und spürt deine Sehnsüchte auf.

Danksagung

Meine Reise zur Herz-Autorin begann mit der Teilnahme an dem Online-Kurs Herztraining für Autoren bei Ulrike Dietmann. Wie unscheinbar, so denke ich heute, ist der Name. Und nein, es hat nichts mit einer Coronar-Gruppe zu tun, um die Ausdauer des Herzmuskels zu trainieren. Vielmehr geht es um Vertiefung der Empathie des Autors – eintauchen in tiefe Gefühle beim Schreiben. Ganz und gar hineinfallen lassen in den Schreibprozess.

Erst dadurch ist die Verwirklichung meines Traums in dieser alles durchdringenden Authentizität wahr geworden: Das Schreiben meines eigenen Buchs. Mit Ulrike und unserer authentischen Herz-Autoren-Gruppe an der Seite.

Liebe Ulrike, professionell hast du uns um sämtliche Hürden des Autorendaseins manövriert und uns dabei gelehrt, auf unser Autoren-Herz zu hören. Auf das, was es uns zuflüstert. Du hast uns das Vertrauen gegeben, an uns und unsere ureigene Sprache zu glauben. Unermüdlich hast du in deiner einfühlsamen, intuitiven Art unser tiefstes Potential mit deiner magischen Schreibfeder herausgekitzelt. Nie hast du dich mit Halbheiten zufriedengegeben. Erst, wenn wir den Prozess mit all seiner Tiefe durchlebt und ausgeschöpft haben, warst du zufrieden.

Je mehr ich schreibe und je tiefer ich mich auf den Prozess der Heldenreise meiner Figur und somit meiner eigenen einlasse, desto mehr wird mein Hunger auf Leben geweckt.

Einmal auf diesem Weg, gibt es kein Zurück. Mir geht es wie der Heldin meines Romans, es gibt nur weiter, egal wie. Wir wachsen gemeinsam an unserem Stoff. Geh weiter und die Transformation wird dich finden.

Ich sehe die Welt mit anderen Augen, entdecke sie neu. Ungekannte Worte neigen sich mir zu.

Unaufhaltsam hat sich mein Autorendasein in mein Leben integriert. Der Weg war nicht immer leicht. Doch welcher Weg mit Persönlichkeitsentwicklung ist das schon? Die Autorin und ich – wir sind eins, das habe ich jetzt begriffen. Ich habe Kreativität in mein Leben eingeladen und sie antwortet auf ungeahnte Weise.

Liebe Ulrike, für all das danke ich dir!

Und natürlich gilt mein unendlicher Dank auch unserer eingeschworenen Herz-Schreibtruppe, für all die Ermutigungen, wenn der Weg mal wieder zu steinig und der Berg zu hoch erschien. Danke für all die liebevolle Unterstützung und respektvolle, gegenseitige Wertschätzung. Dass sich jeder vertrauensvoll zeigen kann und konnte, wie er ist.

Über Monate sind wir zu einer eingeschworenen Büffelherde zusammengewachsen, ständig auf der Suche nach dem Think Big. Alles ist möglich, je größer und verrückter, desto besser.

Von Herzen danke ich meinen lieben Testlesern, die sich durch meinen Text gewühlt haben: Waltraud G., Uli S., Florentine H., Rebecca W., Karl B., Tanja St., TimoSt.

Des Weiteren ein großes Dankeschön auch meiner feinfühligen Lektorin und fürs Buchdesign zuständige, Gabi Schmid (www.buechermacherei. de), die meine Sprache so hat sein lassen, wie ich bin und mit ihrer intuitiven kreativen Art mein Buch auch in gedruckter Form zu einem Kunstwerk hat entstehen lassen.

Ebenso bin ich Corina Witte-Pflanz (www.ooografik.de) unendlich dankbar für ihr geniales Cover, das aus anderen Sphären ist und meinen Text unvergleichlich ummantelt.

Vielen lieben Dank auch an Alexander Buschenreiter, der mich mit seinen wunderbaren Büchern („Unser Ende ist euer Untergang - die Botschaft der Hopi an die Welt", und die „Spuren des Großen Geistes - indianische Weisheit der Gegenwart") authentisch in die Welt der Hopi hat eintauchen lassen, mich inspiriert hat und ich aus seinem Buch zitieren durfte.

Zu guter Letzt danke ich noch meiner Familie für ihre liebevolle Unterstützung, vor allem, dass mein Mann mir immer ohne wenn und aber den Rücken freigehalten und mich in jeglicher Form unterstützt hat.

Ich ...

Bin wie der Wind und fange Worte ein,

ungefragt und absichtslos.

Worte der Tiefe – der Seele von allem was ist.

Bin Kelch, bin Stift – sonst nichts.

Im Tintenfass des Lebens.

Worte gegeben vom Licht,

ziehen wie Nebelschwaden vorbei.

Greife sie auf ohne Gedanken.

Kommen und gehen im Augenblick.

Wollen berühren – mich und wer sich angesprochen fühlt.

Tropfen im Herzenstakt aufs Blatt – Seelenbalsam.

Im Zusammenhang des Großen –

im Moment nicht erkannt.

Wahre Größe zeigt sich erst im Schritt zurück.

Außerhalb des magischen Kreises

von Wort und Zeit.

Geflügelte Worte fließen durch mich hindurch,

im Takt der Seele – Gleichklang der Herzen.

Leidenschaft als Tinte perlt mir im Blut.

Mit Ogma dem Verführer der Worte im Bunde,

tanzen Hand in Hand im lodernden Wortkessel.

Honigzunge, Teufelstanz, Engelflügel.

Brodelt, zischt, kocht über –

ergießt sich in meinen Geist.

Worttorte, Buchstabenkekse, Glücksgefühl

Seelenkrieger – Worte als Schwert,

messerscharf und weich.

Leere Hülsen des Seins im Wald der falschen Worte entlarven.

Keine Wahrheit darin.

Wortgewitter – reinigt die Seele.

Funken sprühen, verzaubern die Buchstaben zu

Wortschnuppen,

tanzen durch meinen Kopf,

fallen aufs Papier, formen einen Satz, vom Universum diktiert.

Seiltanz, Lichterglanz, Wortgefecht.

Worte als Schwert.

Wirrwarr ordnet sich – Licht erscheint.

Licht im Dunkel, das ist mein Ort.

ISBN 978-3-946435-56-3
17,99 EUR

Ulrike Dietmann

Jamaica – One Love – Wie ich die Liebe fand

Viola hat nichts mehr zu verlieren. Ihr Mann und ihre Kinder sind bei einem Autounfall ums Leben gekommen. Seither hat die Schriftstellerin keine Zeile mehr geschrieben. Da bricht sie auf nach Jamaica, lernt Patrick kennen, einen charismatischen Geschäftsmann und Daniel, einen jamaikanischen Pferdetrainer. Die einzigartige Schönheit der Karibikinsel, die sanftmütigen Menschen, ihr harter Überlebenskampf und die Begegnungen mit den beiden so verschiedenartigen Männern geben ihrem Leben eine ganz neue Wendung.

Nach und nach findet sie die Liebe wieder – an einem Ort, wo Viola sie nie vermutet hätte.

Print: 978-946435-61-7 € 13,80
e-Book: 978-3-946435-63-1 € 8,80

Mariana Boscaiolo
Salvatore – Ein Mafioso sucht das Glück

Wer unverschuldet in eine verzwickte Lage geschlittert ist und nicht weiß, wie er sich retten soll, dem geht es wie dem charmanten Mafioso, Salvatore. Obwohl er ständig versucht, sich und seine Jugendliebe Nina aus den Banden ihrer Familien zu befreien, schlittert er immer tiefer in die Abhängigkeit seines übermächtigen Vaters, Don Pulvirenti, dem Padre, hinein.

Mord, Rache, Verzweiflung, Familie, Hoffnung und Freundschaft begleiten den Leser auf dieser humorvoll geschriebenen Reise durch das Mittelmeer, von Palermo bis in den Vatikan.